KB094910

주무르면 다 고침! 1

강준현 현대 판타지 소설

초판 1쇄 찍은 날 § 2018년 12월 13일
초판 1쇄 펴낸 날 § 2018년 12월 20일

지은이 § 강준현
펴낸이 § 서경석

총괄팀장 § 최하나
편집책임 § 신보라
디자인 § 고성희

펴낸곳 § 도서출판 청어람
등록번호 § 제387-1999-000006호
등록일자 § 1999. 5. 31
어람번호 § 제1-2980호

주소 § 경기도 부천시 부일로 483번길 40 서경B/D 3F (우) 14640
전화 § 032-656-4452 팩스 § 032-656-4453
http://www.chungeoram.com
E-mail § chungeorambook@daum.net

ⓒ 강준현, 2018

ISBN 979-11-04-91882-7 04810
ISBN 979-11-04-91881-0 (세트)

※ 파본은 구입하신 서점에서 교환하여 드립니다.
※ 저자와 협의하여 인지를 붙이지 않습니다.
※ 이 책은 도서출판 청어람과 저작자의 계약에 의해 출판된 것이므로,
　무단 전재 및 유포·공유를 금합니다.

목차

프롤로그

"두삼 씨, 나 좀 볼까?"

두삼은 요양병원 관리실장의 부름에 열심히 할머니의 어깨를 주무르던 두 손을 멈췄다.

"할머니, 제가 금방 다시 와서 주물러 드릴게요. 잠시만 기다려 주세요."

두삼은 마사지를 하느라 송골송골 맺힌 땀을 닦으며 상냥하게 말했다.

한데 할머니는 별로 반가운 기색이 아니었다.

"…아니, 난 괜찮아. 조금 기다렸다가 희원 총각에게 받으면 돼. 신경 쓰지 말고 편히 일봐."

두삼을 배려해서 하는 말처럼 들렸지만 사실상 알고 보면 그에게 마사지를 받지 않겠다는 말이었다.

'빌어먹을! 온 힘을 다했는데……'

할머니에게 불만을 토하는 게 아니었다. 이상하리만치 악력이 없는 자신 손에 대한 자책이었다.

아무리 근육이 뭉친 곳을 잘 찾고 어떻게 풀면 될지 알면 뭐 하는가. 10분이면 될 일은 1시간을 넘게 끙끙거려도 하지 못하는데.

할머니가 말한 희원이라는 선배는 물리치료사 면허증과 스포츠 마사지 자격증만 가졌지만 10여 개의 자격증을 가진 자신보다 할아버지, 할머니에게 인기가 훨씬 많았다.

"…그럼, 그렇게 하세요."

나이든 분들이 주로 거하는 요양원의 물리 치료실은 사실 대부분 말뿐인 시설이었다.

물리치료사로 들어오긴 했으나, 어르신들의 마사지를 담당하는 식이었다.

어쭙잖은 기구 몇 개와 사람을 두는 게 다였는데 이곳에선 잡일까지 병행해야 했다.

"실장님, 어떤 일을 하면 되겠습니까?"

당연히 잡일을 시키려 불렀다고 생각하고 물었다. 한데 표정이 심상치 않았다.

"두삼 씨, 여기 잠깐 앉아봐."

"…네."

두삼은 그의 표정과 말투로 그가 무슨 말을 할지 직감했다.

"여기서 일한 지 얼마나 됐지?"

"6개월 조금 넘었습니다."

"음, 오래되지 않아 잘 모르겠지만 요즘 병원 사정이 그리 좋지 않아."

역시나 예상대로였다. 이곳에 일할 때 꽤 인간적으로 대해주던 실장이었던지라 크게 반발은 못 하고 한마디 던졌다.

"환자분들이 너무 많아 병원을 확장한다고 하지 않았습니까?"

"커험! 잘 아는군. 한데 투자자들이 생각보다 모이질 않았어. 그래서 긴축재정에 들어가야 할 것 같아."

실장은 헛기침을 했다. 그리고 눈을 피하며 추가적인 설명을 했다.

딱 보니 거짓말이었다.

잡일을 하다 보니 병실에서 일하는 간호사들과 도우미들과 친했다.

병원 원장이 내 5년치 연봉보다 비싼 차를 구매했다든가, 직원을 더 모집하고 있다든가, 투자자들이 너무 몰려 조만간 새로운 건물을 짓게 될 거라는 등의 소문이 파다했다.

"…해고라는 말씀입니까?"

내가 병원에 어느 정도 공헌한 것이 있었다면 어디서 개 뺑을 치냐고 소리쳤을지도 모른다.

'삼 년 새 벌써 아홉 번짼가.'

자격증 스펙이 되다 보니 취업은 잘됐다. 그러나 가진 자격증에 비해 능력이 없어 불평, 불만이 들어와 금세 잘렸다.

얌전히 해고라고 통보하는 경우도 있었고 나 때문에 손님이 떨어졌다며 월급까지 떼어먹은 곳도 있었다.

요즘 애들은 그런 경우에 돈도 잘 받고, 노동청에 고발한다며 위로금까지 챙겼지만 두삼은 스스로 부족하다는 생각 때문인지 그냥 수긍하고 나오는 편이었다.

이번에도 마찬가지였다. 마사지사가 아닌 물리치료사라는 타이틀 때문에 그나마 오래 버틴 것에 만족해야 했다.

그가 성격이 바보 같아서가 아니었다.

'염치 있는 인간이 되자!'라는 할아버지의 가훈 때문이라는 편이 맞을 것이다.

"해고가 아니라 스스로 그만둬 줬으면 하는 거야. 월급 말고 한두 달 치 정도는 더 챙겨줄게."

그냥 나가라고 했어도 말없이 나갈 생각이었다. 한데 한참 확장하고 있는 요양병원 입장에선 고용노동부에 괜스레 이름이 오르내려 봐야 좋을 것이 없다고 생각했는지 나쁘지 않은 제안을 했다.

"언제까지 정리하면 되겠습니까?"

"빠를수록 좋지."

장가를 가서 처와 자식이 있다면 하루라도 더 버티려 했을지도 모르겠다.

그러나 오로지 내 몸뚱이만 건사하면 됐기에 머뭇거릴 이유가 없었다.

"그럼 오늘까지 하는 것으로 하겠습니다."

"이해해 줘서 고맙네. 증거가 필요하니 사표를 작성해 주면 월급은 바로 입금해 주지."

돈까지 바로 준다니 두삼은 당장에 사표를 적어 관리실장에게 건넸다.

"어디 갈 데라도 있어?"

입금을 시켜준 관리실장이 자른 것이 못내 마음에 걸렸는지 착잡한 표정으로 물었다.

아주 살갑진 않지만 인간적으로 보자면 꽤 괜찮은 사람이었다.

"시골에 내려갈 생각입니다."

사표에 적은 대로 말했다.

"정말? 그냥 적은 줄 알았더니. 부모님이 농사를 짓는 곳 말이지? 차라리 귀농하는 것도 나쁘지 않겠지."

"아뇨. 할아버지께서 제가 남겨준 시골집이 있는데 거기로 갈 생각입니다."

사실 요양병원에 들어오면서 이번이 마지막이라고 생각하고 있었다.

어린 시절부터 많은 시간과 돈을 들여 배워온 것들이 아까웠지만 더 이상 타인에게 상처받고 스스로를 자책하며 살고 싶지 않았다.

"그렇군. 그럼 기회가 되면 또 보세."

그의 예의상 하는 말을 듣고 밖으로 나와 탈의실로 향했다.

"후우."

탈의실에 들어온 두삼은 혼자가 되자 긴 한숨을 내쉬었다.

한두 번 겪은 일이 아니었기에 애써 태연한 척했지만 기분만은 결코 익숙해지지 않았다.

"세상이 망하는 것도 아니잖아. 힘내자, 두삼아."

스스로에게 최면을 걸 듯 중얼거려 보지만 옷을 갈아입는 속도만큼 그는 힘이 없었다.

덜컹!

막 옷을 다 갈아입었을 때 탈의실 문이 열리며 문희원이 들어왔다.

그는 옷을 갈아입은 두삼에게 무슨 일이 있는지 알고 있는지 아무렇지 않게 바라보며 한쪽에 있는 의자에 앉았다. 그리고 틈틈이 빨던 전자 담배를 입으로 몇 번 빨며 말했다.

"드디어 잘린 거야?"

"…뭐라고?"

두삼은 그의 말에 의문을 표했다.

서로 취향이 달라 아주 친하게 지내진 않았다.

나이가 자신보다 두 살 어렸지만 선배였고, 번번이 손님들이 그에게만 가려 하는 것이 미안해서 몇 번 밥과 술을 사면서 나름 친구처럼 지내왔었다. 한데 말투가 비수처럼 날카로웠다.

"야! 말을 안 해서 그렇지 그동안 너 때문에 내가 얼마나 힘들었는지 알아? 실장님께 널 자르지 않으면 내가 그만두겠다고 했어."

"……!"

"일은 내가 다하는데 고작 밥과 술로 넘어가려 하는 너도 참 대단해. 혹시나 해서 하는 말인데 어디 가서 마사지 배웠다고 하지 마라. 존나 자격증만 많으면 뭐 하나? 두 개밖에 없는 나보다 못하는데."

"너……!"

두삼은 어금니를 악물었다.

언짢았던 기분을 더럽게 만들어주는 문희원에게 한마디 해주려는데 지금 기분으로 입을 열었다간 옛날 성격이 나올 것 같아서 눌러 참았다.

"내가 마사지협회와 물리치료사협회 게시판에 너에 대해 좀 적어놨으니 한동안 다른 곳에 취직하긴 힘들 거다."

두삼은 더 듣고 있다간 한 대 칠 것 같은 기분이 들었다.

실력이 부족하다고 주먹 힘이 없을 것이라 문희원이 착각하는 것 같아 가르쳐 줄까도 싶었지만 다시 한번 화를 억눌렀다.

'네게 빚진 것은 지금 이 순간으로 다 갚았다. 만날 일도 없겠지만 다음에 보면 조심하는 게 좋을 거야!'

후일을 들먹이는 것만큼 쪽팔린 짓도 없지만 그것마저 안 하면 화병이 생길지도 몰랐다.

"엄한 사람 애먹이지 말고 다른 일이나 찾아. 잡일은 잘하니까 노가다 쪽으로 가면 되겠더라. 큭큭큭!"

나오는 순간까지 빈정대는 문희원을 뒤로 하고 요양병원에서 나왔다.

그리고 어느 정도 걷다가 한적한 곳에 이르러 고함을 질렀다.

"으아아~~~ 악!"

엿 같은 인생이다.

1. 귀향

오전 11시가 되기 전에 떠날 준비를 마쳤다.

재산이라고 불릴 만한 것은 노트북과 취미 생활용으로 모아 둔 하드디스크, 계절별 옷가지가 전부였다.

세 박스로도 떠날 준비가 된다는 것에 그동안 어떻게 살아왔나 싶으면서도 이사하기 편하다는 점에선 나쁘지 않았다.

"다 된 건가? 휴우~ 이 좁은 독서실 방을 떠나는 게 아쉬울 날이 올 줄이야."

두삼은 편의점에 박스를 맡기고 덩그러니 남은 침대와 선반 위에 뱀처럼 놓여 있는 인터넷 선을 보며 중얼거렸다.

그때 두삼의 어깨에 누군가가 팔을 올리며 말했다.

공무원 시험을 준비하며 독서실 일하는 총무 노대우였다.

전임 대통령의 이름과 비슷해 독서실 사람들에겐 총통이라는 별명으로 불리고 있었다.

"축하할 일이지 전혀 아쉬워할 일이 아니다. 두 번 다시 이딴 곳에서 살지 마라."

"총무가 할 말은 아닌 것 같은데요?"

"형으로서 하는 말이다."

3년 동안 같이 독서실에서 생활한 사이라 그런지 총무의 말엔 끈끈함이 묻어 있었다.

"옥상에 담배나 피우러 갈까요, 총통 형?"

두삼은 담배를 피우지 않았지만 노대우와 잠깐이라도 더 있고 싶은 마음에 말했다.

"어젯밤에 술 마시면서 나눈 석별의 정으로 충분하다. 너 떠나고 나면… 어차피 올라갈 건데 뭐."

노대우는 정이 많았다. 독서실을 떠나는 사람이 있는 날이면 옥상에 올라가 떠나는 이를 보며 담배를 피우는 것이 그 자신만의 이별법이었다.

두삼은 그걸 알기에 더 권하지 않았다.

"시험 합격 하면 놀러 와요. 주변에 볼거리도 많아요."

"오지 말라는 소리처럼 들린다. 휴가 때 시간되면 들를게. 근데 경남이라고 했었나?"

"네. 경남 하동군 악양면 매계리예요."

"이름만 들어도 엄청 먼 곳 같네. …조심히 내려가고 잘 살아라."

"형도요."

가볍게 악수를 하는 것으로 마지막 인사를 대신하고 독서실을 나섰다.

뒤돌아 옥상을 보면 담배를 물고 자신을 바라보고 있는 노대우가 보일 게 분명했다. 그러나 돌아보지 않았다.

이별은 짧을수록 좋았다.

전철을 타고 남부버스터미널에 도착한 두삼은 하동행 티켓을 끊었다.

악양으로 바로 가는 버스 편이었지만 하동에 잠깐 들러야 했다.

두삼은 출발 시간까지 30분 정도 남았기에 간단히 우동으로 점심을 먹었다. 그리고 커피를 마시며 스마트 폰을 만지작거렸다.

주소록 위 '엄마'라고 적힌 곳에 손가락을 올리고 잠시 고민을 하던 그는 결국 꾹 눌렀다.

ㅡ아들?

"네, 엄마. 잘 지내셨어요?"

ㅡ항상 잘 지낸다. 넌 돈 버느라 고생 많지?

대부분의 어머니는 언제나 당신이 고생하는 것보다 자식이 고생하는 것을 안타까워했고, 두삼의 어머니 박선덕 또한 그 대부분에 속했다.

"햇볕 쨍쨍한 밭에서 일하는 엄마가 힘들지 실내에서 편하게 일하는 제가 힘들겠어요?"

ㅡ나나 네 아버지는 내 땅 일구고 살지만 넌 남의 밑에서 일하잖니. 여기 일이 잘돼서 우리 아들 돈 얼른 갚아줘야 하는데……

"또, 또! 그 소리. 제 일은 제가 할게요."

두삼이 전화를 할 때마다 박선덕은 4년 전의 일을 들먹였다. 그는 얘기가 길어질 것 같아 큰 소리로 말을 끊었다.

일대에서 유명한 의원이었던 두삼의 할아버지 한언수는 꽤 많은 돈을 유산으로 남겼다.

그러나 버는 사람 따로, 쓰는 사람 따로 있다고 두삼의 아버지가 사업을 한다고 두삼 몫의 유산까지 홀라당 날려 버린 것이다.

순간 언성을 높인 것이 미안했던 두삼은 부드러운 말투로 말을 이었다.

"이번 달에 보너스가 들어와서 좀 보냈으니까 필요한 거 있으면 사서 쓰세요."

─너 쓸 것도 없을 텐데 뭐 한다고 보냈어. 여기서 돈 쓸 일이 뭐가 있다고…….

"절대 아버지한테는 말하지도, 드리지도 마세요. 엄마 쓰라고 보내는 거지 아버지 술 먹으라고 보내는 거 아니에요."

두삼과 그의 아버지 한윤호 사이는 극도로 나빴다.

자신 몫의 유산을 잃은 것 때문이 아니었다.

지금 그가 가려 하고 있는 할아버지의 손때 묻은 집을 사업 자금을 위해 팔자고 했을 때 결사적으로 반대한 것 때문에 둘 사이가 틀어진 것이다.

현재 남아 있는 집과 주변 땅까지 합쳐봐야 고작 삼, 사천만 원. 만일 그 돈으로 사업이 정상화될 것이라 생각이 들었다면 두삼도 기꺼이 줬을지도 모른다.

그러나 수십억의 유산을 깡그리 날려놓고도 땅만 팔면 모든 것이 해결될 것처럼 말하는 한윤호의 말을 두삼은 믿을 수가 없었다.

—…네 아버지 너무 미워하지 마라. 요즘은 술도 끊고 많이 유해지셨다.

"행여나요! 아무튼 절대……."

—너 아버지 오셨다. 또 연락하자.

박선덕은 낮은 목소리로 다급하게 말을 하곤 전화를 끊었다.

"유해지긴 개뿔……."

유해진 사람이 왔는데 다급하게 전화를 끊겠는가.

두삼은 씁쓸한 듯 중얼거리곤 출발 5분 전인 버스에 올라탔다.

버스는 곧 출발했고 두삼은 창밖을 보며 고향에서 어떻게 살 것인지를 생각하다 잠이 들었다.

창에 머리를 얼마나 찧으며 잤는지 머리가 아파 눈을 떴다.

세상을 오렌지 빛으로 물들이고 있는 석양을 품은 섬진강이 유유히 흐르고 있었다.

'아! 섬진강.'

섬진강은 떠날 때 고향이 멀어졌음을 알려주고, 돌아올 때 고향이 가까워졌음을 알려주는 지표였다.

할아버지가 돌아가시고 떠났던 고향에 이제야 돌아왔음이 조금씩 실감나기 시작했다.

물론 할아버지 제사 때와 명절 때 내려와서 머물다가 가곤 했지만 그때완 느낌이 사뭇 달랐다.

어떤 일을 계기로 꿈을 포기한 후, 단지 먹고살기 위해 일을 시작하면서 포기하고 있었던 꿈이 다시 꿈틀댔고 내려오기 전까지 완전히 상실했던 삶에 대한 자신감이 고향에 왔다는 것만으로도 살아났다.

'어떻게 살아도 서울보다 이곳이 더 나을지도.'

꿈이 꿈으로 끝날지라도⋯ 약초를 캐어 근근이 살아갈지라도 최소한 이곳에서라면 자책하면서 살 필요는 없을 것 같았다.

죽어 있던 두삼의 눈빛에 생기가 돌 때쯤 버스는 목적지인 하동에 도착했다.

시내버스터미널에서 나온 두삼은 읍내와 반대편으로 걸음을 옮겼다.

하동 기차역을 지나 우측 섬진강을 따라 20분 정도 걷다 보면 재첩국으로 유명한 음식점이 나왔다.

식당이 외딴 곳에 있음에도 저녁을 먹으러 온 하동 사람들과 관광객으로 보이는 이들이 있었다.

"재첩국 주시고 10리터짜리로 하나 포장해 주세요."

10리터짜리 물통에 판매하는 재첩국의 가격은 만만치 않았다. 그러나 두삼은 할아버지 댁에 들를 때면 언제나 이곳 음식점에 들러 사갔다.

줄 사람이 있어서였다.

재첩국 한 그릇을 먹고 재첩국 통을 들고 나오는데 때마침 읍내로 가는 사람의 차를 타고 하동 시내버스터미널까지 편하게 올 수 있었다.

그리고 악양면까지 가는 버스를 타고 아까 왔던 길을 되돌아 갔다.

"수고하세요."

종착지인 악양면에 버스가 도착했다.

버스에 내려 습관처럼 주변을 두리번거렸다. 지난 설날 때 왔었으니 고작 2달밖에 지나지 않아 바뀐 게 있을 리가 없었다.

콸콸콸!

매계리까지 가는 버스는 이미 끊겼다. 두삼은 시원하게 흐르는 섬진강의 지천인 악양천을 따라 할아버지 집을 향해 걸었다.

간간히 지나가는 차를 히치하이킹해서 타고 갈 수도 있었지만 그냥 걷고 싶었다.

어린 시절 야산의 밤을 주워—지금 생각하면 도둑질이긴 했지만—악양면까지 내려와 팔아서 아이스크림을 사먹던 일, 악양천에 떠내려 간 신발을 줍기 위해 냇가를 따라 내려왔던 일 등이 주마등처럼 스쳐 지나갔다.

두삼은 어둡고 긴 길을 웃으며 걷고 있었다.

'저기다!'

좌측으로 지리산 줄기인 짙은 흑색의 수리봉이 솟아 있었고 그 한참 아래 두 개의 불빛이 반짝이고 있었다.

두 개의 불빛 중 우측이 그의 고향집이었는데 금방 닿을 거리처럼 보였지만 실제로는 족히 15분은 더 걸어야 할 거리였다. 그러나 두삼의 발은 목적지가 보이자 더욱 힘차게 움직였다.

"휴우~ 오랜만에 걸어서인가 고작 40분 정도 걸었다고 이렇게 힘들 줄이야."

운동을 게을리 해본 적이 없었다. 다만 악력을 기르기 위한 근력 운동에 집중을 하다 보니 걷기와 뛰기엔 상대적으로 소홀했었다.

자기엔 이른 시간인지 대문이 열려 있었다.

ㄱ자 형의 본채와 一자 형의 사랑채로 구분이 되어 있었는데 두삼은 본채와 조금 떨어진 사랑채로 갔다.

사랑채엔 할아버지의 일을 돕다가 지금은 집을 관리하고 있는 이들이 살고 있었다.

"아저씨, 아줌마."

"이 밤에 누구요?"

"봉래 아저씨, 접니다. 두삼이."

"아니! 네가 명절도 아닌데 웬일이냐? 저녁은 먹었냐? 임자, 두삼이 왔어. 얼른 일어나서 저녁이라도 차려봐."

"아이고! 주무시면 깨우지 마세요. 그리고 이거 사면서 간단히 먹었습니다. 그리고… 이곳에서 살까 해서 왔는데 괜찮겠습니까?"

"당연하지! 네 집인데 네가 산다는데 내가 뭐라고 하겠냐. 어쩐지 이 사람이 이번 주에 뭐에 홀린 듯이 청소도 하고 빨래도 하더니 네가 올 걸 알았나 보다. 근데 뭐 한다고 이걸 또 사왔냐."

"좋아하시잖아요."

"이제 너 때문에 질린다. 두 번 다시 사오지 마라."

"하하! 성의를 봐서라도 드세요. 인사는 내일 다시 드리겠습니다. 쉬세요."

"그래. 서울서 내려오느라 고생했을 텐데 얼른 자라."

잠에서 깨 옷을 입고 나오는 아주머니와도 인사를 한 두삼은 본채로 갔다. 그리고 불도 켜지 않고 대청마루에 앉아 마당을 찬찬히 둘러보았다.

그는 집까지 걸어올 때와 마찬가지로 옛 추억에 빠져들었다. 태어나면서부터 열일곱까지 지냈던 곳이라 추억할 것이 많은지 꽤 오랫동안 앉아 있었다.

"내 정신 좀 봐. 할아버지께 인사도 드리지 않고 멍하니 앉아 있었네."

가방을 내려놓고 마당 한쪽에 있는 수돗가로 물을 틀었다.

"으~ 차가워!"

샤워를 하려던 마음이 사라질 정도로 물은 시원하다 못해 얼음장처럼 차가웠다.

그러나 두삼은 새로운 각오를 다진 첫날부터 하기로 마음먹은 것을 무르긴 싫었다. 옷을 벗고 바가지로 머리부터 물을 연거푸 부었다.

몸이 의지완 상관없이 오돌오돌 떨렸지만 비누칠을 하곤 몸을 씻었다.

역시 사람은 환경의 동물이라고 찬물 샤워도 곧 견딜 만했다.

"큭큭큭! 잔뜩 오그라들었네. 어제의 나처럼 말이야."

두삼은 수건으로 몸을 닦다가 하체를 보곤 자신도 모르게 키득거렸다.

옷까지 말끔하게 갈아입은 두삼은 본채의 오른쪽 맨 끝에 있는 사당으로 들어갔다.

정면으로는 단 위에 위패들이 모셔져 있었고 오른쪽으로는 두삼의 할아버지와 증조할아버지의 사진이 걸려 있었다.

두삼은 위패를 향해 절을 한 후 한언수의 영정사진을 보며 말했다.

"할아버지, 저 왔어요. 위에서 다 보고 계실 테니 제가 어떻게 살아왔는지 다 아시죠? 할아버지처럼 되고 싶었는데… 장애물이 참 많네요."

두삼은 울 것 같은 표정으로 쓴웃음을 지었다.

"핑계 아니에요. 나름 열심히 했어요. 한의사는… 어쩔 수 없었어요. 그래도 물리치료사와 각종 마사지 자격증, 심지어 피부마사지 자격증도 땄다니까요. 헤헤헤. 그래서 이제 할아버지처럼 되겠다는 꿈을 접을까 해요. 화내지 마세요. 대신 할아버지 손자라는 게 부끄럽지 않게 열심히 살게요."

한언수는 마치 괜찮다는 듯 환하게 웃고 있었다. 두삼도 마치 허락을 받은 것 같아 위안이 되는지 환하게 웃었다. 다만 눈에선 눈물이 뚝뚝 떨어졌다.

이유는 몰랐다.

꿈을 접게 되었다는 것에 대한 아쉬움 때문인지 할아버지의 그림자를 좇아 아등바등 살지 않게 된 것에 대한 안도감인지.

어린 시절 할아버지에 어리광을 부리던 어린아이가 된 듯 두삼은 영정을 향해 그동안 쌓여 있던 말을 토해내며 울었다.

*   *   *

아침 6시, 서울에서 출근을 하기 위해 겨우 일어나던 것과 달리 고향집에선 절로 눈이 떠졌다.

할아버지께 인사를 드린 후 TV도 없고, 인터넷도 안 되는 상황이라 일찍 잠든 것이 결정적이긴 했지만 새로운 삶을 시작한다는 것에 대한 설렘도 한 몫 했다.

"간만에 산이나 올라가 볼까?"

아직까지 딱히 계획된 것이 없기에 오랜만에 뒷산인 수리봉을 올라가 보기로 했다.

뒷산이라고 표현을 했지만 800미터가 훌쩍 넘는 봉우리였다.

동네 사람들이 산에 오르는 길이 있었지만 크게 따지지 않고 그저 발 닿는 대로 산을 올랐다.

한언수가 의원에서 쓰이는 약재를 주로 약초꾼에게 받아다 썼지만 날이 좋을 땐 집에서 일하던 일꾼들과 산을 오르곤 했었다. 그때 두삼도 자주 다녀서 정말 뒷산이라고 부를 만큼 훤했다.

"흐음~ 더덕 냄새."

더덕 향은 상당히 짙어 길을 가다가도 금세 발견할 수 있다.

적당한 나뭇가지를 이용해 더덕을 캤다. 아직 1년이 되지 않아 크지 않았다.

혹시 몰라 챙겨온 소도로 껍질을 벗긴 후 통째로 입에 넣고 씹었다.

으적으적!

즙을 잔뜩 머금은 더덕은 다소 쓰다는 것만 빼면 마치 아삭아삭한 과일을 먹는 듯한 식감이었고, 입안 가득 퍼지는 더덕

향은 어떤 과일도 견주기 힘들 정도로 매력적이었다.

"이야! 이 다래나무는 예전보다 더 큰 것 같은데. 올 여름에 따서 술이나 담가야겠다."

어린애였던 두삼은 장성을 했지만 산은 예전이나 지금이나 변한 것이 거의 없었다.

"어! 저건 능이버섯이네. 잘됐다. 고기 먹을 때 같이 구워 먹으면 맛있겠다."

지천이 먹을거리였고 그중에 값나가는 것들도 꽤 있었다.

빈 가방이 반쯤 올라왔을 때 가득 찼다. 더 욕심부려 봐야 들고 갈 수도 없었기에 등산로로 나와 수리봉으로 올라갔다.

"하아아아~ 후우우우우~ 좋다."

수리봉에 오르자 시원한 공기는 물론이고 악양 전체가 한눈에 들어왔다.

적당한 곳에 앉은 두삼은 아까 채집한 것 중에 씹을 만한 것을 입에 넣고 오물거리며 해가 뜨면서 활기차게 살아 움직이는 악양을 바라보았다.

서울과는 뭔가 달라 보였다.

서울이나 악양이나 환경이 다를 뿐이지 살아가는 것이 다를 리는 없을 것이다. 단지 두삼의 마음가짐이 달라져서 그렇게 보이는 것이리라.

10분쯤 앉아 있던 그는 엉덩이를 털고 일어났다. 이젠 내려가야 할 시간이었다.

집 뒤에 있는 대나무 숲에서 나와 마당으로 가자 긴 장화와 작업복을 입은 이봉래가 기다리고 있었다.

"산에 갔다 오냐?"

"예, 아저씨. 일 나가시려고요?"

"그래야지. 네 방에 아침밥 챙겨놨다고 말해주려고 기다리고 있었다."

"아저씨도 참! 절대 그러지 마세요. 밥이야 저도 할 수 있습니다."

"우리 먹던 거에 숟가락 하나 더 올리는 건데 부담 갖지 마라. 아들 같은 너한테 밥 챙겨주는 게 무에 대단한 일이라고."

이봉래는 두삼의 할아버지인 한언수 때문에 살아났다고 믿는 사람이었다.

할아버지가 살아 있을 땐 사랑채에 머물며 잡일을 도왔고 죽고 나선 묘와 집을 돌보고 있었는데 두삼은 그를 보다 아버지를 생각하면 언제나 낯이 뜨거웠다.

"감사합니다."

더 거부를 하면 오히려 그의 기분을 상하게 만들 것 같았기에 두삼은 순순히 그의 호의를 받아들였다.

"점심은 1시쯤, 저녁은 7시쯤 먹는단다. 밖에서 먹을 것 같으면 메시지라도 남겨두려무나."

"예, 아저씨. 그런데 일손이 필요하면 도울게요."

"됐다. 도움이 필요하면 말할 테니 넌 일단 쉬어라. 푹 쉬면서 뭘 할지 생각해 봐. 밥 먹어라."

이봉래는 두삼이 왜 내려왔는지 눈치챈 모양이었다. 그는 무심한 듯 돌아서 일하러 갔다.

그런 그를 보며 머리를 긁적이던 두삼은 자신의 방으로 갔다.

식었으면 귀찮더라도 데워 먹어라.

밥상 덮개 위에 쪽지가 있었다.

삐뚤삐뚤한 글씨체로 써진 짧은 글이었지만 따뜻함이 묻어 있었다.

덮개를 치우자 갖다 둔 지 얼마 되지 않았는지 밥이며 국이며 김이 모락모락 나고 있었다.

"아저씨도 참…… 숟가락 하나 올렸다더니 아껴 드시던 굴비도 구우셨네."

할아버지가 돌아가시고, 아버지가 연을 끊으면서 느끼기 힘들었던 가족 지간의 정이 느껴져 두삼은 순간 목이 메어와 숟가락을 들지 못했다.

그도 잠시, 곧 맛있게 아침을 먹었다. 그리고 설거지를 하고 밥상을 사랑채 부엌에 갖다놓고 나니 무얼 해야 할지 고민됐다.

"아! 그러고 보니 오늘 16일이지. 5일장이나 보러 가야겠다."

두삼은 약초꾼을 염두에 두고 있었다. 그러니 이 기회에 대충이나마 약초 가격을 알아두는 것도 괜찮을 것 같았다.

생각과 동시에 가방을 메고 집을 나섰다. 정해진 일이 없는 백수의 장점이었다.

두삼의 집에서 50미터 떨어진 곳에 포장도로—버스가 다니진 않지만—가 있어 느끼기 힘들지만 사실 두삼의 집은 완만한 산의 중턱에 있었다. 그래서 버스를 타기 위해선 10분쯤 아래로 내려가야 했다.

그는 아침에 충분히 걸었기에 버스를 타고 악양면으로 나갈 생각으로 마을의 버스 정류장이 있는 매계리 마을 입구로 내려 갔다.

버스 정류장이라고 해봐야 도로 옆 커다란 나무 밑에 간단한 식료품을 파는 구멍가게가 있는 것이 다였다.

두삼은 구멍가게 앞에 붙어 있는 버스 시간표를 확인했다. 버스가 오기까지 10분 남았다.

"혹시나 했는데 버스 시간은 여전하구나. 그나저나 어디 가신 건가?"

두삼은 불 꺼진 가게를 기웃거리며 중얼거렸다.

구멍가게 할머니가 몇 해 전 돌아가시고 어머니의 친구분이 지금 운영을 하고 있었다. 그래서 인사나 드릴까 했는데 문이 잠겨 있었다.

"나중에 인사드려야겠네."

매계리 윗마을이라고 할 수 있는 동매리에서 버스가 내려오고 있었다.

버스에 오르자 5일장에 나가 팔 물건을 담은 보따리들이 걸음걸음 놓여 있었다. 그에 비해 자리는 넉넉했기에 적당한 자리에 앉았다.

걸어서는 40분 거리지만 차로는 정류장에 서서 기다리는 시간까지 합쳐도 15분이 넘지 않았다.

"할머니, 제가 내려 드릴게요."

"아이고! 총각, 고마워."

어느 시골이나 비슷하게 버스에 탄 이들은 대부분이 노인분들이었는데 자신의 몸집만 한 짐을 드는 모습에 두삼은 팔을 걷어붙였다.

짐을 머리에 얹어주거나 짐이 잔뜩 실린 손수레를 내려 주기를 십여 차례 하고 나서야 5일장이 열리는 곳으로 갈 수 있었다.

아직 9시 30분밖에 되지 않았는데 시장은 좋은 자리를 먼저 선점하려는 사람들로 북적이고 있었다.

좌판에서 파는 물건 중 가장 많은 것이 직접 캐거나 재배한 갖가지 봄나물과 농산물, 산에서 캐온 각종 약재였다.

두삼은 부채만 한 상황버섯을 파는 할머니께 물었다.

"그 상황버섯은 얼마예요?"

"이거? 400그람 조금 넘는데 16만 원만 줘."

"좀 더 알아보고 오겠습니다."

가격을 알아보려는 것이었기에 미안함에 살짝 고개를 숙이고 걸음을 옮겼다.

두삼은 계속해서 눈에 띄는 약재들의 가격들을 물어보며 시장을 돌아다녔다.

'생각보다 가격이 비싼 편이네.'

서울에 비한다면 싸긴 했다. 그러나 이곳까지 와서 차비를 건질 정도로 싸진 않았다.

물론 대부분이 자연산이고 운이 좋다면 정말 싸게 파는 좋은 물건을 살 수도 있었지만 그런 것들은 묻는 와중에도 순식간에 팔려 버렸다.

전체적으로 가격이 비싼 이유는 금세 알 수 있었다. 외지인 때문이었는데 그들은 시장을 돌면서 괜찮다 싶으면 바로 구매를 했다.

'잘하면 괜찮겠는걸.'

가격만 적당하게 책정한다면 굳이 판매에 신경을 쓸 필요가 없으니 약초꾼을 염두에 두고 있는 그에겐 좋은 일이었다.

'한번 팔아봐?'

아침에 채취했던 것이 가방에 있음을 상기했다.

부끄럽다는 생각도 잠시 곧 앉을 곳을 물색했다. 그리고 시장의 맨 끝, 사람들도 거의 오지 않는 곳에 박스를 펴고 앉았다.

'버섯은 요건 이만 원, 요건 만오천 원, 요건 오천 원……'

두삼은 박스의 일부분을 찢어 물건 앞에 가격을 적어뒀다.

'자리가 안 좋아서 안 팔리는 건 아닌 것 같은데 젊은 사람이 팔아서 못 미더워 그러나? 아님, 가격이 너무 어정쩡한가?'

간간히 오는 손님들은 두삼의 물건은 잠깐 구경만 할 뿐이었고 옆에 계신 할머니의 나물만 사서 갔다.

1시간이 지나도 2시간이 지나도 마찬가지였다.

두삼은 물건이 너무 없어서라고 생각했다. 다음 장날까지 많은 약초를 채집해서 오기로 하고 장사를 접기로 했다.

그때 옆에 계신 할머니가 입을 열었다.

"총각."

"네, 할머니."

"여기서 약초를 팔아봐야 잘 안 팔릴 거야. 이쪽으로는 나물 위주로 파는 곳이거든. 약초를 팔려면 저쪽에 약초 파는 곳이 따로 있어."

"아! 그렇군요. 감사해요, 할머니."

"감사는 무슨……."

할머니께 감사의 인사를 하고 막 물건을 챙기려 할 때 눈에 확 띄는 미모의 여성이 다가오며 물었다.

살짝 올라간 눈이 차갑게 보이게 만들었지만 그마저도 매력적이었다.

"파는 건가요?"

"아… 네네!"

두삼은 잠깐 여자의 얼굴에 넋을 잃었다는 걸 깨닫곤 황급히 정신을 차리고 대답했다.

"국내산인가요?"

"네. 오늘 아침에 산에서 채취한 겁니다."

여자는 뒤에 있는 남자를 흘깃 쳐다봤고 남자는 살짝 고개를 끄덕였다.

아무래도 약초에 대해 잘 아는 사람인 모양이었다.

"다 주세요."

"그럼 8만 원만 주세요. 비닐이……."

생각해 보니 포장해 줄 비닐이 없었다.

"…괜찮아요. 알아서 챙겨 가죠. 여기 있어요."

여자가 중년 남자에게 눈짓을 하자 물건들을 들고 있던 쇼핑백에 담았다. 그리고 나타날 때와 마찬가지로 쌩하니 사라졌다.

"그 여자 정말 숨 막히게 예쁘네. 뭐 그래봐야 그림에 떡이지만… 아! 잔돈."

여자는 오만 원 권 두 장을 줬는데 거스름돈을 주지 않았다.

두삼은 박스를 치우고 서둘러 여자를 찾기 위해 움직였다. 그

러나 장을 다보고 가버린 건지 시장 구석구석까지 찾아봤지만
없었다.

"에휴~ 포기다. 언젠간 만나면 그때 주자. 못 만나면 어쩔 수
없고."

두삼은 여자 찾기를 포기했다.

"그러고 보니 벌써 점심때네. 오랜만에 팥 칼국수 먹을까?

어린 시절 팥을 좋아하던 할아버지와 자주 다녔던 곳으로 아
까 시장을 둘러볼 때 여전히 성업 중이었다.

"팥 칼국수 두 그릇 주세요. 그릇은 먹고 갖다드리겠습니다."

5일장 땐 펼쳐둔 좌판 때문에 그처럼 테이크아웃을 해서 먹
는 사람들이 많았다. 주인은 두말없이 팥 칼국수를 만들어 쟁반
에 담아줬다.

두삼은 쟁반을 든 채 아까 장사를 하던 그 자리로 가 옆에 계
셨던 할머니에게 한 그릇을 드렸다.

"아휴, 나도 돈 있는데 뭐 한다고……."

"혼자 먹는 것에 익숙지 않아서요. 부담 갖지 말고 드세요."

두삼은 오랜만에 받은 친절에 대한 보답을 팥 칼국수로 대신
했다.

"음, 아무래도 이동 수단을 사긴 해야 할 것 같은데."

버스를 타고 면내를 왔다 갔다 하는 건 아무래도 시간적 제
약이 많았다.

자주 나오지 않았다면 모르겠지만 현재로써는 매일같이 나와
야 할 것 같았다.

현재 그가 가진 돈은 대략 500만 원.

차를 사기엔 부족했고 할부로 사자니 아직 아무것도 정해지지 않은 미래를 생각해야 했다. 그렇다고 자전거를 사자니 그도 적합하지 않았다.

결국 그가 선택한 것은 오토바이였다.

언젠가 시장에서 조금 떨어진 곳에서 오토바이 가게를 본 걸 기억하곤 그곳으로 향했다.

'악양 오토바이'라는 평범한 이름의 오토바이 가게 앞엔 여러 종류의 오토바이가 놓여 있었다.

"실례합니다!"

기름 냄새가 풍기는 가게 안으로 들어갔다.

"어서 오세요. 어? 넌!"

기름 때 잔뜩 묻은 장갑을 낀 채 오토바이를 고치던 사장은 두삼을 보고 놀란 표정을 지었다.

"혹시 두삼이 아니냐?"

"만수 형?!"

두삼은 반가움이 가득한 얼굴로 백만수의 이름을 불렀다. 백만수는 악양천을 사이에 두고 매계리와 마주하고 있는 정동리에 살던 한 살 터울의 형이었다.

어린 시절 악양천에서 만나 죽마고우처럼 지내던 이들 중 한 명이었다.

"이야! 이게 얼마만이냐? 내가 고등학교 입학하기 전에 진주로 갔으니까 16년 만인가?"

"벌써 그렇게 됐나요? 근데 언제 악양으로 다시 돌아온 거예요?"

"돌아온 지 올해 6년째. 대학 가려고 부산에서 삼수까지 하다가 때려치우고 군대 갔어. 그다음에 이런저런 일이 있어 정리하고 올라왔다."

"공부 곧잘 했잖아요?"

"너도 서울 가서 공부해 봐서 알겠지만 여기서 공부 좀 한다고 대도시 애들하고 비교가 되겠냐."

초등학교 때 영재가 중학교 때 공부 조금 잘하는 학생이 되고 고등학생이 되면 그냥 흔한 학생이 되듯이 고작 총 학생 수 100명 정도에 불과한 중학교에서 공부를 잘한다고 해봐야 특출 나거나 죽도록 공부하지 않는 이상 대도시로 나가면 평범하게 되기도 힘든 것이 사실이었다.

두삼도 겪은 일이었기에 고개를 끄덕이며 그의 말에 수긍했다.

"근데 오토바이 기술은 어떻게?"

"사실 고등학교 때 조금 엇나갔었다. 그때 오토바이를 타면서 조금씩 배워둔 것이 이렇게 직업이 됐다. 서서 얘기할 게 아니라 이리 와서 앉아라. 커피나 한 잔 마시면서 얘기하자."

백만수는 장갑을 벗고 밖으로 나가더니 아이스커피 두 개를 사가지고 왔다.

"아이스커피 괜찮지?"

"그럼요. 근데 바쁘지 않아요?"

"괜찮아. 오랜만에 만난 동생과 얘기할 시간도 없으면 이 짓도 때려치워야지."

두 사람은 그동안 어떻게 살았는지에 대한 얘기와 어린 시절 얘기로 한참동안 이야기꽃을 피웠다.

"완전히 내려와서 살기로 한 거야?"

"그럴까 생각 중이에요. 왠지 서울에서 계속 살면 영원히 내가 아닌 다른 사람이 될 것 같았다라고 할까요. 사실 패배자가 되어 도피해 온 것이라고 말하는 게 정확할 거예요."

"자식! 그런 생각 마라. 그냥 지쳐서 충전하러 왔다고 편하게 생각해. 혹시 정착하게 되면 그렇게 살면 되고, 다시 맞붙어볼 힘이 생긴다면 또 세상에 나가 부딪혀 보는 거고."

'예전에 친구 같았는데 이젠 정말 형 같네.'

백만수의 말은 두삼에게 위로가 되었다.

세월은 신기해 산과 들을 뛰어다니던 어린아이들을 누군가에게 위로를 건넬 수 있을 만큼 어른으로 만들기에 충분했다.

"참! 근데 너 오토바이 가게는 웬일이냐? 오토바이 필요하냐?"

"빨리도 묻네요. 면에 자주 왔다 갔다 할 것 같아서 하나 사려고요."

"얼마나 생각하는데? 아! 아니다. 내가 한동안 타고 다닐 거 빌려주마. 나중에 갈 때 반납해라."

"계속 살 생각이에요. 그러니 덤탱이만 씌우지 말고 싼 값에 쓸 만한 것으로 하나 줘요."

"아무튼 일단 타고 다녀. 나중에 진짜 머물 것 같으면 그때 돈 주고."

두삼은 백만수가 돈을 받고 싶지 않아 연극을 한다고 생각했다.

'한 달쯤 뒤에 주면 되겠지.'

편하게 생각하기로 마음을 먹었다.

백만수가 빌려준 오토바이는 당기면 나가는 것으로 뒤에 짐 칸까지 달려 있어 물건을 운반하기에도 괜찮을 것 같았다.

"할아버님 댁에 있지? 저녁에 술 한잔하자. 참! 오토바이 기름 이 거의 없으니 바로 주유해."

"고마워요, 형. 저녁에 봐요."

오토바이 가게를 나온 두삼은 기름을 넣고 마트에 들러 술과 안주거리를 샀다.

"좋은 오토바이네. 한 일이백은 하겠는걸."

중고라 해도 엔진 소리가 크지 않았고 당기면 당기는 대로 쭉 쭉 나갔다.

10분도 되지 않아 대문 앞에 도착했다.

신속한 기동력이 사람을 게으르게 만들기도 했지만 부지런하 게 만들기도 했는데 두삼은 후자였다.

그는 할아버지가 돌아가신 후론 거의 사용하지 않는 본채의 옆에 세워져 있던 평상을 수리하기로 했다.

아침, 저녁으로 쌀쌀하긴 했지만 고기를 구워 먹으며 술을 마 시기엔 평상이 제격이었다.

"다리 부분이 조금 흔들리는 걸 빼면 쓸 만… 아야!"

그의 생각보다 더 낡은 모양이었다. 나무가 부서지면서 뾰족 한 나무가시가 손에 박혔다.

"이런! 장갑이 있어야겠는데."

그는 코팅된 목장갑을 찾아보았다. 본채엔 없었고 사랑채로 가서 찾아봐도 없었다.

오토바이를 타고 나가서 사올까 하다가 문득 괜찮은 장갑이 있음을 생각해 냈다.

할아버지가 돌아가셨을 때 그 주검 옆에 놓여 있던 것으로 그냥 태워 버릴까 하다가 할아버지의 소중한 물건이라 생각해 놔뒀었다.

'잠깐 쓰고 깨끗이 닦아서 넣어두면 되겠지. 너무 오랫동안 쓰지 않아도 안 좋은 법이니까.'

거친 나무가 섬뜩하게 살을 파고드는 것을 두 번 당하고 싶지 않았다.

사당으로 간 두삼은 재단 밑에 문을 열고 깨끗한 종이에 싸뒀던 장갑을 꺼냈다.

'꽤 오랫동안 방치되어 있던 것치곤 깨끗하네.'

두삼은 장갑을 꼈다. 두께에 비해 마치 끼지 않은 듯한 느낌이었다.

"금방 쓰고 돌려 드릴게요, 할아버지."

마음에 걸리는 듯 두삼은 영정사진을 보고 말한 후 밖으로 나와 평상을 고치기 시작했다.

간단히 끝낼 줄 알았던 평상 고치기는 약간의 힘만 줘도 부서지는 통에 큰일로 바뀌었다. 그래서 온전히 정신을 집중해야 했다.

그때였다.

장갑에서 은은한 빛이 나기 시작하더니 점점 투명해졌다. 그리고 어느 순간 두삼의 손 안으로 스며들었다.

두삼이 알았다면 기겁을 했을 일이지만 집중하느라 장갑이 스며드는 걸 보지도, 느끼지도 못했다.

"그래도 고쳐놓으니 기분이 좋네."

마침내 평상 고치기가 끝났다.

깔끔하게 고쳐진 평상을 보고 뿌듯하게 웃던 두삼은 이제 슬슬 저녁 먹을 준비를 해야겠다는 생각에 한숨 돌릴 틈 없이 주변의 공구들과 널브러진 나무토막을 정리했다.

"이제 손을 씻고… 어? 근데 장갑이 어디 갔지?"

수돗가에서 손을 씻기 위해 장갑을 벗으려는데 장갑이 없었다. 언제 벗어놨는지 곰곰이 생각해 봤지만 벗은 기억이 없다.

두삼은 혹시나 싶어 주변을 열심히 둘러봤지만 어디에도 장갑은 없었다.

"무의식중에 벗어 뒀나?"

"뭘 그렇게 찾고 있냐?"

"아! 아저씨. 일 끝마치셨어요?"

이봉래가 왔기에 두삼은 내일 찾기로 하고 일단 저녁 얘기부터 꺼냈다.

"오늘 면에서 만수 형을 봤어요. 그래서 삼겹살에 소주 마시려는데 같이 드시죠."

"오토바이 가게 만수 말이냐?"

"알고 계셨어요?"

"농기구 때문에 몇 번 신세를 져서 잘 알지. 그러고 보니 너한테 만수 얘기를 해준다는 걸 깜빡 잊었네. 미안하구나."

"아니에요. 만났으니 된 거죠."

"저녁은 둘이 먹어라. 아줌마랑 나랑은 너무 피곤해서 얼른 씻고 쉬어야겠다."

"그럼 삼겹살 나눠 드릴 테니 두 분이서 오붓하게 드세요. 넉넉하게 사왔거든요."

두삼은 사온 삼겹살의 절반과 술 몇 병을 사랑채에게 갖다준 후 채소를 씻고 불판을 준비했다.

백만수는 7시가 조금 넘자 치킨을 사가지고 왔다.

"남편 기다리는 새색시처럼 다 준비해 뒀네?"

"하하하! 일은 잘 끝내고 오셨어요, 서방님."

"흐흐흐! 마누라 기다리는데 일이 손에 잡히겠어."

농을 주고받은 두 사람은 평상에 앉아 서로의 술잔에 술을 따랐다.

"아까 못 물어봤는데 장가는 갔어요?"

"응. 애가 벌써 둘이다."

"몇 살인데요? 일찍 갔네요?"

"열 살, 여덟 살. 사실 6년 전에 고향으로 돌아온 이유가 그 애들 때문이었다. 먹고살 길도 막막하기도 했지만… 아무튼 겸 사겸사 들어왔다."

말하기 곤란한 일이 있는지 백만수는 말을 아꼈다.

두삼은 눈치를 챘지만 굳이 말하려 하지 않는 걸 캐묻고 싶진 않았기에 모른 척 고기를 구웠다.

"근데 넌 왜 내려온 거냐?"

"노력해도 안 되는 게 있더라고요."

"너같이 독한 놈이 노력했는데도 안 되는 게 있어? 네 중학교 때를 생각해 봐."

두삼은 마음 좋은 사람처럼 보이지만 어린 시절 악양면에서 소문난 독종이었다.

빈둥빈둥 놀다가도 뭔가를 해야겠다고 하면 누가 뭐라고 해도 해내고야 마는 성격이었다.

일례로 할아버지가 너무 사고를 치고 다니는 두삼에게 실망의 눈빛을 보낸 적이 있었는데 그 후 전교 꼴등에 가까웠던 그가 다음 학기에 전교 1등을 했었다.

"그건 중학교 때 이곳에서나 가능한 얘기죠. 대도시의 고등학교에서는 따라가기도 힘들더라고요. 아니, 정말 미친 듯이 하니 따라갈 수는 있었어요. 근데 한계가 있더라고요. 저보다 노력을 많이 하는 애들도 많고… 그리고 타고난 신체 능력도 문제였고요."

"신체 능력?"

"이 손요. 악력이 없어요."

"아! …그래도 꼭 네 할아버님처럼 안마로 사람을 고칠 필요는 없잖아? 한의사가 되면 되잖아."

백만수의 말에 두삼은 씁쓸한 웃음으로 대답했고 두삼이 그랬듯이 백만수도 표정에서 뭔가를 읽었는지 더 이상 묻지 않고 소맥을 비웠다.

그러다 문득 두삼의 손을 보곤 고개를 갸웃거렸다.

'근데 악력이 없다는 녀석이 소주 병뚜껑을 쿠킹 호일 구기듯이 하고 있네. 뭔가 사정이 있겠지.'

"자자! 우울한 얘기는 여기까지! 이러다 체하겠다. 지금부터는 살면서 재미있었던 얘기나 하자. 그래야 술이 술술 들어가지. 건배!"

"하하하! 그렇게 해요. 건배!"

두삼에게 서울 생활은 지우고 싶은 과거였다.

"참! 너 면에서 의원을 했던 김광도라고 기억하지?"

"기억하죠. 저희가 강도라고 놀렸었잖아요. 그 아들 이름이…
음, 김장혁이었던가?"

"잘 아네."

"그 사람이 뭐요?"

김광도는 악양면에서 작은 병원을 운영하며 한언수의 한의원
에 찾아온 손님 중 병원 진료가 필요한 이들을 받아 많은 돈을
벌었다.

한데 욕심이 너무 지나쳤다.

돈이 없는 노인들에게 과한 비용을 청구하면서 한언수의 눈
밖에 났다. 그때부터 한의원을 찾은 손님 중 서양 의학의 조치가
필요한 이들을 전부 하동에 있는 병원으로 보내졌다.

결국 김광도는 악양면의 병원을 넘기고 다른 곳으로 가야 했
다.

"김광도가 이번에 악양면에 한의원을 차린다더라. 조심하는
게 좋을 거야."

"하하! 형도 참, 잘못한 게 있어야 조심하죠."

"그 인간들 어쩐지 잘 알잖아. 마지막에 가면서 외치던 거 기
억 안 나?"

김광도는 은혜를 받을 때 다 자신이 잘한 것처럼 굴더니 막상
은혜가 거두어지자 모든 걸 할아버지 탓으로 돌리며 집에 찾아

와 행패를 부렸었다.

"아주 잘 기억하죠. 적반하장이라는 말을 그때 확실히 알게 되었거든요."

"큭큭큭! 적반하장이라, 딱 맞는 말이다. 아무튼 동네 주민들 한테 쫓겨나듯 고향을 떠난 사람이 보란 듯이 한의원을 차리려는 걸 보면 그리 좋은 의도는 아닐 게 분명해."

"의도가 있든 없든 저랑은 큰 상관이 없을 것 같은데요. 뭐 약초를 비싸게 사준다면 또 모르겠지만요."

할아버지가 계신다면 모를까 지금의 두삼과는 전혀 접점이 없었다.

저녁을 다 먹고 남은 삼겹살이 숯이 되어갈 때까지 이런저런 얘기를 했다.

"약초꾼이 될 거냐?"

"그럴까 생각 중인데 힘들까요?"

"글쎄다. 너라면 유명한 약초꾼이 될 것 같은데 너랑은 왠지 안 어울린다."

"그럼, 형 밑에서 오토바이나 배울까?"

"됐다. 차라리 약초나 캐라."

"방금은 안 어울린다면서요."

"오토바이 기술을 배운다고 할지는 몰랐지. 안 그래도 이 좁은 시골에 두 곳이나 있는데 너까지……."

"형한테 배워서 내가 설마 악양에 내겠어요?"

"응. 세상에 믿을 사람은 가족뿐이다."

"이거 가족 없는 사람 서러워서 못 살겠군요."

"그래서 하는 말인데 우리 처제 소개시켜 줄까? 그럼 가르쳐 줄 수 있는데."

"됐네요. 술이나 마셔요."

"하하하! 쫄기는. 아마 네 형수 보면 당장 소개시켜 달라고 할 거다."

두삼은 백만수의 말에 피식 웃으며 술잔을 비웠다. 아까 오토바이 가게에서 가족사진을 봤다는 얘기는 굳이 하지 않았다.

2. 힘을 얻다

투툭! 투툭!

두삼은 처마에서 물 떨어지는 소리에 눈을 떴다. 자리에서 일어나 문을 열자 비가 내리고 있었다.

두삼이 고향에 내려온 지도 한 달이 홀쩍 지났다.

비 오는 날을 제외하곤 하루도 빠짐없이 산을 타며 약초를 캐 5일장에 나가 팔았다.

"많이 내릴 비는 아닌데. 오늘은 그냥 쉬어야겠다."

한 달 동안 크게 욕심을 부리지 않았음에도 서울에서 벌던 월급보다 더 벌었다. 게다가 딱히 돈 쓸 곳이 없어 번 돈은 고스란히 남아 있었다.

쉴 때나 다칠 때를 생각해 부지런히 벌어놔야 한다는 생각이 들긴 했다. 그러나 대충 어느 정도 버는지 알게 되었으니 무리할 이유는 없었다.

"간만에 취미 생활이나 해볼까?"

두삼은 방 한쪽에 쌓여 있는 박스를 보며 중얼거렸다.

고향에 온 지 사흘째 되는 날 택배를 받았지만 겨울옷과 노트북이 담긴 박스는 아직까지 열지 않았다.

취미를 떠올릴 정도로 여유가 생기는 것이 고향에서의 생활에 제법 익숙해진 모양이었다.

"밥 먹고 얼른 해야겠다."

막상 영상을 볼 생각을 하니 조급해졌다. 그러나 일단 밥이 우선이었다.

50만 원을 넣어뒀던 봉투를 챙기고 우산을 쓰고 사랑채로 갔다.

"잘 잤냐?"

비 오는 날임에도 일 나갈 준비를 마친 이봉래가 두삼을 맞이했다.

"네, 푹 쉬었습니다. 한데 비 오는데 나가시려고요?"

"물이 잘 빠지나 살펴봐야지. 넌 오늘도 산에 갈 생각이냐?"

"아뇨. 오늘은 쉬려고요."

"잘 생각했다. 비가 오락가락할 땐 땅이 물러서 실족할 가능성이 많아."

이봉래는 두삼이 아들이라도 되는 양 잔소리를 아끼지 않았는데 두삼은 그런 그의 잔소리가 싫지 않았다.

"명심할게요. 참! 이건 반찬하실 때 보태시라고……."

두삼은 봉투를 건네려 했다. 한데 이봉래는 거부를 하며 말했다.

"두삼아."

"네."

"넌 나를 어떻게 생각할지 모르지만 난 네 할아버님을 아버지라고 생각하고 있단다. 그래서 넌 내게 조카 이상이란다. 그러니행여나 두 번 다시 이러지 않았으면 좋겠구나. 정히 돈이 필요하다면 그땐 말을 하마."

"…제가 생각이 짧았습니다."

두삼은 이봉래 앞에서 염치 운운할 수 없었다. 그래서 봉투를 호주머니에 넣어야 했다.

"상 가지러 갈게요."

앉아서 상을 받는 건 첫날이면 족했다.

본채는 할아버지가 계실 때 싹 수리를 해서 현대식으로 바꾸어 부엌이 안에 있었다. 반면 사랑채는 수리는 했지만 입원한 손님들이 머물던 곳이라 부엌과 분리되어 있었기에 상을 들고 와야 했다.

두삼이 부엌으로 가는데 아주머니가 상을 들고 나오고 있었다.

"아휴~ 아줌마도 그 무거운 것을……!"

왠지 위태로워 보여 얼른 가서 받으려고 했는데 아주머니가휘청했고 그에 상이 급격히 기울어지며 위에 있던 밥과 찬들이바닥으로 쏟아졌다.

와장창!

"아줌마!"

두삼은 반쯤 넘어진 상을 아예 마당으로 팽개치고 쓰러지려는 아주머니를 붙잡았다.

"…아이고! 아침을 다 쏟아서 어쩌누."

"이런 상황에 아침이 중요해요? 몸은 어떠세요?"

"괘, 괜찮아. 오늘 비가 와서 그런지 허리가 찌뿌듯하더니 결국 이 사달을 만들었네. 다시 아침을……."

"지금 일어나시면 안 돼요!"

"아구구구! 허, 허리가 단단히 고장났나 보다."

아주머니는 두삼의 팔을 잡고 일어나려다 다시 무너졌다.

"허리를 삔 것 같은데 절대 움직이지 마세요."

두삼은 조심스레 아주머니를 안고 일어났다. 그때 소리를 들은 아저씨가 달려왔다.

"아니! 이게 다 무슨 일이야! 당신, 괜찮아?"

"허리를 삔 것 같아요. 일단 방으로 모실게요. 제가 서둘러야 했는데… 죄송합니다."

"그게 어디 네 잘못이냐. 이, 이쪽으로!"

아주머니를 안고 안방으로 가는 두삼의 얼굴은 죄를 지은 사람처럼 어두웠다.

사실 두삼이 서둘러야 했다고 말한 것은 밥상을 늦게 받으러 갔다는 뜻이 아니었다. 아주머니의 몸 상태와 아저씨의 몸 상태를 진즉에 알고 있으면서도 조치를 취하지 않았다는 것에 대한 죄송함이었다.

모든 걸 포기했다지만 어린 시절 할아버지에게 들은 귀동냥부터 학교와 학원에서 배운 지식과 경험이 사라지는 건 아니었다.

특히 두삼은 그의 할아버지의 피를 이어받아서인지 사람 인체에 대한 쪽은 선천적으로 뛰어났는데 사람들의 걷는 모습만 봐도 어디가 불편한지 알 수 있었다.

그런 그가 한 달 동안 본 이봉래와 그의 처인 노혜자의 몸 상태를 모를 리가 없었다.

오랫동안 힘든 노동에 종사하고 예순에 가까운 나이라면 누구나 가지고 있는 고질적인 문제들이었기 모른 척했는데 결국 사달이 난 것이다.

'힘이 없었다고 해도 꾸준히 마사지라도 해드렸더라면… 아니, 병원이라도 모시고 갔었더라면…….'

할아버지와 비교될까, 자신이 쓸모없음을 재차 확인하게 될까 두려웠다.

후회는 아무리 빨리해도 늦었다.

"아저씨, 뜨거운 물 좀 끓여주시겠어요?"

"병원에 가봐야 하지 않겠냐?"

"지금 시간엔 하동에 있는 응급실로 가야 하는데 거길 가봐도 진통제를 주는 것 말고는 딱히 조치를 취할 게 없습니다. 제가… 일단 한두 시간 살펴본 후에 그때 병원으로 모시죠."

"그렇게 하자구나. 물 끓여 갖고 오마."

왠지 자신을 믿는 듯한 이봉래의 표정에 부담이 되긴 했지만 하기로 한 이상 머뭇거릴 이유가 없었다.

두삼은 한쪽 다리를 들어 올리며 물었다.

"어떠세요? 허리가 아프세요?"

"아니."

"이렇게 하면요?"

"괜찮다."

양쪽 다리를 폈다 굽혔다 하면서 혹시 뼈에 이상이 있는지 체크했다.

"뼈에는 이상이 없어 보이네요. 아줌마, 잠깐 엎드려 보세요. 혹시 제가 누를 때 아프면 말씀하세요."

"끄응! 알았다."

노혜자는 엎드리는 것도 힘든지 겨우 돌아누웠고 두삼은 그녀의 허리에 손을 올렸다.

요통의 경우 척추에 문제가 생겨서도 발생하지만 많은 경우 척추기립근이 과도하게 긴장되어 일어났다. 한데 이러한 척추기립근의 과도한 긴장은 앞에서 척추를 잡아주는 복근이 사라지면서 생겼다.

즉, 허리의 통증이 허리만의 문제로 일어나는 것이 아니라는 것이다.

"아악! 너무 아프구나. 너, 너무 강하게 누르진 말아주렴."

척추기립근의 긴장도를 실험할 생각으로 어깨를 누르던 두삼은 노혜자의 비명에 깜짝 놀라 손을 뗐다.

'뭐, 뭐지? 평소와 똑같은 힘을 썼는데……'

긴장도를 실험하려는 거지 근육을 풀려는 것이 아니었기에 큰 힘을 쓰지 않았다. 게다가 악력이 없어 다른 사람에 비하면 많은 힘을 쓴 건 사실이었지만 결코 아플 정도는 아니었다.

'혹시 근육이 많이 상한 건가?'

두삼은 약간의 힘을 빼고 조심히 눌렀다.

"윽! …아, 아직도 아프구나."

"이 정도로 누르면요?"

"으~ 그보단 조금 더 약하게 해주렴. 네 할아버지처럼 손이 아주 맵구나."

"……!"

두삼이 살면서 가장 듣고 싶었던 말이 할아버지의 손힘을 닮았다는 말일 것이다.

할아버지는 손가락 힘만으로 동전을 구부릴 정도로 엄청났었다. 그러나 생김새는 닮았지만 악력은 유전되지 않았다.

'지금까지 없던 악력이 갑자기 생겼을 리가…….'

뭔가 이상해서 자신의 왼손으로 채했을 때 누르는 엄지와 검지 사이의 합곡혈을 눌렀다.

'큭! 아줌마의 몸이 이상한 게 아냐! 악력이 생겼어, 손가락에 힘이 들어가!'

가볍게 눌렀는데도 화들짝 놀랄 정도로 찌릿한 느낌이 들었다.

이상해서 자신의 몸을 꾹꾹 눌러보던 두삼은 악력이 예전과 달리 강해졌음을 알 수 있었다. 그것도 그가 원하는 만큼 아주 강하게.

또한 자세히 보니 누를 때마다 은은한 빛이 손에서 일렁였다.

'갑자기 왜 이런 힘이 생긴 거지? 이 빛은 뭐고? 뇌종양이라도 생긴 건가?'

힘이 생겼다는 기쁨도 잠시, 아는 만큼 보인다고 갑작스러운 몸의 변화가 달가울 리는 없었다.

"가져왔다. 좀 어떤 거 같으냐?"

이봉래가 대야에 뜨거운 물을 가져오며 물었다.

두삼은 머리가 복잡했지만 일단은 앞에 있는 아픈 사람이 우선이었다.

"척추 쪽엔 이상이 없어 보이는데 혹시 모르니 조만간 검사를 꼭 해보세요."

가능성을 완전히 배제할 수 없었는데 그런 경우 병원에서 정확한 진단을 받는 것이 좋았다.

그는 마사지사지 의사가 아니었다.

"시작할게요, 아줌마. 처음엔 많이 아플 겁니다."

수건을 물에 담가 따뜻하게 만들어 허리에 덮어둔 두삼은 자신의 다리를 꾹꾹 누르면서 적당한 세기를 알아낸 후 노혜자의 어깨부터 손을 댔다.

"으~ 끄응!"

노혜자는 고통스러운지 몸에 힘이 들어가며 신음 소리를 냈다. 그러나 두삼의 손은 사정없이 그녀의 어깨를 주물렀다.

수년간 관리를 한 적이 없어 돌처럼 딱딱하게 굳은 어깨를 푸는 일인데 고통이 없을 리가 없었다.

'된다! 내가 원하는 대로 돼. 그리고 손가락 끝의 민감도도 좋아진 것 같아.'

어깨를 꾹 누른 후 손가락을 살짝 비틀며 돌리자 뭉쳐 있던 근육이 풀어지는 게 느껴졌다.

사실 두삼은 악력은 없는 대신 손끝이 꽤나 민감했다. 그래서 사람의 피부를 만지고 근육을 눌렀을 때 상태가 어떤지, 어떻게 해야 풀리는지에 대해서도 느낄 수 있었다.

근데 오늘은 그런 느낌이 유독 강했다. 전에는 막연한 느낌 같은 것이었다면 오늘은 근육 내부가 눈에 그려진다고나 할까.

아무튼 그런 능력을 가졌는데 손끝에 힘이 없어서 아무것도 할 수 없었으니 오죽 답답했으랴.

두삼은 이마에 땀이 송골송골 맺힐 정도로 힘을 쓰면서도 신이 나서 근육들을 풀어나갔다.

"으음~"

아픔을 참으며 신음 소리를 내던 노혜자는 시간이 지날수록 마사지를 받는 사모님처럼 편안한 얼굴이 되었다. 간간히 근육이 쪼개지는 듯한 고통에 인상을 쓸 때도 있었지만 고통 뒤 찾아오는 시원함과 나른함에 참고 견딜 만했다.

"일단 풀었어요. 천천히 움직여 보시겠어요?"

두삼은 허리까지 근육을 풀어준 후 말했다.

"아! 안 아파!"

"그렇다고 그렇게 심하게 움직이지 마세요. 진짜 원인을 찾아야 하거든요."

허리가 아픈 이유가 척추 혹은 디스크 때문일 수도 있지만 신체의 균형이 깨져서 허리에 무리가 온 걸 수도 있다.

후자일 경우 원인을 치료하지 않으면 같은 증상이 계속 발생할 수밖에 없다.

"진짜 원인?"

"예. 아니면 몸에 계속 무리가 가서 같은 일이 반복될 거예요."

"나야 좋지만 피곤하지 않아?"

"전혀요. 누워보세요. 다리 쪽을 살펴봐야겠어요."

두삼은 짚이는 곳이 있었다.

그는 매일같이 보던 노혜자의 걷는 모습을 떠올리며 오른쪽 무릎 부근을 살폈다.

왼쪽에 비해 근육이 적었는데 걸을 때 왼쪽으로 치우쳐 걷는다는 것을 의미했다. 즉, 오른쪽에 어떤 상처가 있어 본능적으로 왼쪽에 중심을 두고 걸었다는 의미이기도 했다.

두삼은 수풀을 헤치듯이 손끝으로 오른쪽 무릎 근육을 헤쳐서 상처를 찾기 시작했다. 그리고 오금 부근을 만졌을 때 노혜자가 비명을 질렀다.

"악!"

"많이 아프세요?"

"바, 방금 전기가 오르듯이 찌릿했어."

"예전에 무릎 다치신 적 있으시죠?"

"으응. 지난겨울에 밭에서 발을 접질리면서 며칠 동안 고생한 적이 있었어."

"혹시 갑자기 다리에 힘이 풀리거나 계단 오르내리기 힘들지 않으셨어요?"

"맞아, 그랬어! 간혹 그러기에 그냥 나이가 많아서 그런가 보다 했지. 왜… 많이 안 좋아?"

"아뇨. 제가 보기엔 무릎 연골이 찢어지지 않았나 싶어요. 다만 더 늦으면 심각해질 수 있으니 오늘은 쉬시고 내일 병원에 가 보세요."

"네가 못 고치는 거니?"

"아줌마도 참, 전 의원이 아니잖아요. 그리고 설령 의원이라고 해도 아주머니의 경우 한의학보다 양의학으로 훨씬 쉽게 치료할 수 있는데 한의학을 고집할 이유는 없죠. 할아버지도 그러셨잖아요."

한의학이든 양의학이든 장단점이 있게 마련이었다. 양의학에서 쉽게 고칠 수 있는 것을 돈 욕심에, 혹은 분야에 대한 자존심 때문에 붙잡고 있는 건 죄악이라고 할아버지는 말했다.

"하긴 어르신도 그러셨지."

"아침은 제가 차릴 테니 드시고 오늘은 몸을 따뜻하게 해서 푹 쉬세요. 내일 병원 다녀오시고 나면 마사지 다시 해드릴게요."

"나야 좋지만 네가 힘들어서……."

"그런 말씀마세요. 아까 아저씨가 저한테 그러셨어요. 절 가족으로 생각하신다고요. 생각해 보니 저 역시 그렇더라고요."

두삼은 미안해하는 노혜자에게 환하게 웃어 보이곤 밖으로 나왔다.

같이 따라 나온 이봉래가 괜찮다는데도 계속해서 고맙다는 말을 했다. 두삼은 이번에도 가족이라는 말로 그의 입을 막곤 부엌으로 갔다.

*　　　　*　　　　*

"도대체 나에게 무슨 일이 생긴 거지?"

자신의 손을 신기한 듯 바라보던 두삼이 중얼거렸다.

악력이 생겼다. 거기에 손끝에 집중을 하면 신체 내부가 마치 사진처럼 보였다. 마지막으로 알 수 없는 빛까지.

힘들게 뛰다가 걷게 되면 앉고 싶고, 앉으면 눕고 싶은 게 사람의 마음이라고 힘을 얻게 되자 두삼도 서울로 다시 올라가 볼까라는 마음이 슬그머니 드는 건 어쩔 수 없었다.

그러나 현실을 떠올리곤 고개를 저었다.

날개를 달았다고 해도 올라가면 할 일은 빤했다.

마사지 숍이나 병원에서 일하다가 잘한다는 소문이 나면 약간의 연봉을 더 받고 다른 곳으로 옮기는 정도가 다일 것이다.

운이 좋다면 투자자를 만나 자신의 가게를 가질 수도 있겠지만 그것 역시 결국 재주는 곰이 부리고 돈은 투자자가 챙기는 일이다.

"에이! 그냥 여기서 약초꾼이나 할래."

간절히 원하던 바를 얻었지만 앞날은 고향에서 약초를 캐는 것보다 나아 보이지 않았다.

"얘가 길에서 뭔 소리를 하는 거야?"

누군가가 어깨를 툭 쳐서 돌아보니 백만수였다.

"어? 만수 형? 지금 형네 가게로 가는 중이었는데…… 어디 갔다 오는 거예요?"

"병원. 약초 팔고 오는 길이냐?"

"예. 오늘도 서울 손님이 통 쳐서 가져갔어요."

5일장에서 산에서 캐온 약재들을 약간 저렴하게 팔다 보니 이젠 찾아오는 손님도 있었다.

"근데 웬 붕대에요?"

"그제 팔목을 삐었는데 잘 안 낫네. 그래서 병원에서 치료받고 오는 길이다."

"어디 봐요."

"아아! 아파! 조심해."

"엄살은……."

두삼은 붕대를 감고 있는 그의 손을 잡아당겼다.

'힘을 과하게 준 상태에서 삐끗한 모양이네. 경락(기가 흐르는 곳)이 다쳤어.'

다친 경락에서 가장 가까운 경혈에 엄지를 올려놓고 지그시 눌렀다 뗐다를 반복했다. 침으로 경혈을 자극하는 방법을 손으로 하는 것이었다.

마지막으로 다쳤다고 생각되는 경락 부근을 몇 번 슥슥 문지른 후에 손을 뗐다.

"됐어요. 가급적 며칠 동안은 너무 힘주지 말아요."

"뭐가 됐다는……! 뭐, 뭐야? 진짜 안 아프네? 어떻게 한 거야?"

백만수는 손목을 빙글빙글 돌리며 신기해했다.

"간단한 기 치료에요."

두삼은 대수롭지 않게 말했지만 생각대로 되었다는 것에 속으로 꽤 놀랐다.

한의학과 중국에서 배운 기술을 접목한 것으로 경혈을 자극하려면 손가락 끝에 힘을 집중할 수 있어야 했기에 지금까지는 할 수 없는 일이었다.

'악력이 있었다고 해도 이렇게 쉽게 되는 것이었나? 역시 할아버지가 남긴 장갑 때문인가?'

어렴풋이 할아버지의 장갑과 관련이 있는 게 아닐까 생각 중이었다.

사실 며칠 동안 왜 이런 힘이 생겼는지 고민을 해봤지만 정확히 알 수 없었다.

산에서 먹었던 약초 때문에? 시장에서 흔히 볼 수 있는 약초에 특별한 능력이 있다고 보기 어려웠다.

그나마 수긍할 수 있는 것이 사라진 할아버지의 장갑이었는데 마사지를 할 때 은은하게 빛나는 부분이 팔목까지였고 손을 비빌 때 약간의 이질적인 느낌이 들어서였다.

물론 느낌일 뿐이었고 흔한 약초를 먹고 힘을 얻은 것보다 더 황당한 생각이긴 하다.

'쩝! 아무렴 어때 좋아졌으면 됐지.'

어느 방향으로 고민해 봐야 결론이 나지 않았기에 금방 털어냈다.

"대박!"

"삔 정도라 된 거예요."

"병원에서 엑스레이도 찍고 파스를 떡칠하듯 발랐는데 안 낫던 게 간단한 손동작으로 나았는데 별것 아니라고?"

"분야가 다르잖아요. 아무튼 길에서 이러지 말고 가게로 가요."

백만수의 부산스러움은 끝나지 않았다.

"소름! 방금 네 모습에서 네 할아버지의 모습이 보였다. 어쩜 말이나 행동이나 그리 똑같냐?"

"할아버지 핏줄인데 어디 가겠어요?"

"소~ 오름!"

"나이가 몇 인데……. 원래대로 해드려요?"

"철없는 서른셋이다. 협박하는 건 안 닮았네. 근데 너 악력 때문에 마시지도 제대로 못 한다고 하지 않았냐? 혹시 산에서 산삼이라도 캐 먹은 거 아냐?"

"몰라요. 고향에 와서 좋은 공기를 마셔서 그런지 갑자기 힘이 생겼어요."

실없는 사람이 될 것 같아 장갑 얘기는 하지 않았다.

커피를 사 들고 오토바이 가게로 갔다.

"근데 이제 서울로 올라갈 생각이냐?"

"글쎄요, 아직까진……."

"올라가지 마! 여기서 해도 충분하잖아. 네 할아버지의 명성이 줄긴 했지만 여전하니까 오히려 더 잘될 수도 있어."

백만수가 더 흥분하고 있었다.

"형이 왜 더 흥분해요. 언제는 이곳에 머물 것 같지 않다며?"

"그거야 그렇게 말하지 않으면 네가 오토바이를 안 받으려고 할 게 뻔하니까 그랬지. 아무튼 대책 없이 올라가는 것보단 여기가 낫다는 거지."

"나도 그럴 생각이었어요. 올라가 봐야 사실 여기보다 나을 게 없거든요."

"그래. 잘 생각했다. 차라리 여기서 작은 의원부터 시작하는 것도 괜찮을 거야."

백만수의 말에 두삼은 씁쓸하게 웃으며 말했다.

"그건… 한의사 자격증이 없어요."

"소문으로 네가 한의대를 졸업했다고 들었는데?"

"헛소문이에요. 하하……."

"플래카드도 붙었다고 들은 것 같은데… 에이! 아무럼 어때, 안마원이라도 차리면 되지."

"안마원도 안 돼요. 그건 나라에서 시각장애인들만 할 수 있게 해뒀거든요."

안마와 마사지는 동의어지만 우리나라에서는 의미가 전혀 달랐다.

가장 큰 차이점은 바로 영리를 목적으로 할 수 있느냐 없느냐의 차이었는데 시중의 마사지 업소 중 시각장애인을 고용한 곳이 아니라면 사실상 불법이었다.

물론 영업을 할 수는 있지만 말이다.

"그럼 마사지 숍이라도 하자. 내가 투자하마."

"국가공인자격증을 가지고 있지 않으면 영리를 목적으로 하는 마사지는 모두 불법이에요. 물론 공인자격증은 시각장애인만 가질 수 있고요."

"시내에서 버젓이 영업하고 있던데?"

"법과 현실의 괴리라고 할까요."

말은 그렇게 하면서도 능력을 확인하고 싶은 마음이 들었다.

"해도 상관은 없다는 말이잖아?"

"대부분 벌금형이라 큰 문제가 될 것이 없지만……."

사실 두삼이 걱정하는 건 불법이냐 아니냐가 아니었다. 겨우

묻을 수 있었던 과거가 다시 고개를 쳐들까 저어해서였다.

"그냥 이대로 있을래요. 근데 나보다 왜 형이 더 난리예요?"

"그야… 아, 아무것도 아냐."

"에이~ 공짜로 마사지 받으려고 그러는 거죠?"

"아니거든!"

"아니긴요. 형은 어깨에 근육이 뭉친 거 말고는 딱히 이상한 곳이 없어요. 이리 와봐요. 말 나온 김에 풀어줄게요."

주춤거리면서도 어깨를 맡기는 게 역시 공짜 마사지를 받고 싶었던 모양이었다.

*   *   *

두삼은 기분 좋게 산을 내려오고 있었다.

그는 오늘 1,100미터가 넘는 형제봉과 수리봉 사이의 능선에서 고가의 상황버섯을 발견했다. 대략적으로 5킬로그램이 넘을 정도였는데 상태에 따라 최소 수백에서 수천까지도 나갈 수 있었다.

"가격도 알아볼 겸 한 며칠 쉬어야겠어. 그리고 비싸게 팔리면 새로운 카메라를 구입해 볼까?"

사실 그의 취미는 여자 아이돌 그룹의 공연하는 모습을 찍는 것이었는데 그가 애지중지 모아둔 하드디스크도 그러한 직캠 영상들을 저장해 둔 것이었다.

오덕질, 혹은 덕질이라고 부르며 이상하게 보는 이들도 있었다. 그러나 두삼에겐 고통스러운 순간을 극복하게 해준 나름 고

마운 취미였기에 별로 다른 사람의 시선 따윈 신경 쓰지 않았
다.

그가 콧노래를 흥얼거리며 집에 도착했을 때 한 손엔 지팡이
를 쥔 채 중년의 남자에게 몸을 맡긴 연세 많은 노인이 기다리
고 있었다.

"…어라? 강 어르신!"

눈을 좁히며 노인을 바라보던 두삼은 반색을 하며 고개를 숙
였다.

한언수가 영업 중일 때 자주 방문해 안마를 받던 노인으로
올 때마다 어린 두삼을 불러 용돈을 줬기에 또렷이 기억하고 있
었다.

"헐헐헐. 용케 날 기억하는구나?"

"어떻게 잊겠습니까. 그간 평안하셨습니까?"

"네 할아버지가 있을 땐 평안했는데 요즘은 안 아픈 곳이 없
구나."

"연세를 생각하시면 당연한 일입니다."

두삼이 초등학교 3학년 때 할아버지와 함께 강창수의 칠순 잔
치에 참석했었으니 현재 그의 나이는 아흔 둘이었다. 그러니 아
프지 않은 것이 더 이상 이상했다.

할아버지는 언제나 환자가 자신의 상태에 대해서 정확하게 인
지하고 있어야 한다고 말했었다. 그래야 낫든 낫지 못하든 원망
이 없고, 그래야 지갑을 열 수 있다고.

그 영향 때문에 두삼은 직설적으로 말했다.

"누가 그 할아버지의 손자 아니랄까 봐 똑같은 말을 하는구나."

"기분 상하셨다면 죄송합니다."

"네 할아버지 단골이었던 내가 무슨 의도로 말하는지 모를까. 근데 좀 앉아도 되겠니?"

"아! 여기로 앉으십시오."

평상을 가리킨 두삼은 바로 부엌으로 들어가 여러 가지 약초를 넣고 끓인 물을 가져와 두 사람에게 건네고 그의 맞은편에 앉았다.

"무슨 차인지 맛이 아주 괜찮구나."

"있는 약초로 적당히 끓여봤습니다. 근데 무슨 일로 이곳까지 힘든 걸음을 하셨는지?"

"네 할아버지의 뒤를 이을 사람이 나타났다는 소문에 한번 와봤네."

"혹시 오토바이 가게에서 들으셨습니까?"

"아니. 자네 어디서 들었다고 했지?"

두삼은 백만수가 소문을 냈다고 생각해 물었고 강창수는 그를 부축하던 남자에게 물었다.

"처음엔 면에 있는 노인정에 쌀 갖다주러 갔다가 들었고 그다음엔 시장에서 할머니들이 수군대는 걸 들었습니다."

"……."

시장에도 퍼졌다면 상당히 광범위하게 퍼졌음을 의미했다. 두삼은 머리가 아파오는지 손가락으로 관자놀이를 꾹꾹 눌렀다.

'만수 형은 왜 쓸데없는 짓을……'

현 상황에서 사람들이 마사지를 받겠다고 찾아오면 곤란했다. 물론 해주는 것엔 문제가 없었다. 다만 공짜 마사지는 사랑채 아저씨 내외로 충분했다.

고향 사람들에게 봉사 활동 한다 생각할 수도 있다. 그러나 그건 마음의 여유든 돈이든 가졌을 때 할 수 있는 일이었다.

가진 건 고작 할아버지가 남긴 시골집이 전부였고 십여 년을 공부에 투자하며 많은 돈이 들었다.

두삼은 평범한 사람이었다.

잘살길 원했고 많은 돈을 벌길 원했다. 그리고 남들처럼 맛있는 음식을 돈 걱정 없이 먹고 여행도 다니고 싶었다.

그렇게 여유 넘치게 살면서 치료받을 돈이 없는 사람들에게 무료로 해주거나 도움이 필요한 사람들에게 봉사 활동을 할 수 있겠지만 지금은 아니었다.

'아직까지 정식으로 영업하는 것이 아니니 돈을 받기도 뭐하지만 말이야.'

테스트해 볼 것도 있었기에 강창수가 원한다면 하기로 마음을 먹고 입을 열었다.

"정말 저에게 마사지를 받길 원하세요?"

"그래주겠니?"

"할아버지에 비하면 많이 부족할 겁니다."

"원한다면 받아보고 평가해 주마."

"그럼 안으로 들어가시죠."

두삼은 할아버지가 쓰셨던 치료실로 안내했다.

"이 옷으로 갈아입은 후 저쪽 침상에 누우세요."

두삼은 모든 것을 포기하고 약초꾼이 되겠다고 생각했음에도 할아버지가 사용하셨던 치료실을 꾸준히 청소하고 있었다.

특히 악력을 얻고 나서는 언제라도 사용할 수 있게 준비해 뒀다.

"후우우우홉~ 푸우우~"

강창수가 중년 사내와 함께 옷을 갈아 입으러 간 사이 두삼은 안마에 필요한 재료들을 준비해 놓고 숨을 골랐다.

할아버지가 치료를 했던 곳에서 하는 첫 안마라고 생각하자 감회가 남달랐다.

"과연 될까?"

두삼은 자신의 손을 보고 중얼거렸다.

오늘 아직까지 테스트해 보지 못한 기를 이용한 치료를 해볼 생각이었다.

환자의 경혈을 자극해 기를 북돋아 치료를 하는 것이 가능하다는 건 알았지만, 자신의 기를 주입해서 하는 치료는 해본 적이 없었다.

얼마 전 백만수에게 했던 기 치료의 경우 침법을 응용한 것으로 환자가 가진 기를 활성화시켜 환자의 기로 환자를 치료하는 것이었고, 오늘은 두삼 자신의 기를 불어넣어 그 기로 환자를 치료하는 것이었다.

강창수의 나이를 생각한다면 그의 기를 활성화하는 것은 위험할 수도 있었다.

고민도 잠시 강창수가 옷을 갈아입고 나왔기에 두삼은 가볍게 그를 안아 침구에 눕혔다.

'생각보다 더 말랐어.'

강창수의 나이와 몸무게를 가늠한 두삼은 괜한 짓을 하는 것은 아닌지 걱정됐다.

'안 되면 그냥 적당히 안마를 해주는 것으로 끝내자.'

테스트는 테스트일 뿐이었다.

"그럼 시작하겠습니다."

"부탁함세."

강창수는 오랫동안 안마를 받아서인지 이완된 자세로 눈을 감았다.

두삼은 그런 그의 단전에 왼손을 올렸다. 그리고 왼손으로 기운을 전해준다고 생각했다.

그 순간.

'맙소사! 빠져나가는 느낌이 들어! 기가 느껴진다!'

손목에서부터 느껴진 청량한 기운이 장심을 통해 강창수의 단전으로 흘러가고 있었다.

한의학에 종사하는 이들이나 무술을 연마하는 수행자들의 경우는 기(氣)의 존재를 믿겠지만 기는 아직까지 존재가 증명되지 않은 비과학적인 영역임에는 틀림없었다.

하면 존재하는 것을 믿는 사람들 중 느낄 수 있는 사람은 얼마나 될까?

아마 극소수에 불과할 것이다.

두삼도 믿는 사람 중 한 명이었다.

멀리 갈 것도 없이 할아버지의 치료 과정을 지켜보며 수많은 불가사의를 목격하지 않았던가. 그러나 목격을 했다고, 어떻게 사용하는지 배웠다고 해서 기를 느끼는 것은 아니었다.

한데 지금은 왼손에서 기가 빠져나가 강창수의 단전으로 들어가는 것이 또렷이 느껴졌다. 게다가 신기한 일은 강창수의 몸에 들어간 기가 손으로 느껴진다는 것이었다.

'장갑 낀 부분만 느껴지는 것이… 역시 할아버지의 장갑 때문에 얻은 능력이 분명해.'

장갑의 끝부분이었던 손목 끝에서부터 기가 느껴졌다. 긴가민가했던 것이 확실해지는 순간이었다.

이러한 능력을 가지게 된 것에 두삼은 만세를 부르고 싶었다. 강창수와 중년 사내가 없었더라면 이미 불렀을 것이다.

그러나 곧 냉정함을 되찾았다.

'침착하자. 생각은 나중에 하고 일단 알아볼 수 있을 때 최대한 많이 알아보자.'

가장 먼저 강창수의 몸에 들어간 기를 움직일 수 있느냐는 것이었다.

'자! 장강혈로 움직여 봐.'

두삼은 어렴풋이 장갑의 사용법을 눈치챘다.

그건 바로 강력하고 정확한 의지였다.

머릿속으로 기경팔맥 중 독맥의 시작점인 장강혈을 그리고 기를 그곳으로 인도하는 생각을 했다. 그러자 단전에 들어갔던 두삼의 기가 꿈틀댔다.

그리고 그의 손을 따라 장강혈로 움직였다.

'다음은 요유혈로……'

장강, 요유, 양관, 명문, 현추, 척중, 중추, 근축, 지양, 영대, 신도 신주, 풍부…….

두삼은 등의 정중앙 척추를 타고 올라가 머리를 지나 입술 밑에 있는 은교까지 이르는 독맥으로 기를 인도했다.

인체엔 수많은 기의 길(경락)이 나 있고 그 길엔 침을 놓거나 뜸을 뜨는 자리인 수혈(경혈)이 존재했다.

다소 익숙하지 않은 이름 때문에 복잡해 보이긴 하지만 인체를 우리나라라고 보면 경락은 도로요, 경혈은 도로가 지나는 마을이라고 생각하면 될 것이다.

우리나라에 경부, 경인, 중부, 서해안 고속도로 등이 있듯이 12경맥(경락의 큰 줄기)과 기경팔맥이 있었고 각 도시가 있듯이 각종 혈이 존재했다.

또한 고속도로가 아닌 국도가 있고 대도시가 아닌 마을이 있듯이 경험적으로 효능이 입증된 혈 자리(경외기혈), 직접 눌러보아서 민감하게 반응하는 곳(아시혈)들도 있었다.

각설하고 도로든 경락이든 막히면 좋지 않았는데 할아버지가 돌아가시고 10년이 넘게 관리를 못 받아서 강창수의 몸속 길에 먼지가 쌓여 있거나 낙석이 떨어진 곳이 있었고, 아스팔트가 손상된 곳도 있었다.

두삼은 기를 이용해 청소용 차량처럼 도로를 깨끗이 만들며 달리게 하면서 낙석이나 아스팔트가 손상된 곳은 안마를 더해 제거하거나 고쳐 나갔다.

그리고 차츰 길이 뚫려 갈수록 그동안 길이 막혀 제대로 운행을 못 하던 강창수의 기가 조금씩 나와 두삼의 기를 뒤따랐다.

독맥과 임맥이라는 큰 고속도로를 모두 청소한 두삼은 청소를 하느라 거의 사라지고 조금밖에 남지 않은 기를 회수하며 손을 뗐다.

"휴우~ 끝났습니다, 어르신."

온 정신을 집중을 해서일까 온몸이 흠뻑 젖어 있었다. 게다가 오래 걸린 것 같지 않았는데 안마를 시작한 지 두 시간이 지난 후였다.

'그나마 이렇게 쉽게 끝난 건 예전에 할아버지가 워낙 길을 잘 닦아 놓으셨기 때문이야.'

사실 청소할 것이 많지 않았기에 한 바퀴를 돌 수 있었던 것이지, 만약 그렇지 않았다면 독맥의 첫 부분에서 길을 뚫다가 손을 뗐을 수도 있었다.

"…아! 끝났나?"

강창수는 자다가 두삼의 말에 깨어난 모양이었다.

"네. 오늘은 이쯤 하는 게 좋을 것 같습니다."

"하는 사람도 힘들지만 받는 사람도 힘이 든다고 언수가 그랬었지. 어디……."

강창수는 침구에서 일어나 자신의 몸을 살폈다.

"몸이 한결 가벼워졌군. 언수에게 받았을 때와 똑같아. 역시 언수의 손자야."

"과찬이십니다. 오늘은 따뜻한 물 많이 드시고 가급적 집에서 안정을 취하십시오."

"헐헐헐! 하는 소리는 똑같군. 아무튼 고생했네. 다음 주쯤 다시 들르지."

강창수가 중년 사내에게 눈짓을 하자 그는 봉투를 꺼내 줬다.

"아닙니다. 정식으로 일하는 것도 아닌데 받을 수 없습니다."

"치료비가 아니라 용돈이라고 생각하려무나."

"하하! 그럼, 감사히 받겠습니다."

오랜만에 받는 용돈이었다.

"용돈치곤 꽤 많지만 말이야."

두삼은 강창수가 간 뒤 봉투를 살펴보고 중얼거렸다.

백만 원이 들어 있었다.

상황버섯 가격을 알아보러 나갈까 하다가 마음을 접곤 평상에 누웠다.

두삼은 하늘로 손을 뻗고 손가락을 쫙 폈다. 그리고 기를 움직이던 순간을 생각하며 손을 바라보았다.

악력이 생긴 것도 기적과 같은 일인데 마사지사라면 억만금을 주고도 가지고 싶은 재주까지 얻게 되다니 꿈만 같았다.

할아버지가 장갑에 자신의 평생 기술을 남긴 건지 아니면 신외지물인 장갑을 얻어서 할아버지가 안마사가 되었는지는 중요하지 않았다.

지금은 포기했던 꿈이 현실로 다가왔다는 것만으로도 충분히 벅차고 행복했다.

짧지만 다사다난했던 32년 인생이 주마등처럼 스쳐 지나갔다.

"할아버지가 주신 기회 놓치지 않을게요."

두삼은 더 이상 머뭇거리지 않고 인생의 2막을 시작해 볼 생각이었다.

*   *   *

한창 리모델링 중인 낡고 오래된 병원 건물 앞에 고급 외제차

한 대가 다가와 섰다. 잠시 후 부자지간으로 보이는 두 사람이 차에서 내렸다.

멀찍이서 건물을 바라보던 나이 든 사내가 흐뭇한 표정으로 입을 열었다.

"차질 없이 공사가 진행된다면 한 달 뒤엔 개업식을 할 수 있겠구나."

"…한 달로는 어림도 없어 보입니다만."

젊은 사내는 아버지의 흐뭇한 표정과 상반되게 표정이 좋지 않았다.

"벽돌 건물이 아닌 철근 콘크리트 건물이라 외장 공사만 하면 웬만한 새 건물보다 튼튼하고 좋을 게다."

"이런 시골에 건물만 좋으면 뭐 하겠습니까?"

"혁이 넌 이곳에 한의원을 여는 것이 별로 마음에 들지 않는 모양이구나?"

김장혁은 아버지 김광도의 물음에 자신의 마음을 숨기지 않았다.

"아버지가 운영하셨던 병원을 아들인 제가 물려받아 2대에 걸쳐서 병원을 한다는 의미나, 쫓겨나듯이 떠나야 했던 이곳에 금의환향했음을 보여주고자 함이 싫은 건 아닙니다. 다만 해마다 인구가 줄어가는 이곳에 한의원을 여는 것이 미래가 있다고 생각하십니까?"

"정녕 내가 그런 이유 때문에 이곳에 한의원을 연다고 생각하느냐?"

"아니십니까?"

"내가 이곳을 떠난 후 부동산으로 돈을 벌었다는 건 웬만한 사람들은 다 안다. 그러니 구차하게 그런 걸 보여주려고 네 말마따나 이런 시골에 한의원을 차릴 이유는 없다. 또한 그 영감탱이가 살아 있다면 모를까 네가 한의사가 되었다는 것 역시 이곳에서 자랑할 이유가 없고."

"그러면 왜 굳이 이곳에……."

"우리나라 최고의 한의대를 최고의 성적으로 나오고 손꼽히는 한의원에서 4년간을 일했다고 네가 성공할 거라고 생각하느냐?"

"자신 있습니다!"

김장혁은 호기롭게 대답했다.

그는 4년간 일하며 느낀 바가 있었기에 한의원을 운영할 자신은 넘쳤다.

40년 경력인 의원의 실력을 어깨너머로 배웠고, 자신이 꽤 많은 환자를 치료해 좋은 평판을 얻지 않았던가.

물론 자신과 수십 년씩 한의원을 운영하던 이들의 실력을 비교한다면 김광도의 말이 옳을 것이다.

그러나 한의원을 찾는 손님 중 중병을 앓는 사람은 드물었고 또한 그 병을 완치하는 경우도 드물었다. 게다가 양의학과 달리 한의사 중 중병을 잘 고친다는 명의가 많지 않았다.

실제 그렇게 소문난 이들도 알고 보면 실력보다는 우연이 만들어낸 결과로 이름을 날린 경우가 많았다.

이 말인즉, 30년 경력의 한의사가 운영한다고 해서 영업이 잘되는 것도 아니었고 4년 경력의 한의사가 운영한다고 해서 영업이 안 되는 것도 아니라는 것이었다.

한언수처럼 특출하지 않으면서도 입소문으로 한의학적 지식의 차이를, 영업력으로 경력의 차이를 극복할 수 있음을 4년간 일하며 확실히 알게 되었다.

"네가 무슨 생각을 하는지는 안다. 양의학과 달리 눈으로 보이지 않고 바로 나타나지도 않으니 별것 아니라고 생각하는 거겠지?"

"아니라고는 말씀 못 드리겠습니다."

"네 생각이 틀리다고 할 수는 없겠지. 설렁설렁 배운 대로 침을 놓고 치료보다 비싼 약을 팔려는 작자들이 많으니까. 그러나 공기가 보이지 않는다고 없는 것이 아니듯 실력이란 눈에 보이지 않지만 손님들이 느끼게 마련이다. 잠시 잠깐이야 속일 수 있겠지만 결국 실력은 드러나게 마련이다. 넌 지금보다 더 나은 실력을 키워야 한다. 넌 그저 그런 한의사로 남을 생각이냐?"

"…아닙니다. 전 반드시 한의사로서 최고의 자리에 오를 겁니다."

김장혁은 자신이 가진 한의학적인 능력과 계획해 둔 영업 계획이 합쳐진다면 충분히 가능할 것이라 생각하고 있었다.

"당연히 그래야지! 나 역시 네가 못 고치는 병이 없다 할 정도로 대단한 실력을 가지고 이런 시골에서 빌빌대던 인간을 닮으라는 소리도 아니다. 실력도 중요하지만 현대사회에서는 외적인 부분도 역시 중요하다."

김광도는 매계리 쪽을 바라보며 말을 이었다.

"이곳 사람들에게, 그자에게 김장혁이라는 한의사가 있음을 보여주고 싶은 마음이 왜 없겠느냐마는 그보다는 노인들을 상대로 네가 배운 것과 의문점을 마음껏 실험해 보라는 의미에서 이곳에 의원을 낸 것이다."

"아!"

김장혁은 김광도의 말을 이해할 수 있었다.

잘한다는 소문도, 못한다는 소문도 빨리 퍼지는 대도시에선 한의학적 의문이 생겨도 쉽게 실험해 볼 수가 없었다.

한 번의 실수가 낙인이 될 수도 있었기 때문이었는데 자신의 의학적인 실수나 잘못을 이해하지도 못할 무지렁이 노인이 많은 이곳이라면 가능했다.

죄의식은 없었다.

의학이 발전해 더 많은 사람들이 혜택을 받을 수 있다면 사소한 희생쯤은 괜찮다는 해괴한 말을 철석같이 믿는 그였다.

"이곳에선 돈을 벌지 못해도 좋다. 최대한 많은 공부를 하고 많은 것들을 실험해라. 그래서 대도시로 나가 최고가 될 밑거름을 이곳에서 마련해라."

"알겠습니다!"

김광도가 악양에 의원을 내는 이유를 알게 된 김장혁은 처음 도착했을 때와 달리 묘한 열정으로 이글거리는 눈빛으로 공사 중인 건물을 바라보았다.

3. 영업 시작

두삼은 이왕 소문이 퍼진 김에 영업을 시작하기로 마음을 먹었다.

최고를 지향하겠다는 뜻으로 '으뜸'이라는 이름으로 세무서에 가서 사업자등록증을 만들고 대문 앞에 걸어둘 작은 간판을 만드는 것 말고는 딱히 준비할 것은 없었다.

"하아아아~ 함! 쩝쩝!"

두삼은 마루에 앉아 할아버지가 그를 위해 남긴 의료 기록을 훑어보다가 길게 하품을 했다.

영업을 시작하고 한 달이 지났는데 강창수가 한 번 더 들른 것을 빼곤 사람 그림자도 보이지 않았다.

처음 10일 동안은 꼼짝도 않고 아침부터 저녁까지 이제나저제나 손님이 올까 대문 쪽만 바라보았다. 그러다 아무래도 안 되겠다 싶어 전화번호를 문 앞에 붙여두고 이틀에 한 번씩은 산을 타서 약초를 채집하고 있었다.

오늘은 집을 지키는 날, 혹시나 손님이 올까 아침 일찍부터 목욕재계하고 기다렸지만 역시나 없었다.

큰 기대를 하고 시작한 건 아니었기에 조급한 건 없었다. 다만 심심할 뿐이었다.

"이왕 소문을 냈으면 좀 지속적으로 내든가. 영업을 시작하고 나니 입을 꼭 다문 거야, 뭐야?"

두삼은 여전히 백만수가 소문을 냈다고 믿고 있었다.

사람 마음이 간사하다고 처음엔 쓸데없는 짓을 한다고 생각했는데 이젠 그의 가벼운 입이 더욱 가벼워졌으면 했다.

지루함은 괜스레 죄 없는 사람을 영업이 되지 않는 원인으로 만들기 충분했다.

"에이! 포기다. 채집해 놓은 거나 팔러 가자."

투덜거리기도 잠시, 자리를 박차고 일어난 두삼은 한 달 동안 산에서 채집한 약초들 중 팔 만한 것들을 적당히 챙겼다.

돈이 필요해서가 아니었다. 이번 달에 번 돈이라곤 강창수가 준 백만 원이 전부였지만 쓰는 것이 서울에서 만큼 많지 않아 생활이 곤궁하진 않았다.

그저 바람이라도 쐴 요량으로 약초를 바리바리 싸서 오토바이에 싣고 나섰다.

"역시 사람이 그리웠던 거야."

장날이라 북적이는 사람들을 보자 비로소 기분이 풀리는 듯했다.

오토바이를 공터에 세운 후 시원한 캔 커피를 10개 사서 시장으로 들어갔다.

"어서와, 총각! 오늘도 안 나올 줄 알았어."

"어디 아팠어? 왜 이렇게 뜸했어?"

몇 번 봐서 친해진 할머니, 아주머니들이 그를 반갑게 맞이했다.

두삼이 장날 약초를 파는 곳은 맨 처음 자리를 폈었던 나물 파는 곳 맨 구석 자리였다. 나물 파는 할머니의 말을 듣고 약재 파는 곳에 가봤지만 자리가 없어 결국 구석 자리가 지정석이 된 것이다.

"가게를 열었는데 손님도 없고 해서 바람이나 쐴 겸해서 나왔습니다. 커피 한 잔씩 하세요."

사가지고 온 커피를 돌렸다.

"고마워. 자자, 이쪽으로 앉아. 혹시 다른 사람이 자리를 차지할까 싶어 내가 일부러 넓게 자리를 펴놨어."

"하하하! 감사합니다, 할머니."

두삼은 몇 번 해봤다고 능숙하게 자리를 펴고 물건을 진열했다.

아침 일찍 나와서 들고 온 물건이 다 팔릴 때까지, 혹은 마을로 들어가는 버스가 끊기기 전까지 장사를 하다 보면 자연 수다는 필수였다.

"장사를 시작했다고? 무슨 장산데?"

옆에 앉은 할머니는 더덕 껍질을 다듬으며 물었다.

"마사지요."

"마사지? 텔레비전에 그 뭐냐… 아가씨들 데리고 요상한 짓하는 그것 말이야?"

할머니는 마사지라는 말에 불법 퇴폐 마사지를 생각했는지 더덕을 다듬던 손까지 멈추며 물었다.

"하하하! 아뇨. 안마예요. 몸이 찌뿌듯하거나 담이 왔을 때 시원하게 해주는 거요."

두삼은 가급적 할머니가 알아듣기 쉽게 말했다.

"아하~ 안마. 안마라면 예전에 전국에 모르는 사람이 없다 할 정도로 유명했던 의원이 이곳 악양에 있었지. 그 양반이 손만 대면 움직이지도 못할 정도로 아팠던 곳이 금세 나았다니까. 거기에 죽을병에 걸렸던 사람들도 그 양반 덕에 많이 살았어."

나물 할머니는 자신의 일이라도 되는 듯 한참 동안 그의 할아버지에 대한 떠도는 소문들을 말했고 두삼은 다 아는 얘기였지만 즐겁게 들었다.

사실과 다른 점도 있었다.

할아버지는 정확하게는 한의사가 아니었다.

면허증이 없이도 치료가 가능한 시대를 살아서인지 면허증의 중요성을 크게 신경 쓰지 않아 쉽게 취득할 수 있는 기회를 놓쳤기 때문이다.

중요성을 깨달았을 땐 시험을 봐야 한다는 조건 때문에 결국 취득하지 못했다.

물론 일대에서 명성이 자자해 살아생전에 큰 문제없이 치료에 전념할 수 있었지만 가끔씩 행정적인 문제 때문에 공무원들이 찾아오곤 했었다.

그럴 때면 언제나 심각한 표정을 짓곤 했는데 지금에 와서 생각해 보면 그 때문에 자신의 뒤를 이으려면 한의사 자격을 꼭 따라고 말씀하셨는지도 모른다.

각설하고 나물 할머니가 말끝에 이상한 소리를 했다.

"아! 근데 그 양반 아들인지 손자인지 며칠 전에 이곳에 한의원을 열었다던데."

"네?"

"왜 면사무소 뒤쪽에 방치되어 있던 작은 병원 있잖아. 그제 우리 윗집에 사는 갑장(동갑)이 거기 갔다 왔는데 안마도 꽤 시원하게 잘한다던데…… 쯧쯧! 운도 사납게 하필 그 양반 자제가 문을 열었을 때 같이 열 게 뭐람."

말을 듣던 두삼의 표정이 굳어졌다.

나물 할머니는 두삼의 반응을 잘못 이해한 모양인지 혀를 차며 안타까워했다.

'면사무소 뒤쪽이면 김광도의 병원! 그자가 감히 할아버지 이름을 팔아?'

예전에 백만수에게 김광도가 한의원을 차린다는 얘기를 들었던 것이 기억났다.

그가 한의원을 차린 거야 상관없었지만 할아버지의 이름을 팔았다고 생각하자 화가 스멀스멀 올라왔다.

당장 달려가서 한마디 해야겠다는 생각을 하고 있을 때 나물 할머니 옆에 있던 아주머니가 말했다.

"에이~ 할머니, 소문을 잘못 알고 계시네요. 제가 듣기론 유명하다던 그 사람의 자제가 아니라 그 사람처럼 솜씨가 좋은 의원이라던데요?"

"그래? 이상하네. 난 분명 그렇게 들은 것 같은데. 그럼 한의원 그 양반 자제가 아닌 거야?"

"예. 저도 며칠 전 허리가 무릎이 아파서 가봤는데 아주 젊은 사람이더라고요. 예전에 이곳에서 병원을 운영했던 사람의 아들이라든가 뭐라든가."

"실력은 어때? 나도 허리가 아파서 한번 가볼까 했는데 말이야."

"나쁘지는 않던데요. 침 몇 대 맞고 안마 받고 나니까 걷는 게 편해진 것도 같고요."

나물 할머니와 아주머니의 얘기 듣고 오해가 풀렸지만 기분은 나아지지 않았다.

소문이라는 게 입에서 입을 거칠수록 점점 부풀어진다고 하지만 소문을 낸 자가 누구든지 간에 의도가 너무 명백해 보였다.

'김광도, 당신이 낸 소문일 테지.'

멍청한 한의사를 배치해 할아버지 명예를 더럽히려는 의도인지, 아님 할아버지의 이름에 기대 영업을 하려는 의도인지 모르지만 어느 쪽이든 마음에 들지 않긴 마찬가지였다.

"…너무 걱정 마. 잘될 거야."

두삼이 계속 인상을 쓰고 있자 장사 걱정을 한다고 생각했는지 나물 할머니가 위로를 했다.

두삼은 얼른 얼굴을 풀고 웃으며 대답했다.

"하하… 네. 걱정해 주셔서 감사합니다."

"감사는 무슨. 한데 그 메시진지 마사진지 받으면 아픈 허리도 좀 괜찮아지나?"

"왜요? 마사지 받아보시게요?"

"한언수 그 양반 자제가 하는 줄 알아서 가보려고 했는데 아니라면 굳이 갈 필요가 있나 싶어서. 총각한테 받는 것도 괜찮을 것 같기도 하고."

"하하하! 제 집에서 하고 있어서 오시려면 힘드세요. 이쪽 앞으로 앉아보세요. 할 일도 없는데 여기서 해드릴게요."

두삼은 앞에 놓인 박스를 옆으로 밀며 할머니가 앉을 공간을 만들었다.

"…괜찮아. 내가 찾아갈게."

"이리 오세요. 그저 손자가 어깨 주물러 드린다고 생각하세요."

두삼은 할머니 손을 잡아끌어 앞에 앉혔다.

"괜찮다는데도……."

"정 부담스러우시면 받아보고 괜찮다 싶으면 소문이나 내주세요."

부담을 덜어줄 요량으로 한마디 하고 할머니의 어깨에 손을 올렸다.

'역시 돌처럼 딴딴하네.'

서울에서 꽤 많은 남자들의 어깨를 잡아봤지만 앞에 앉은 할머니만큼 딱딱한 승모근을 가진 사람은 드물었다. 비견할 사람은 사랑채에 있는 아저씨와 아주머니 정도일 것이다.

"일단 어깨부터 풀어드릴 건데 많이 아프실 거예요."

"참는 덴 이골이 나서 괜찮아."

"너무 참으시면 안 돼요. 많이 아프면 말씀하세요."

수십 년 노동으로 축적된 굳은 근육을 푸는 일인데 아프지 않는 게 이상한 일이었다.

시간을 두고 천천히 푼다면 괜찮겠지만 두삼은 물론이거니와 할머니도 때마다 안마를 받을 여유가 있을 리가 없었다.

"윽!"

엄지손가락으로 근육을 누르자마자 할머니는 짧은 신음을 내뱉었다.

"조금만 지나면 시원해지실 거예요."

말을 하면서도 손을 계속 움직였다.

강철이 강한 열기에 녹듯이 할머니의 어깨는 두삼의 손길에 차츰 풀리기 시작했다.

'다음은 척추기립근.'

어깨를 적당히 풀고 그의 손은 등으로 내려왔다.

몸을 지탱할 곳이 없어 힘을 주면 밀렸기에 한손으로 어깨를 잡고 한 손으로 풀어야 해서 시간이 걸렸지만 손님이 없었기에 여유롭게 풀어갔다.

'이 연세에 척추는 이만하면 괜찮은 것 같고. 근육이 많이 놀란 것 같은데.'

손가락으로 엑스레이나 컴퓨터 단층촬영(CT), 자기공명영상촬영(MRI)을 하는 것도 아닌데 마치 몸속이 보이는 듯하다.

"할머니, 혹시 허리 삐끗하신 적 있으세요?"

"으, 응. 끙! 이주 전에 발을 헛디뎌서 허리가 뜨끔한 적이 있었어."

"그 때문에 근육이 많이 놀란 것 같아요. 풀어만 주면 될 것 같으니 조금만 더 참으세요."

"그, 그래. 다행이네."

조금 더 참으라는 말에 몸이 경직되는 게 느껴졌다.

"용케 잘 참으시네. 조금만 지나면 온몸이 가뿐해지실 겁니다."

본래 제법 실력 있다는 한의사라 해도 나물 할머니의 삔 허리를 완전히 치료하려면 서너 번은 침을 놓아야 했다. 그러나 두삼에겐 사기적인 기를 이용하는 방법이 있었다.

'신기해.'

손에서 기가 느껴지는 것이 여전히 신기한 그였다.

팔목에서부터 느껴지던 기가 그의 의지대로 엄지손가락으로 흐르더니 손가락 끝으로 나와 마치 물방울처럼 맺혔다.

두삼은 보이진 않지만 느껴지는 엄지손가락 부근을 잠깐 흐뭇하게 바라보다가 허리 부근의 혈을 꾹꾹 누르며 할머니의 기를 활성화시키려 했다.

누를 때마다 맺혀 있던 기가 조금씩 스며들었고 스며든 기는 할머니의 몸에 잠재되어 있던 미약한 기를 일깨워 합쳐졌다. 그리고 마치 살아 있는 듯 아픈 부위로 가서 상처를 치유했다.

'기가 허해지면 만병이 생기고 기가 강해지면 신체가 강건해진다더니 그걸 눈으로 보듯이 느끼게 될 줄이야.'

두삼은 손님이 많아져 장갑으로 기를 어디까지 컨트롤할 수 있는지 알고 싶어졌다.

'물론 내 기가 무한한 건 아닐 테니 필요할 때만 사용해야겠

지만.'

허리를 치료하고 다시 한번 목부터 허리까지 근육을 풀어준 두삼은 할머니의 어깨를 두 번 툭툭 치며 끝났음을 알렸다.

"할머니, 끝났어요."

"…그래? 이제 막 시원해지려던 참인데……."

언제 아파했냐는 듯 나물 할머니는 안마가 끝나는 걸 무척이나 아쉬워했다.

"마사지를 하는 사람도 힘들지만 받는 사람도 때에 따라선 힘들어요. 오늘은 이 정도면 충분하니 장이 끝나면 집에 가서 푹 쉬는 게 좋으세요."

"총각 말대로 할게. 고마워. 어라? 근데 일어나는데 허리가 전혀 안 아파. 몸도 가볍고."

할머니는 몸을 이리저리 움직이며 신기해했다.

"굳이 자전거에 비교하자면 오랫동안 사용하지 않은 자전거에 기름칠을 한 번 한 거예요. 꾸준히는 아니더라도 한 달에 한 번 정도는 오셔서 관리를 받는 게 좋으실 거예요."

"갈게! 이렇게 몸이 가벼울 수만 있다면 당연히 받아야지. 근데 마사지 비용은 비싸겠지?"

"네, 조금 비싸요."

"그래……? 이만 원? 삼만 원?"

마사지는 일반적으로 전신이냐 부분이냐, 스포츠마사지, 타이 마사지, 아로마마사지냐에 따라 5만 원에서 10만 원 정도였고 그는 인테리어비가 많이 들어가지 않아 기본 사만 원으로 정했다.

사실 치료를 목적으로 하는 일이기에 개인적인 생각으론 더 받아야 하지만 그래선 경쟁력이 없었다.

'아무래도 가격에 대해선 좀 더 생각을 해봐야겠어.'

할아버지의 경우 부자에게는 많은 돈을, 가난한 사람들에겐 거의 공짜로 해줬었다. 그러나 그것은 유명해져서 치료를 위해선 얼마든지 돈을 주겠다는 사람들이 넘쳐서 가능한 일이었다.

"삼만 원이에요."

"…그 정도면 괜찮은데. 가게는 어디쯤에 있어?"

삼 만원이라는 돈도 할머니에겐 비싼 모양이다. 하긴 앞에 놓인 나물을 다 팔아야 삼만 원쯤 될 터였다.

"매계리 초등학교 앞 버스 정류장에서 산 쪽으로 10분쯤 올라오시면 돼요."

"무슨 가게를 산 중턱에… 가만! 매계리에서 산 쪽으로 10분쯤 올라가는 곳이면 한 의원님 집 근처인 거 같은데."

"네, 거기예요."

"에? 그럼, 총각이……?"

"네. 제 할아버님 함자가 한에 언 자, 수 자를 쓰세요."

묻지 않았다면 굳이 말하지 않았을 것이다. 그러나 일단 말을 하게 된 이상 꺼릴 이유는 없었다.

두삼의 말엔 할아버지에 대한 자부심이 담겨 있었다.

*　　　　　*　　　　　*

나물 할머니를 마사지한 후 얼마 되지 않아 두삼에게 몇 번 약초를 샀던 중년인이 와서 물건이 괜찮다며 약초를 몽땅 사갔다.

시장에서 나온 두삼은 백만수의 오토바이 가게에 가려다 발걸음을 돌려 김광도의 한의원으로 향했다.

'혁 한의원. 김광도의 아들 김장혁이 한의사가 된 모양이구나.'

간판을 일별하고 안으로 들어가자 접수대 앞 의자에 많은 노인들이 앉아 차례를 기다리고 있었다.

두삼은 이미 접수를 한 사람처럼 구석의 빈자리에 앉아 의원을 살폈다.

"비용은 만이천 원이에요. 이 종이를 가지고 2층으로 올라가면 물리치료를 받으실 수 있으세요."

'한의원에 물리치료실을……'

접수대의 간호사가 막 진료실에서 나온 손님과 하는 말에 두삼은 꽤 놀랐다.

한의원의 물리치료실은 의료보험 혜택을 받을 수 없었다. 그래서 실제로 물리치료실을 운영하는 한의원은 거의 없었고 꼭 필요해서 운영한다고 해도 실제 물리치료사보단 운동 치료사와 같은 유사 자격증을 가진 사람을 값싸게 고용해 운영했다.

'아무리 할아버지의 명성을 이용할 생각이라고 해도 간호사에, 물리치료실까지 운영하면 수지 타산이 맞을까? 실력이 확실해서 다른 곳에서도 오면 모르겠지만 말이야. 뭐, 나한텐 오히려 더 좋은 일이지.'

두삼의 경우 하루 한 명의 손님만 있어도 운영이 되지만 김장혁의 경우는 최소 열 명은 들어야 운영을 할 수 있었다.

'아니, 최소 스무 명은 와야 할 것 같은데.'

물리치료실을 본 두삼은 한의원의 규모가 생각보다 더 크다는 걸 알 수 있었다.

물리치료실엔 전문 안마사 두 명에, 물리치료사, 간호사까지 모두 다섯 명이 더 있었다.

오고 가는 사람들이 많아 어렵지 않게 한의원을 구경한 두삼은 방앗간에 참새가 못 지나가듯 아이스커피를 사서 백만수의 오토바이 가게로 갔다.

"오늘 휴일이냐?"

일하던 백만수는 장갑을 벗으며 물었다.

"손님이 없어서 틈틈이 모아둔 약초 팔러 나왔어요."

"오픈발 빼고 처음부터 잘되는 곳이 얼마나 있겠냐. 최소한 일 이 년은 고생해야지 자리를 잡지."

"오픈한 지 얼마 안 됐는데요."

"그럼, 행사 도우미 불러서 오픈 행사라도 해보든가. 아무도 없는 데서 하는 것도 재미있긴 하겠다. 하하하!"

"하하하! 진짜 황당하긴 하겠네요."

둘러봐야 산뿐인 곳에서 행사 도우미들이 크게 스피커를 틀어놓고 춤을 춘다고 생각하니 웃음이 났다.

"근데 불법이라며 안 할 것 같이 굴더니 안 되니까 걱정이 되나 보다."

"안 했으면 모를까 시작했으면 잘되길 바라는 게 인지상정이죠. 사실 형이 저에 대한 소문을 냈다고 생각해서 시작했어요."

"아! 그 소문. 내가 안 냈어."

"어? 그래요? 그럼 누가 냈지?"

"나야 모르지. 싫다는데 소문만 내서 뭐 하겠냐? 난 네가 낸 줄 알았다."

"음, 아무래도 김장혁이 소문을 낸 것 같아요."

"네가 아니라면 그럴 가능성이 높겠지. 근데… 그 녀석이 하는 의원은 가봤냐?"

"방금 구경하고 왔어요."

"사람 많지? 오래 기다릴 땐 1시간을 넘게 기다려야 하더라고. 실력도 꽤 있는 것 같고."

"형도 가봤어요?"

"…아, 아니. 내 와, 와이프가 애 때문에 갔다 와서 그렇게 말하더라고."

백만수는 혁 한의원을 칭찬하다가 아차 싶었는지 얼른 변명을 했다.

그 모습에 두삼은 피식 웃으며 말했다.

"거기 갔다 왔다고 누가 뭐라고 해요? 근데 애가 어디 아파요?"

"조금……."

"애들은 한의원보다 도시에 있는 병원으로 데려가요. 그 편이 훨씬 좋아요."

"그건……."

"백 사장! 이 오토바이 또 퍼졌어. 아무래도 바꿔야 할까 봐."

백만수가 뭔가를 말하려 할 때 손님이 오토바이를 끌고 왔다.

"그러게 진즉에 바꾸시라니까요."

"고치면 한 1년은 탈 줄 알았지."

"바꾸라고 한 지가 2년이 넘었거든요. 이거 보세요. 기름도 줄줄 새잖아요."

얘기를 하는 모양새가 금방 끝날 것 같지 않았다.

"형, 저 가요. 시간 나면 술 마시러 올게요."

"응, 들어가. 고민하지 말고. 이제부터라도 내가 소문 팍팍 내줄게."

"네에~ 기대할게요."

말이라도 고마웠다. 손을 흔들고 오토바이 가게에서 나온 두삼은 오토바이를 타고 집으로 향했다.

*　　　　　*　　　　　*

나물 할머니가 약속대로 마사지를 받으러 일주일에 한 번씩 방문을 했다. 그리고 할머니가 소문을 낸 건지, 백만수가 소문을 낸 건지 한두 명씩 손님이 늘기 시작했다.

"할아버님, 오늘은 여기까지 하겠습니다. 한번 걸어보세요."

"…고생했네그려."

치료용 침대에 누워 있던 할아버지는 오랜 안마 시간에 잠이 들었다가 깼는지 손으로 입을 훔치며 부스스 일어났다.

"아프다는 걸 의식하지 말고 걸어보세요."

할아버지는 무릎 관절이 좋지 못해 절뚝거리며 걷다가 발목, 대퇴부, 심지어 허리까지 안 좋았다.

기를 이용해 두 시간을 넘게 치료를 하려 했지만 단숨에 치료되긴 불가능했다. 일단 심한 상처의 치료와 함께 통증을 일으키는 부분을 마춰시킴으로써 자세부터 교정을 시킨 후 서서히 고쳐 나갈 생각이었다.

"허! 대단하구먼. 아픈 게 한결 덜해. 평생 쩔뚝거리며 살 줄 알았는데."

"절대 무리하지 마세요. 그리고 나흘 뒤에 꼭 다시 오시고요. 그 정도면 괜찮을 것 같다고 안 오시면 오늘 일은 말짱 헛일이니 꼭 오세요."

"걱정 말게. 꼭 올 테니."

"무슨 일이 있더라도 오셔야 합니다."

두삼은 다시 한번 다짐을 받았다.

철썩같이 말해놓고도 일 때문에, 혹은 돈이 아까워서 오지 않는 사람들이 부지기수였다.

일시적인 증상을 고친 것이라면 오지 않아도 자연적으로 치료가 되는 경우가 많으니 상관없었지만 상태가 심각할 땐 치료가 제자리걸음이 되는 경우가 많았다.

물론 그 정도만 되어도 상관이 없었다. 병원이나 의원 입장에선 천천히 나을수록 이득이니까. 그런데 더 심각해질 수도 있었는데 지금 이 할아버지가 그런 경우였다.

"그 젊은 사람이 속고만 살았나. 근데 약은 없나? 지난번 한의원에선 약을 먹어야 낫는다고 했는데."

"최대한 걷지 않고 푹 쉬는 게 제일 좋은 약입니다. 그리고 혹 걸어서 아프다고 느끼시면 병원에서 준 진통제를 드시면 되고요."

한약을 팔 준비가 되어 있지 않았거니와 앞으로도 꼭 필요한 경우가 아니면 팔 생각이 없었다.

할아버지를 보낸 후 쉴 틈도 없이 바로 옆방으로 이동했다.

그곳엔 삼십대 초반쯤으로 보이는 사내가 편안한 차림으로 족욕을 하고 있었다.

"오래 기다리셨죠?"

"괜찮습니다. 편하게 족욕을 해서인지 시간 가는 줄 몰랐네요."

"이해해 주셔서 감사합니다. 이쪽으로 오시죠."

두삼은 사내를 치료실 겸 안마실로 안내했다.

"요즘 일을 많이 해서인지 목이 많이 뻣뻣해요. 허리도 조금 불편하고요. 시원하게 풀어주세요."

"하하하! 알겠습니다."

가볍게 손을 푼 후 사내를 주무르기 시작했다.

치료 목적이 아닌 피곤한 몸을 풀기 위한 마사지를 받으러 온 사람은 이 사내가 처음이었다.

30분만 차를 타고 하동읍에만 나가도 상당히 고급스럽고 이국적으로 꾸며진 마사지 숍에서 나긋나긋한 여자 마사지사의 손길에 안마를 받을 수 있는데, 교통도 불편하고 리모델링을 했다지만 오래된 건물에서 그런 곳과 경쟁을 하려면 확실한 실력 차이를 보여줘야 했다.

그래서일까 두삼은 오히려 치료를 할 때보다 더 정성을 들였다.

그렇다고 기를 이용하진 않았다.

순수한 안마 실력으로 손님을 사로잡지 못한다면 잠깐 반짝

하다가 말 일이었다.

'기가 무한한 것이 아니니까.'

손님이 늘면서 알게 된 것이지만 기를 많이 사용하면 지독한 허탈감과 함께 몸이 극도로 피곤해졌다. 그리고 몸이 기를 보충하려는 것인지 먹어도, 먹어도 배가 고팠다.

매일 아침 동이 틀 무렵 일어나 서너 시간은 산을 탔음에도 5킬로그램이 찔 정도였다.

목과 어깨, 등, 허리, 다리까지 전신 마사지를 꼼꼼하게 마쳤다.

"다 됐습니다."

"응차! 수고했어요. 난생 이렇게 몸이 녹는 것 같은 안마는 처음 받아보네요."

사내는 엄지를 척 하니 올리며 말했다.

예의상하는 말일 수도 있었지만 있는 그대로 받아들였다. 어차피 두삼이 할 수 있는 일은 다했고 이후의 일은 그의 능력 밖이었다.

"고맙습니다. 혹시 다시 방문하실 것 같으면 미리 전화를 주세요. 그럼 예약을 해드리겠습니다."

"예약제였군요. 그러죠."

혼자하다 보니 예약은 필수였다.

"오늘은 이것으로 끝인가?"

마사지 손님을 보내고 큰 은행나무 그늘 밑에 있는 평상에 앉아 중얼거렸다.

한가해지자 허기짐을 느낀 그는 평상에 말려둔 약초를 입에

물고 오물거렸다.

점점 둔해지는 몸 때문에 음식 대신에 산에서 캐 온 약초로 기를 보충하고 있었다.

손을 뻗어 쉼 없이 약초를 먹던 그는 입안에 맴도는 쓰디쓴 맛에 들고 있는 약초를 봤다.

"윽! 최소 오만 원은 받을 수 있는 버섯을. 안마를 해서 내 입에 다 털어 넣는군. 쩝!"

이미 상품성이 없어진 버섯을 입에 넣고 평상에서 일어났다. 계속 앉아 있다간 값나가는 약초도 모조리 입에 넣어버릴 게 분명했다.

마루로 자리를 옮겨 앉은 그는 노트북으로 동영상을 틀었다.

어린 소녀들이 짧은 치마와 반바지를 입은 채 춤을 추는 동영상이 연속해서 재생됐다.

딱히 한 아이돌 그룹만 찍은 것이 아닌지 다양한 아이돌 가수들이 나왔다.

두삼은 오디션 프로그램 심사위원이라도 되는 듯 고개를 리듬에 맞춰 흔들며 영상을 즐겼다.

간혹 나이가 몇 살인데 이런 취미에 빠져 사냐고 한심하다는 표정으로 묻는 사람들도 있었지만 그가 실의에 빠졌을 때 그를 구원해 준 취미였다.

물론 그렇게 말해도 이해 못 하는 이들도 있었다. 그러나 상관없었다. 그들도 언젠가 죽고 싶다는 생각이 들었을 때, 혹은 어떤 힘든 일을 겪었을 때 무엇인가에 위안을 받게 되면 그땐 이해할 수 있으리라 두삼은 생각했다.

한창 재미있게 보고 있는데 대문 쪽에서 소란이 일었다.

"…대학병원에서도 정신병이라고 진통제만 처방하는데 여기라고 무슨 뾰족한 수가 있겠어요! 그만 절 좀 내버려 두세요!"

"그럼 평생 그렇게 고통스럽게 살래? 밤마다 한숨도 못 자는 것은 둘째 치고 술만 먹고 살 거냐고!"

"……."

"여기서도 안 되면 두 번 다시 어디 가자고 안 할 테니 잔말 말고 따라와."

잠시 후 목발을 짚고 쩔뚝거리며 들어오는 중년 사내와 그 모습을 안타깝게 쳐다보는 할아버지 한 분이 보였다.

왠지 익숙한 두 사람이었기에 두삼은 동영상을 멈추고 눈을 좁히며 봤다.

"아! 태산이 할아버지, 태산이 아버지."

이태산은 두삼의 초등학교 친구였다. 그리고 두 집안 아버지끼리, 할아버지끼리도 친구로 악양에 살 땐 꽤 돈독한 사이였다.

"안녕들 하셨어요?"

"두삼이구나. 길에서 보면 모르겠구나."

"으, 응. 두삼이 오랜만이구나."

"진주로 이사 가셨다는 얘긴 들었습니다. 근데… 아저씨 다리가……."

태산이 아버지의 왼쪽 무릎 아래가 없다는 것을 깨달은 두삼을 깜짝 놀라 말을 멈칫거렸다.

"…얼마 전에 교통사고를 당했단다."

"저런……."

"…불의의 사고였는데 어쩔 수 없지."

어쩔 수 없다고 말하는 이영호의 얼굴은 아직까지 자신에게 일어난 일이 믿기지 않는 모양이었다.

"근데 진주에서 여기까진 무슨 일로?"

"그건……."

"그건 내가 말하마. 며칠 전에 악양에 친구들 만나러 왔다가 네가 이곳에서 일을 하고 있다는 걸 들었다. 그래서 네 도움 좀 받으러 왔다."

"도울 일이 있다면 당연히 도와드려야죠. 어떤 일이십니까?"

이태산의 할아버지는 잠시 아들의 눈치를 살피더니 입을 열었다.

"절단된 다리가 계속 아프단다. 치료를 하려고 해도… 이미 사라진 다리가 아프다니 병원도 어찌할 바를 모르더구나. 정신적인 문제라고 정신과 치료를 받고 있지만 전혀 낫질 않는구나. 그래서 혹시나 싶어 찾아왔다."

"…환상지."

설명을 듣고 있던 두삼이 중얼거렸다.

환상지(幻像脂), 환각지, 유령손이라고 부르기도 하는데 사고로 갑자기 손발이 절단되었음에도 여전히 없어진 손발 부위가 근질거리거나 아픈 증상으로 확실한 치료법이 나오지 않았다.

팔다리가 사라진 것을 인지 못 한 뇌의 작용, 혹은 사고 당시의 기억 때문이라는 의견이 지배적이었는데 초음파, 전기적 자극, 마사지, 정신과 치료 등 다양한 치료가 있지만 효과는 미비

했다.

'마사지로 효과를 보기 힘들 텐데. 진주에서 찾아온 분들을 그냥 보낼 수도 없고……'

이래저래 고민이었다. 그러나 곧 무게 추는 그냥 보낼 수 없다는 쪽으로 기울었다.

'일단 지켜보는 걸로 하자.'

'기로는 혹시'라는 생각이 없잖아 있었다.

"들어오세요. 당장 뭔가를 해드릴 순 없지만 빈 방이 있으니 그곳에서 지내면서 천천히 살펴보기로 하죠. 지금도 많이 아프세요?"

"아니. 밤이 되면 그때부터 아픈단다."

"그럼 그때 보기로 하죠. 식사는 전이시죠? 찬은 없지만 같이 저녁 먹어요."

과거 잘 알던 사이라고 하지만 십여 년 만에 만남이라 서먹할 수밖에 없었다. 그래서 두삼은 가급적 살갑게 대하려고 했다.

사랑채 부엌으로 가서 상을 차리는데 밭일을 마친 노혜자가 들어왔다.

"만수가 왔나 보구나?"

치료를 받고 건강해진 노혜자는 두삼이 손끝에 물도 못 묻히게 했다. 단 누군가가 와서 식사를 할 땐 예외였는데 그때마저 노혜자에게 상을 차리게 할 수 없다는 두삼의 강력한 주장 때문이었다.

그래서 두삼이 상을 차리고 있자 노혜자가 손님이 왔다는 걸 알아차린 것이다.

"아뇨. 태산이 아버지와 할아버님이 오셨어요."

"아! 영호 오빠와 경례 아저씨가 오셨어?"

"네."

"그럼 그렇게 상을 내면 안 되지. 내가 얼른 씻고 차려줄게."

"아니에요. 제 손님인 걸요."

"오빠랑 아저씨는 너보다 내가 더 잘 알아. 나도 인사를 드려야 하니 안채에 올라가 있어라."

노혜자는 두삼을 쫓아내듯이 부엌 밖으로 밀었다.

부부는 닮는다고 이봉래나 노혜자나 고집은 황소고집 저리가라였다.

"아휴~ 건강해지셨다고 미는 힘이 엄청나시네요."

두삼은 미안한 마음에 너스레를 떨었다.

"다 네 덕분 아니겠니."

"하하! 별말씀을요. 이번 주엔 마사지 두 배로 해드릴게요."

"아무래도 마사지에 중독이 됐나 보다. 그건 전혀 사양하고픈 생각이 안 드는구나. 호호호!"

두삼은 두 사람이 주는 호의를 조금이라도 보답하고자 매주 안마를 해주며 그들의 경락을 조금씩 뚫어주고 있었다.

노혜자는 한참이 지난 후에 혼자서는 들지 못할 정도로 한상 거하게 차려왔다. 그리고 못 본 척한 건지 못 본 건지 이영호의 다리에 대해선 아무 말도 하지 않고 인사를 하고 사랑채로 갔다.

'숨이 막혀. 이럴 거면 아저씨, 아주머니랑 같이 먹는 거였는데.'

해가 지면서 어두워져 가면서 기분도 가라앉는지 아무 말 없이 식사를 했다. 그래서 분위기도 조금 바꿔볼 겸 공통적인 주제를 꺼냈다.

"아저씨, 태산인 요즘 뭐 해요?"

"…으, 응. 부산에서 회사 다녀."

"결혼은요?"

"애인은 있는 것 같던데……. 글쎄다. 그러는 너는?"

"지금은 없어요."

"예전에는 있었다는 소리구나?"

"아저씨도 참! 제 나이가 몇 인데 없었겠어요? 근데 술 한 잔씩 하실래요? 머루로 술을 담갔는데 그럭저럭 먹을 만할 거예요."

"흠! 치료하려면 안 먹는 게 좋지 않을까?"

이경례는 이영호가 술을 마시는 게 마땅치 않은 모양이었다.

"아까도 말씀드렸듯이 원인을 파악하려면 시간이 걸릴 거예요. 못 할 가능성도 있고요. 그동안 고통을 참으려면 술이 필요하실 거예요."

환상지의 고통에 대해 말만 들었지 겪어본 적이 없어 어떤지 알 수가 없었다. 그런데 무작정 참으라고 말할 순 없었다.

"단, 치료에 방해가 될 정도로 마시면 곤란해요. 약속하실 수 있죠?"

"…그러마."

두삼은 머루주를 가지고 왔고 반찬을 안주 삼아 기분 좋게 마셨다.

"아저씨가 아프면 제가 살펴봐야 하니까 할아버지랑 아저씨랑 따로 주무세요."

"번거롭게 해서 미안하구나."

"할아버지가 계셨어도 이랬을 건데요, 뭐."

"나중에 방값이랑 치료비는 한 푼도 빠짐없이 청구해라. 알았지?"

"방값은 뺄게요. 대신 치료비는 확실하게 받겠습니다. 쉬세요."

이영호의 방은 자신의 옆방에 이경례는 멀찍이 떨어진 방을 줬다. 한 사람이라도 푹 쉬라는 배려였다.

고통이 크지 않고 참을 만했다면 실력도 알지 못하는 자신에게 오지는 않았을 것이 분명했기 때문이었다.

"으… 윽! 으으……."

이를 악물고 고통을 참는 신음 소리에 눈을 떴다.

"큭! 크으윽! 아아!"

얼마나 고통이 심한지 결국 악문 이를 뚫고 소리는 점점 커지고 있었다.

두삼은 칸막이 문을 열고 들어갔다.

"많이 아프세요?"

"하아하아~ …제, 제발 이 고통을… 크윽!"

"이 상하겠어요. 참지 말고 소리를 지르세요. 여긴 조용하잖아요."

환상지의 고통이 뇌가 다리가 절단되었음을 인지를 못 해서 일어나는 것이라면 하루라도 빨리 인지를 시켜주는 것이 좋았다.

고통스러움에 지르는 비명이 그 한 방법이라고 두삼은 생각했다.

그는 조용히 이영호의 반만 남은 다리를 주무르기 시작했다.

"으아아아아! 씨발……. 큭!"

10분간 열심히 다리를 주물렀지만 전혀 효과가 없는지 결국 큰 비명 소리가 터져 나왔다.

'다리를 마취시켜 볼까?'

침으로 몇 군데 혈을 깊이를 다르게 찌르면 다리가 마취됐다.

물론 그의 곁엔 침이 없었다. 그는 이미 오래전 침을 버렸다.

'기가 침이 되는 거야. 이미 경험이 있잖아, 안 그래? 맞아! 그랬지.'

스스로에게 질문을 던지고 대답을 한 두삼은 재빨리 손가락으로 기를 보냈다. 그리고 고통에 바동거려서 쉽지 않았지만 하나씩 차례대로 눌렀다.

실제로 쓸 일은 많지 않았지만 침으로 마취를 시키는 기술은 중국에서 배웠다.

"……! 무, 무얼 한 거야? 조, 조금 괜찮아졌어."

"잠깐만 움직이지 마세요. 몇 군데 더 눌러야 해요."

혈을 누를 때마다 고통이 줄어드는지 움직임이 덜해졌고 두삼은 무사히 모든 혈을 누를 수 있었다.

"어떠세요? 다리를 마취시켰어요."

"여전히 아프긴 한데 지, 지금은 차, 참을 수 있을 정도야."

짧은 시간에 땀범벅이 된 이영호는 안도의 가쁜 숨을 몰아쉬었다.

"극심한 통증을 겪은 후라 그럴 수 있어요. 일단 차분히 마음을 가라앉히고 아픈지 말해주세요. 돌아누우세요."

고통을 참느라 온몸이 경직되어 있었다. 그래서 그것을 풀어줄 요량으로 두삼은 머리부터 가볍게 안마를 시작했다.

이영호는 마사지가 끝나기 전에 잠이 들었다.

*　　　　　*　　　　　*

쉽게 해결될 것 같았던 환상지는 이 주일이 넘도록 뾰족한 해결책이 보이지 않았다.

마취를 시킴으로써 고통은 줄긴 했지만 완전히 사라지진 않았다. 그리고 무엇보다도 마취를 시키는 건 치료가 아니었다.

고통이 사라지면 그때부터 의족을 써야 하는데 아예 다리를 못 쓰게 만드는 것을 누가 좋아하겠는가.

그래서 현재엔 아침엔 풀고 저녁엔 다시 마취시키길 반복하며 해결책을 찾으려 노력하고 있다.

"젠장 늘어나는 건 마취시키는 능력뿐이네."

기의 양을 조절함으로써 완전히 혈을 막아 오래 가게 할 것인지 아님 며칠만 지속되게 만들 것인지 조절할 수 있게 된 것이 이 주간의 고생에 대한 수확이라면 수확이었다.

중국에서 배울 때 침술에 극을 이루면 할 수 있다는 얘기를 들었는데 기를 느끼고 이용할 수 있는 두삼에겐 어렵지 않은 일이었다.

"휴우~"

"짜샤! 문을 열자마자 남의 가게에 와서 왜 그렇게 한숨만 내쉬어?"

두삼이 한숨을 내쉬자 청소를 하던 백만수가 한마디 했다.

"그러게요. 잠깐 머리 식히려고 나왔는데 고민이 머릿속을 떠나지 않네요."

"영호 아저씨?"

"네."

"환상통? 환각통?"

"환각지예요."

"용어야 어떻게 됐든지 간에 그거 인터넷에 찾아보니까 거의 불치병에 가깝던데 아닌가?"

"맞아요."

"근데 고민한다고 그게 낫겠냐?"

"일단 고통은 줄여놨어요. 다음이 힘들어서 그렇지."

"…진짜? 너 생각보다 대단하구나?"

"언제는 할아버지랑 비슷하다면서요? 그래서 소문도 내고 그런 거 아녔어요?"

"그야 네가 풀이 죽어 있는 것 같아 한 말이었지. 그리고 소문이야 항상 부풀어지게 마련이잖아."

"…형 말을 들으니 있던 기운마저 사라지네요."

"기분 나빴다면 미안하다. 내가 그동안 널 과소평가하고 있었나 보다."

순순히 사과를 하자 머쓱해진 건 오히려 두삼이었다.

"제 실력에 대해 말한 적이 없으니 형이 미안할 일은 아니죠.

아무튼 머리가 더 복잡해지는 것 같으니 그 얘긴 그만해요."

"그래. 머리를 식히는 것도 중요하니까. 그나저나 오늘 비 한 번 대차게 내린다."

그의 말처럼 비가 상당히 많이 내리고 있었다. 그 덕에 하나 있던 예약이 취소가 되면서 시간을 가지게 됐지만 말이다.

"손님도 없을 것 같은데 머리도 식힐 겸 다방에서 커피 시켜 먹을까? 이번에 온 아가씨 꽤 예쁘더라."

"이렇게 비가 오는데 와요?"

"비 온다고 다 쉬는 건 아니잖아."

"하긴……."

다양한 향과 맛을 내는 전문 커피숍들이 즐비한 세상에 웬 다방이라고 할 수도 있겠지만 예전보다는 줄었지만 다방은 서울은 물론 전국 어디에나 있다고 해도 과언이 아니었다.

"근데 형수가 형 이러는 거 알고 있어요?"

"당연히 모르지. 하지만 다방 오토바이를 다 내가 고치는데 간혹 커피라도 팔아줘야지. 싫으면 관두고."

"…누가 싫대요. 그냥 그렇다는 거죠."

두삼도 남자였다.

커피를 시킨 지 얼마 되지 않아 빗속을 뚫고 아가씨가 커피를 가져왔다.

"으~ 다 젖었네. 오빠, 수건 없어?"

아가씨는 온몸을 감싸다시피 한 비옷을 벗으며 투덜댔다.

옷차림이 꽤 야했다.

"여기. 비 오는데 오토바이 타고 오니까 다 젖지."

"좀 전에 철물점에 들렀을 때 걸어갔는데 그때도 다 젖더라고."

"흐흐흐! 다른 것 때문에 젖은 건 아니고?"

"피이~ 짓궂기는. 오빠가 젖게 해주든가."

백만수는 다방 아가씨에게 야한 농담을 스스럼없이 했고 아가씨는 아무렇지 않게 받아들였다.

"오빠, 안녕."

젖은 곳을 닦은 아가씨는 두삼의 옆에 앉으며 그에게 인사했다. 그리고 자리에 앉더니 잔과 보온병을 꺼내 커피를 탔다.

"오빠 어디서 일해?"

두삼은 진한 향수 냄새에 잠시 취해 있다가 아가씨의 물음에 정신을 차리고 말했다.

"매계리에서 마사지 숍을 하고 있어."

"에? 매계리에서?"

"하하……. 좀 이상한가?"

"많이. 거기까지 마사지를 받으러 가는 사람이 있어?"

"조금."

"거기까지 마사지 받으러 가는 사람이 있는 걸 보면 꽤 실력이 좋은가 봐? 이삼이?"

"그럭저럭. 근데 이삼이는 뭐야?"

"커피 둘, 프림 셋, 설탕 둘이냐고."

"아하~ 그냥 맛있게 타줘."

다방 아가씨는 직업 때문인지 성격이 꽤 활달했다.

그녀는 번개처럼 커피를 타서 건넸다. 진하고 조금 달았지만 꽤 맛있었다.

"나 요즘 몸이 뻐근해서 마사지 한번 받아야 하는데. 나중에 마사지 받으러 가면 싸게 해줘. 알았지?"

"으응."

가슴이 반쯤 보이고 조금만 치마가 올라가면 속옷이 다 보일 정도로 짧은 원피스를 입은 여자가 마사지를 받고 싶다고 하자 묘한 기분이 들었다.

물리치료사, 마사지사로 이성을 손님으로 봐야 하지만 생각대로 되지 않았다.

예쁘고 몸매 좋은 여자 손님을 마사지할 일이 생기면 가슴이 설레었다.

물론 두삼의 경우 여자보다 악력이 약해 거의 해본 적이 없었지만 말이다.

"그렇다고 만수 오빠처럼 싸게 해주긴 하는데 대충해 주면 안 된다?"

"야야! 내가 무슨 대충해 줬다고 그래?"

"고친 지 얼마 되지도 않았는데 벌써 소리가 이상하단 말이야."

"그게 내 탓이냐? 네가 험하게 몰아서지. 그리고 처음 폐차하기 직전의 오토바이를 가져왔던 건 생각도 안 나냐?"

"치이~ 바퀴에 바람만 빠져 있었던 것 같은데?"

"우와! 얘가 멀쩡한 사람 이상하게 만드네. 가게에 있던 부품까지 공짜로 바꿔줬더니……."

두 사람의 목소리가 오토바이 가게를 쩌렁쩌렁 울리게 만들었지만 두삼이 보기에 악의가 없어 보였기에 하는 양을 지켜봤다.

"알았어, 알았어. 오빠 고생한 거 다 알아. 그러니 화 풀어. 근데 저 오토바이 기름이 새는 것 같다고 하는데 온 김에 고쳐주면 안 될까?"

"기름이 새면 엔진까지 다 뜯어봐야 해."

"그냥 호스로 새는 곳에 끼워서 다시 기름통으로 올리면 되지 않아?"

"헛소리 작작하고 저 오토바이 돈 많이 들 텐데 이참에 아예 바꿔라."

"오빤 만날 그 소리야. 내가 돈이 어디 있어? 선불금도 갚아야 하는데. 그러지 말고 적당히 봐주라. 응?"

아양 앞에선 백만수도 금세 흐물흐물해졌다.

"험험! 아무리 그래봐야 하루는 걸려 돈도 조금 나올 테고. 온 김에 맡기고 가."

"영업해야 하는데 어떻게 맡겨."

"다른 걸로 가져가."

"오빠, 최⋯⋯."

아가씨는 백만수의 팔을 양팔로 꼭 껴안으며 '최고'라고 말하려 할 때였다.

"아! 맞다 그거다!"

두삼이 뭔가 생각난 듯 벌떡 일어나며 외쳤다.

"뜯어보고 새로운 곳으로 길을 만들면 될 것 같아. 형, 고마워! 아가씨, 고마워! 나중에 내 가게에 들러. 무료로 마사지해 줄게. 난 이만 갈게. 다음에 봐."

두삼은 혼잣말로 중얼거리다 두 사람에게 인사를 하고 비옷도 챙기지 않고 뛰어나갔다.

　백만수와 아가씨는 무슨 영문인지 몰라 비를 맞고 사라져 가는 두삼을 보며 눈만 깜빡거렸다.

4. 만남

주요 혈을 막아 다리를 마취시켰음에도 고통이 사라지지 않았다는 건 두삼이 모르는 기의 길(경락)이 존재하고 있다는 뜻이다.

　고로 일단은 다리의 경락을 완전히 파악하는 게 치료의 첫걸음이었다.

　'기본을 무시하고 무작정 고치려고만 들었으니 원인을 찾을 수가 없었지.'

　두삼에겐 좀 더 다른 의미였지만 한의원에 가면 문진 이후에 맥을 짚어보거나 아픈 부위를 만져보듯이 상태를 먼저 살펴야 했다.

　'과거에 그렇게 혹독하게 당하고도 여전히 정신을 못 차리고……'

굳이 변명하자면 기가 얼마만큼 소모될지 몰라 겁이 나서였는지 모른다. 그러나 기 소모가 두렵다면 차라리 이 일을 그만두는 것이 나았다.

"점심 먹고 온다더니 일찍 왔네? 근데 우산은 어쩌고 비를 쫄딱 맞고 왔냐?"

마루에 앉아 꾸벅꾸벅 졸고 있던 이영호가 물었다.

"혹시 비가 와서 고통이 일어날까 싶어서요."

기대감을 주는 건 금물이었다. 그래서 두삼은 흥분을 가라앉히고 말했다.

"쑤시긴 한데 참을 만해."

"샤워하고 나올 테니 치료실에 가 계세요."

"지금? 저녁에 안 하고?"

"좀 다른 방법을 써볼까 하고요. 시간이 얼마나 걸릴지 모르니까 편하게 주무셔도 돼요."

"알았다."

샤워를 마치고 치료실로 가자 이영호가 누워 있었다.

"시작하겠습니다."

습관처럼 손을 쥐었다 폈다 몇 번 반복한 후에 이영호의 단전에 왼손을, 다리에 오른손을 올렸다.

'기가 다 떨어질 때까지 해보자!'

전신은 불가능하겠지만 오른쪽 다리의 경락만은 모두 알아내겠다는 각오를 다진 두삼은 기를 불어넣었다.

기를 느끼겠다고 단단히 마음을 먹어서일까, 안으로 들어간 기가 다리로 뻗어 가는 느낌이 확실히 들었다.

'맙소사 무슨 경락이 이렇게나 많아!'

문제가 있다면 기가 흐르는 길이 두삼이 알고 있는 것보다 수십 배는 많다는 것이었다.

경락은 주로 큰 길만 알려졌지 작은 길은 거의 알려지지 않았다.

가령 서울에서 대전까지 간다고 했을 때 길이 몇 가지나 될까? 그리고 각 길로 차가 동시에 출발한다면?

흘러들어 간 기는 마치 그처럼 동시다발적으로 다리에 있는 기의 길로 퍼졌다. 게다가 속도는 얼마나 빠른지 금세 한 바퀴를 돌았다.

머리가 나쁜 편은 아니었음에도 동시에 수십 개가 넘는 길을 외우려 하니 당황스러웠다.

더욱 놀라운 것은 이미 절단된 다리로도 기가 흐른다는 것이었는데 마치 다리가 있는 것처럼 발 모양대로 흐르고 있었다.

'허! 고통의 원인이 이 때문인 건가?'

놀람과 경이로움이 동시에 들었다.

'고통을 완전히 없애려면 모두 차단해야 한다는 거군. 하나씩. 기가 금방 사라지는 것 같지 않으니 탈진을 걱정할 필요도 없으니 시간은 많아.'

호흡을 가다듬으며 마음을 진정시킨 두삼은 오늘이 아니면 내일 하면 된다고 여유를 가졌다.

사실 연구진이 새로운 하나의 경혈과 경락을 찾는 데 들이는 시간과 비교하면 거저먹기나 다름없었다.

절단된 다리로 돌렸던 기를 멀쩡한 왼다리로 보냈다. 그리고 알고 있던 경락을 제외하곤 가장 많은 기가 흐르는 길을 택했다.

'넌 1호선이다.'

두삼은 뭔가를 외울 때 그만의 독특한 방법을 사용했는데 익숙한 사물이나 단어를 지정해 기억하는 방식이었다.

서울에서 지하철을 타고 다닐 때 할 일이 없어 외운 지하철 노선도가 이렇게 쓰일 줄은 그도 몰랐다.

'넌 소요산, 넌 동두천, 넌 보산… 아! 네가 바로 음유맥의 축빈(혈)을 지나는 구나'

지나가다가 갈림길이나 느낌이 이상한 곳은 역 이름을 붙였다. 그리고 지하철이 노선이 그러하듯 1차선이라 명명한 경락은 이미 알고 있던 경락 혹은 맥과 연결되어 있었다.

막힌 건지 아님 흐름이 끝이 난 건지 복숭아뼈까지 내려갔던 기운은 다른 길을 통해 다시 위로 올라왔고 골반을 지나 상체로 사라졌다.

"휴우~ 5분만 쉬겠습니다."

두삼은 기를 느끼게 위해 참았던 숨을 내뱉으며 손을 뗐다.

"……."

이영호는 잠이 들었는지 아무 말이 없었다.

서둘러 옆방으로 간 두삼은 벽에 걸린 달력을 떼어내 뒤로 돌려 백지에 알고 있는 경락을 검은색 볼펜으로 그렸고 이어 1차선을 빨간색으로 그렸다.

"일단 하나 완성."

왠지 모르게 뿌듯함이 느껴지는 순간이었다.

"후후! 고작 하나만 해놓고 뿌듯해하다니. 다시 움직여 볼까."

오늘 왠지 길고 힘든 하루가 될 것 같았다. 그러나 치료실로 향하는 그의 표정은 무척 밝았다.

전지 한 장에 다리의 경락이 얼기설기 그려졌고 그 위에 수많은 경혈들이 벌레처럼 찍혀 있었다.

얼핏 보기엔 막 연필을 손에 쥔 아이의 낙서 같아 보였지만 가치를 아는 사람에게는 값어치를 따질 수 없는 보물일 것이다.

그런데 일주일에 걸쳐 만들어진 다리의 경락, 경혈도를 보는 두삼의 얼굴은 결코 밝지 않았다.

막상 알아냈지만 앞으로 해야 할 일을 생각하니 앞이 깜깜해서였다.

"죽기 전에 저 많은 경혈들의 기능을 알아낼 수 있을까? 쩝! 천천히 하다 보면 되겠지."

위치를 알아내는 것과 그 혈이 어떤 역할을 하는지 알아내는 건 별개였다.

사람들 몰래 실험을 해볼 수 있었지만 그건 인간이 할 짓은 아니었다.

두삼은 전지를 둘둘 말아 보관용 통 안에 넣었다. 이미 감각으로 일일이 체득한 것이라 머릿속에 각인되어 있어서 굳이 볼 필요는 없었다.

"근데 다리 지도를 어디선가 본 것 같단 말이야."

조금 전 완성된 경락, 경혈도를 보면서 낯설지 않다는 느낌을 받았다.

그는 보관용 통을 들고 벽장을 열었다.

벽장 왼쪽에는 침구와 몇 가지 짐이 놓여 있었고 오른쪽으로 는 커다란 손잡이가 달려 있었다.

두삼은 손잡이에 달린 열쇠 구멍에 열쇠를 넣고 돌린 후 손잡이를 아래로 내렸다.

덜컹!

철문이 열리는 소리와 함께 오른쪽 벽장 아래로 내려가는 계단이 생겼다. 두삼은 계단을 내려가 벽 쪽에 손을 뻗어 스위치를 켰다.

형광등이 켜지며 본채 절반만 한 크기의 방이 모습을 드러냈다. 방의 사면은 책장으로 되어 있었고 그중 삼분의 일은 책으로, 나머지 삼분의 일은 두삼이 가져온 것과 비슷한 보관용 통과 할아버지의 손때 묻은 오래된 한의용품들이 놓여 있었다.

"봤다면 여기서 봤을 텐데……."

책들 중 삼분의 이는 할아버지가 손님들의 증상과 치료법을 적어둔 기록으로 어린 시절부터 동화책 대신에 읽었던 것들이었다.

장갑이라는 기물을 얻고 난 후 다시 읽고 있지만 어릴 때와 달리 책과는 친하지 않아 속도는 더뎠다.

"속독법을 사용해야겠군."

두삼의 속독법은 바로 대충 훑어보기였다.

경락과 경혈에 관련된 책이 모여 있는 책장으로 가서 책을 뽑고 파라락 넘기기를 반복했다. 그리고 1시간 정도 지났을 때 그가 그렸던 그림과 거의 비슷하게 그려진 그림을 볼 수가 있었다.

"시간을 많이 줄일 수 있겠는걸."

책을 찬찬히 살피던 두삼이 중얼거렸다.

다리에 대한 것뿐만 아니라 머리, 몸통, 팔에 대한 것과 각 혈에 대한 기능도 적혀 있었다.

"…할아버지."

장갑에, 수십 년 세월이 녹아든 노하우까지 남겨주신 할아버지께 뭐라 감사해야 몰랐다.

"이번엔 어떤 고난이 닥쳐도 절대 포기하지 않고 아들딸 낳고 잘 살게요."

두삼의 할아버지 한언수가 그에게 딱히 한의사가 되길 바란 것은 아니었다. 한언수가 진정으로 바란 건 다름 아닌 그가 건강하고 행복하게 사는 것뿐이었다.

책은 단숨에 모든 것을 알 만큼 간단하지 않았기에 필요한 부분만 중점적으로 봤다.

'잘하면 가능하겠어.'

경락, 경혈도를 완성한 후 환각지의 치료법으로 두 가지를 생각하고 있었다.

첫 번째는 무릎 아래로 내려가는 모든 경락을 막아버리는 것이었고 두 번째는 큰 기능이 없는 세맥을 이용해 큰 경락 중 살릴 수 있는 것은 살리는 것이었다.

고속도로(큰 경락)의 사라진 구간을 국도(세맥)로 대신해 교통을 원활하게 만든다고나 할까.

아무튼 당연히 첫 번째 방법이 귀찮음도 없고 손쉽게 끝낼 수 있었다.

그러나 방법을 몰랐다는 모를까 가능성이 보이는 이상 할 수 있는 최선을 다하고 싶었다.

기계가 아닌 사람을 다루는 일이지 않은가.

두삼은 방 한구석에 있는 의자에 앉아 할아버지의 책과 머릿속에 담긴 다리의 경락, 경혈도를 떠올리며 어떻게 연결할지를 고민했다.

수십 개의 경로를 일일이 원래 돌던 대로 만드는 건 쉬운 일이 아니었다. 그러나 큰 길부터 차근차근 최적의 길을 만들어 나갔다.

두삼은 시간이 가는 줄도 모르고 몰두했다.

"두삼아, 아침 먹어라! 얘가 이 시간까지 안 일어나다니 많이 피곤한가 보네."

거의 완성했을 때쯤 이영호의 목소리가 들렸다.

생각하느라 꼬박 밤을 샌 모양이었다.

"나갈게요!"

큰소리로 대답하곤 책을 제자리에 꽂아두고 지하실에서 나갔다.

경로를 최대한 살리려 했지만 열 개 정도의 경로는 포기해야 했다.

'경과를 지켜봐야겠지만 치료는 오늘로 끝내겠어!'

밤을 새어 피곤했지만 그의 눈빛은 날카롭게 빛나고 있었다.

*   *   *

평창동 고급 단독주택 앞.

두 대의 승용차 사이 커다란 밴에서 늘씬한 키에 지나가는 누구라도 돌아볼 만큼 아름다운 여성이 내렸다.

뭔가 안 좋은 일이 있을까 그녀의 얼굴은 잔뜩 흐려 있었다.

"장시간 차를 타서서 상태가 좋지 않으니 조심히 모셔요."

"알겠습니다."

그녀보다 먼저 내려 기다리고 있던 간호사들은 그녀의 말에 밴의 뒷문을 열어 환자 이송용 간이침대를 내렸다.

침대엔 병약해 보이는 노년의 여인이 누워 있었는데 집에 돌아왔다는 생각에서인지 초조한 얼굴로 바라보는 딸을 위해서인지 수척한 얼굴로 미소를 짓고 있었다.

"괜찮아요, 엄마?"

"…응. 편하게 차를 타고 왔는데 피곤할 일이 무에 있겠니? 내 걱정하느라 하란이 네가 피곤하겠구나."

하란이라 불린 여인, 우하란은 엄마의 가느다랗게 떨리는 목소리를 듣고 걱정을 끼치기 싫어하는 말이라는 걸 단번에 알 수 있었다.

자신 앞에선 숨기지 않아도 된다고 말하려다가 그 말이 스트레스가 될까 싶어 삼켰다.

"들어가요. 함 박사님이 기다리고 계시니 아픈 곳 있으면 말씀하시고요."

"…그러자."

우하란이 간호사들에게 눈짓을 하자 침대를 끌고 집 안으로 들어갔다.

"갔던 일은 어떻게 됐습니까?"

거실에서 기다리던 함인교가 일어나며 물었고 우하란은 고개를 가볍게 좌우로 흔드는 것으로 대답을 대신했다.

암 전문의인 함인교 박사는 씁쓸한 표정으로 알았다는 눈빛을 보낸 후 방긋 웃으며 침대에 누워 있던 노년의 여인에게 말했다.

"배 여사님, 긴 여행에 힘드셨죠? 어디 불편한 곳 있으세요?"

"제 몸이야 늘 그렇죠."

"그렇게 말씀하시는 걸 보니 걱정할 정도는 아니군요. 그래도 먼 길 오느라 피곤하실 테니 검사는 빨리 끝내도록 하겠습니다."

함인교와 배영옥이 안으로 들어가는 것을 지켜보던 우하란은 그들이 문을 닫자 긴 한숨을 내쉬며 소파에 몸을 던졌다.

그녀는 소파에 머리를 기댄 채 눈을 감았다.

우하란은 미국에서 사업을 하느라 바쁜 나날을 보내다 몇 년 만에 집에 와서야 그녀의 엄마가 말기 암 판정을 받았다는 사실을 알게 되었다.

한국뿐만 아니라 세계 유수의 암 병원에서조차 손을 대지 못할 정도로 심한 상태.

자신을 위해 평생 희생하며 고생하다가 이제 살 만하니 병에 걸린 엄마를 넋 놓고 그냥 보낼 순 없었다. 양의학에서 손을 쓸 수가 없다 하니 한의학이나 민간요법에라도 의존할 수밖에 없었다.

전국을 돌며 민간요법과 유명한 한의사를 알아보는 한편 암에 좋다는 약재를 사서 먹였다. 그러다 암에 용하다는 한의사를 찾아 데려갔지만 별다른 효과를 볼 수가 없었다.

'돈만 밝히는 작자들……'

이번에 만난 한의사도 지난번 한의사와 다름없었다. 비싼 약
재를 썼다며 돈만 요구하고 어떻게 되어가냐고 물으면 시간이
필요하다는 말뿐이었다.

시간이 넉넉하다면 돈이야 얼마가 들어가든 상관하지 않고 기
다렸을 것이다. 그러나 배영옥에게는 시간이 얼마 남지 않았다.

'1년만 있었다면 정말 가능했을까?'

막상 한의사를 욕하긴 했지만 더 이상 의지할 곳이 없는 그녀
에게 떠날 때 한의사가 1년이면 가능할 것이라고 했던 말이 귓
가에 맴돌았다.

막막함에 눈물이 날 것 같아 팔로 눈을 가렸다. 자신마저 약
해지면 안 된다고 다짐하며 참아보려 했지만 절망감은 그녀를
약하게 만들기에 충분했다. 그렇게 20분쯤 지났을 때 한 사내가
들어오며 그녀를 불렀다.

"사장님!"

"아… 최 실장님."

"올라오셨다는 소식을 듣고 바로 달려왔습니다. 근데 예상보
다 일찍 돌아오셨는데 이번에도……?"

미스터 최는 조심스럽게 물었다.

"시간만 달라고 해서 그냥 올라왔어요. 그들이 하는 양을 보
면 도저히 믿을 수가 없더군요."

"…그렇군요. 혹시나 해서 새로운 한의사에 대한 소식을 알아
왔는데 소용이 없겠군요."

"…이름난 한의사라도 있나요?"

믿을 수 없는 이들이라고 생각하면서도 일말에 기대에 또다시 기대는 그녀였다.

"예전에 악양에 가신 거 기억하시죠?"

"악양요?"

전국 구석구석 안 가본 곳이 없었으니 가물가물했다.

"약초 사러 화개장터에 갔을 때 유명 한의사가 산다고 해서 들렀던 곳이요."

"아! 기억나요. 한데 못 고치는 병이 없다던 한의사는 죽었다고 하지 않았나요?"

"저희가 고용한 심부름센터 직원 말이 그 후계자가 나타났다고 합니다. 실력도 좋은지 손님이 끊이질 않고 들어온답니다."

"후계자?"

수십 년 경력의 한의사들도 배영옥의 상태를 알고 나면 고개를 흔드는데 후계자로 될까 싶었다.

그런데 이어지는 설명에 '혹시'라는 생각과 함께 어느새 귀를 기울이고 있었다.

*　　　　*　　　　*

"침을 놓겠습니다."

알코올 솜으로 어깨 주변을 슥 닦은 김장혁은 침을 들고 빠르게 여기저기에 꽂았다.

누가 보더라도 능숙한 손놀림이었다. 실제로 본다면 그의 빠르고 정확한 침술에 엄지를 척 들었을 것이다.

그러나 실상은 조금 달랐다.

'이제 정확하게 혈의 위치에 꽂은 게 50퍼센트쯤 되는군. 깊이는 여전히 힘들긴 하지만.'

침은 어느 혈에 어느 정도 깊이로 꽂느냐에 따라 효과가 달라지는 법이었다. 또한 수십 년 동안 침을 꽂아도 정확하게 꽂지 못하는 이들도 있었다.

한 번에 족히 수십 개의 침을 꽂아야 하는데 천천히 꽂고 있으면 좋아할 손님은 아무도 없었다. 오히려 정성껏 꽂으면 초보자가 아니냐는 눈빛을 보내는 게 현실이었다.

어깨에 꽂은 침 중 실제 혈에 꽂은 건 절반도 되지 않았고 웬만큼 잘못 꽂아도 전혀 상관없는 혈들이었다.

"다 됐습니다. 20분쯤 후에 뽑겠습니다. 그리고 너무 오랫동안 뭉쳐져 있던 근육이라 단번에 치료가 되진 않을 겁니다. 물리치료실에 말해둘 테니 안마를 받으시고 시간이 없더라도 자주 들러주세요."

오히려 실력보단 립 서비스나 다른 서비스가 소문에 더 좋은 영향을 미치기도 했다.

"고생하셨습니다, 선생님."

"쉬십시오."

김장혁은 인사를 하고 자리를 옮기며 옆에 있는 간호사에게 물었다.

"다음 손님은요?"

"안 계세요."

"어? 벌써 퇴근 시간인가요?"

"아뇨. 4시예요."

"…그래요? 하긴 안 되는 날도 있죠. 진료실에 가 있을 테니 침 뽑는 손님들은 그쪽으로 보내요."

"알겠습니다, 선생님."

김광도가 처음 한의원을 개원할 때 손해를 봐도 괜찮다고 했지만 지금까지 꽤 흑자를 보고 있었다.

문을 열 때부터 문을 닫을 때까지 손님이 끊이질 않을 정도로 바빴고, 진료비는 저렴했지만 값싼 한약재를 비싸게 팔아 상당한 이익을 남긴 것이다.

거기에 실력도 날이 갈수록 좋아지는 건 덤이었다.

진료실로 간 김장혁은 컴퓨터에 앉아 지금까지 아무도 모르게 실험해 봤던 것들을 살펴보았다.

같은 부위가 아파 온 환자들이 많다 보니 조금씩 침을 꽂는 부위를 달리했고 지금은 부위에 따른 정석적인 패턴을 몇 가지 알아냈다.

'1년만 더 고생하면 어디 가서 못한다는 소리는 듣지 않을 자신이 있어.'

그는 지루한 시골 생활을 공부하는 것으로 이겨내고 있었다.

침을 뺀 손님들이 들를 때마다 상담을 해주고 나머지 시간은 실험 파일을 읽었다.

"선생님, 지금 손님이 오셨는데 어떻게 할까요?"

간호사는 마치 퇴근 시간이니 받지 말라고 말하는 듯했다. 그러나 몇 달간 고생해서 만들어둔 이미지를 간호사의 불평 때문에 망가뜨릴 순 없었다.

"들어오시라고 해요."

"근데 그게… 진료실로 바로 가셔야 할 것 같아요."

"위급한 손님인가요? 당장 나가죠."

응급실이 일 년 365일 24시간 열려 있는 대도시에선 한의원을 하면서 위급한 손님을 맞이할 일은 거의 없었다. 좋은 공부가 될 것 같다는 생각에 단숨에 진료실로 다가갔다.

"……!"

김장혁은 진료실 앞에 서 있는 여자를 보고 걸음을 멈췄다.

쌍꺼풀이 없음에도 작지 않은 눈과 살짝 올라간 눈초리, 적당히 솟은 콧대와 립스틱을 바르지 않았음에도 충분히 붉은 입술.

살면서 눈앞에 여자와 비견될 미녀를 못 본 건 아니었지만 전신에서 풍기는 도도함과 도발적인 기운은 사람의 시선을 잡아끄는 마력이 있었다.

"…한의사님?"

만일 그녀가 부르지 않았다면 넋을 잃고 그녀를 얼굴을 바라보았을 것이다.

"아! 시, 실례했습니다. 제가 아는 누군가와 많이 닮아서 그만……."

말을 하면서도 이성은 가당치도 않은 변명 따위 멈추라고 난리였지만 그녀 때문에 마비된 머리는 제멋대로 말을 만들어냈다.

"어, 어디가 아파서 오셨습니까?"

그는 그녀의 아미가 살짝 좁혀지는 것을 보지 못하고 허둥지

등 대답했다.

"…제가 아니라 안쪽에 계세요."

여자는 다소 차갑게 말했지만 김장혁은 외모에 아주 어울리는 목소리라고 생각하고 떨어지지 않는 발걸음을 떼 안으로 들어갔다.

김장혁은 이번엔 환자를 보고 놀랐다.

숨을 쉬고 있지만 저승의 문턱을 밟고 있는 환자였다. 아이러니하게 전에 일하던 한의원에 위급 환자는 없지만 불치병에 걸린 사람들은 자주 찾아왔다.

한의학의 위치를 보는 것 같아 씁쓸하긴 했지만 현대에 양의학이 이룩해 놓은 것을 보면 이해가 됐다.

'이런 경우 그냥 병원으로 가보라고 하는 것이 상책이긴 한데……'

맥을 짚는 척하며 여자를 흘낏 봤다.

귀찮음을 감수할 만큼 미인이었다.

"어떤가요?"

"음, 그게……."

김장혁은 말을 길게 늘이며 할 말을 생각했다.

사실 맥을 짚어 어디가 아프다는 것은 알 수가 없었다. 그래서 이리저리 만져보고 겉모습만으로 추측해야 했다.

"혹시 …암입니까? 정확하게 말씀해 주셔야 제대로 된 치료를 할 수 있습니다."

그는 환자가 들을까 싶어 귓속말처럼 속삭였다.

"네. 말기예요."

"그렇군요. 솔직히 말씀드리죠. 제가 경력은 짧지만 우리나라에게 제법 이름 있는 분 밑에서 일하면서 나름 제대로 배웠다고 생각합니다. 혹 기회를 주신다면 최선을 다해 살펴보겠습니다."

김장혁은 자신이 말해놓고도 자신의 말에 만족스러웠다.

어디에도 책임지겠다는 뜻은 없었고 모든 것이 여자의 선택에 의해 이루어짐을 내포한 말이었다.

그러나 그는 그가 말하는 순간 여자, 우하란의 눈이 순간 경멸의 빛으로 반짝이는 걸 보지 못했다.

"…진맥 결과가 나쁜가요?"

"상당히요. 큰 병에 기력까지 쇠하여 치료가 어려운 상태입니다."

"기력이 약해졌다면?"

"일단 약으로 기력을 북돋운 후에……. 아, 아니, 왜? 가시려고요?"

반쯤 넘어왔다고 생각하고 평소대로 말하던 김장혁은 우하란이 갑자기 일어나자 당황해서 물었다.

우하란은 어색하게 웃음 지으며 말했다.

"아무래도 큰 병원을 가봐야 할 것 같아요. 급해서 들렀는데 제 생각이 짧았던 것 같아요."

"아… 네……."

"진료는 받은 것이니 비용은 지불할 거예요."

"아닙니다. 제대로 치료도 못 했는데 괜찮습니다. 병원에 가서 좋은 결과가 있길 바랍니다. 혹… 만에 하나 도움이 필요하다면 언제든 방문해 주십시오. 제가 아는 다른 분이라도 소개시켜 드리겠습니다."

아쉽긴 했지만 간다는데 어쩌겠는가.

다만 좋은 인상을 남기는 것에 만족하기로 했다.

사실 헤어지면 다시 만날 수 있을지 없을지도 모르는 여자에게 지금과 같은 필요 이상의 친절을 보이는 것도 우스웠다.

"다시 만났으면 좋겠네."

김장혁은 환자를 데리고 사라지는 우하란의 뒷모습을 보며 중얼거렸다.

"네? 뭐라고 하셨어요, 선생님?"

"아무것도 아니에요, 한 간호사. 자자! 이만 퇴근 준비 하세요."

간호사의 물음에 적당히 얼버무린 그는 아까 보다만 서류를 보러 사무실로 향했다.

"어쩜 이렇게 한결같이……."

혁한의원을 나온 우하란은 이를 악물고 중얼거렸다.

혹시나 하는 기대를 하고 5시간이 넘게 달려왔는데 역시나 그저 그런 한의사였다.

그들의 직업 특성상 책임질 말을 하지 않는 것을 이해 못 하는 것은 아니었다. 다만 판에 박힌 말투와 시간이 없다는 생각이 그녀를 화나게 만들었다.

"착한 분 같던데 그냥 가려고?"

배영옥의 말에 정신을 차렸다. 그리고 굳었던 얼굴을 펴며 말했다.

"착하다고 잘 고치는 건 아니니까요."

"금세 알아차리다니. 자주 다니더니 네가 반 의사 다 됐나 보구나."

그녀가 만난 한의사는 수십 명. 그들 모두가 이름값을 못 하고 돈만 밝히는 건 아니었다.

그중에 자신의 실력이 부족해서 고칠 수가 없으니 시간 낭비 말고 다른 사람에 가라던 의원이 있었는데 그 의원이 미안하다며 최소한 진료를 받아볼 가치가 있는 의원인지 판별법을 알려 줬었다.

'몸에 좋다고 너무 많은 약재를 먹여서 환자분의 몸엔 다양한 기가 복잡하게 엉켜져 있습니다. 그러니 맥을 짚으며 약을 먹여야 한다는 이가 있으면 그냥 무시해도 좋습니다.'

너무 값비싼 약재를 먹이다 오히려 독이 되었다는 것이 그 의원의 설명이었다.

그런데 기력이 약해서 약을 써야 한다니 일고의 가치가 없었다.

"엄마를 치료할 수 있는 사람인지 아닌지 정도는 구분해요. 미안해요, 엄마. 힘든데 이곳까지 내려오게 해서요."

"갑갑한 집보다 너랑 얘기하면서 차를 타고 이곳저곳 다니는 게 난 더 좋단다."

행여 우하란이 걱정할까 그녀의 어머니는 웃으며 괜찮다고 말했다.

"근데 여기가 하동 근처라고 하지 않았니?"

"맞아요. 차로 20분 정도 가면 하동읍이에요."

"그럼, 우리 재첩국이나 먹고 올라가자. 엄마 어렸을 때 네 외

증조할머니가 하동에 계셔서 방학 때 내려오면 항상 재첩국을 사주셨거든. 섬진강도 한번 보고 싶기도 하고."

"그래요."

병 때문에 식사를 거의 하지 못하는 어머니가 먹고 싶은 게 있다는데 마다할 이유가 없었다. 인터넷에서 가장 유명한 가게를 찾아 그곳으로 향했다.

손님들이 많아 일행 모두가 식사할 정도의 자리는 없었다. 한데 한 손님이 좁은 테이블로 옮겨가면서 다행히 자리가 났다.

"감사합니다."

불편한 다리로 자리를 양보해 준 이와 그 일행에게 감사를 표했다.

"허허허! 괜찮습니다. 한데 어머님이 많이 안 좋으신 것 같은데 제가 좋은 의원 한 명……."

"아저씨!"

"왜? 부끄럽냐?"

"실례예요."

"허허허! 생각해 보니 그렇구나. 미안합니다. 오늘 제가 오랜 고통에서 벗어나 너무 기분이 좋아 주책을 부렸군요."

"…괜찮습니다. 엄마, 앉으세요."

아저씨의 넉살을 들을 기분은 아니었기에 시선을 돌리고 아예 모른 척했다.

다행히 시끄러울 거라는 예상과 달리 뒤 간간히 낮은 웃음소리만 들릴 뿐 조용했다.

"엄마, 괜찮아요?"

우하란은 벽에 기대고 앉긴 했지만 평소 앉아 있는 것도 버거워하던 어머니가 걱정스러워 물었다.

"괜찮다. 공기가 좋아서인지 컨디션이 꽤 좋구나."

"다행이네요. 드시고 괜찮으면 많이 사서 가요."

"호호. 그러자꾸나. 재첩국 나왔다! 예전엔 갱조개라 했단다. 새벽이면 '갱조개국 사이소!' 하는 소리가 골목에 들리곤 했지."

음식은 추억으로 먹는다고 했든가. 배영옥은 재첩국이 나오자 어린 시절로 돌아간 듯 보였다.

그 모습에 우하란도 무거웠던 마음을 잠시 내려놓을 수 있었다.

"맛있다!"

배영옥은 점심 때 죽도 제대로 먹지 못하는 사람이 맞나 싶을 정도로 맛있게 먹었다.

그러나 상태가 호전되어 보였을 때 주의를 했어야 했다.

와장창!

"윽! …으으."

배영옥을 갑자기 배를 움켜잡고 테이블 위로 쓰러졌다. 그리고 온몸을 바들바들 떨며 고통스러워했다.

"엄마! 약, 약! 어서 진통제 가져와요!"

밥을 먹던 간호사 중 한 명이 서둘러 달려와 약을 건네준 후 테이블을 치웠다. 혹시 모를 사태에 대비하기 위함이었다.

우하란은 살짝 떨리는 손으로 약을 까서 배영옥에게 먹였다.

진통이 갑작스럽게 찾아오는 일은 자주 있는 일이었다. 그럴 때마다 마약 성분이 들어간 진통제를 먹였는데 약효가 돌 때까지 시간이 필요했다.

그 시간 동안 우하란이 할 수 있는 일은 아무것도 없었다. 그저 움직이지 못하도록 꼭 껴안고 아프지 않길 간절히 바랄 뿐.

"괜찮을 거야. 괜찮을 거야, 엄마. …불편하게 해드려 죄송합니다. 10분 정도만 이해해 주세요."

배영옥을 다독이면서 주변 사람들에게 사과도 잊지 않았다. 워낙 고통스러워하다 보니 주변 사람들도 그 고통에 얼굴이 일그러지기 일쑤였다.

차로 데려가면 좋겠지만 그것도 고통이 어느 정도 가라앉고 난 후에야 가능했다.

"으으으으……. 아악! 하악 하악!"

뭔가 이상했다.

10분이 지났는데 고통이 줄어들기는커녕 점점 심해지는 것 같았다.

'안 되겠어. 병원으로 옮겨야겠어.'

막 간호사에게 병원으로 가자고 말하려는데 아까 자리를 양보해 줬던 일행 중 가장 젊은 남자가 다가왔다.

"체해서 약이 제대로 흡수가 되지 않은 것 같은데 제가 좀 봐도 될까요?"

남자는 우하란이 대답도 하기 전에 이미 배영옥의 맥을 잡고 있었다.

　

*   *   *

이영호의 환각지 고통을 완전히 없애고 일주일간의 경과를 지켜본 후 치료를 일단락하기로 했다.

두툼한 치료비와 함께 저녁을 대접하겠다는 이영호의 말에 쉬고 싶다는 생각을 접고 하동 재첩국 가게로 왔다.

"괜찮을 거야, 괜찮을 거야, 엄마."

두삼은 마치 기도를 하듯이 중얼거리는 여자를 지켜보고 있었다.

처음 노령의 여인이 쓰러졌을 때 나설까도 싶었다. 그러나 한눈에 보기에도 가망성이 없어 보이는 사람을 괜히 손댔다가 과거의 일이 되풀이 될까 두려워 섣불리 나서지 못했다.

'체해서 진통제가 제 기능을 못 하는 것 같은데……'

맥을 짚어봐야겠지만 얼굴색이나 호흡을 들었을 때 체한 것이 분명해 보였다.

한데 엄마가 발버둥 칠까 봐 손에 핏기가 사라질 정도로 꽉 껴안고 중얼거리는 여자를 보고 있자니 마음이 흔들렸다.

'경우가 없는 여자 같진 않으니 설마 보따리 내놓으라고 하진 않겠지.'

조금 전 주변 사람들에게 눈을 맞추며 사과를 하는 모습에 결국 자리에서 일어났다.

"체해서 약이 제대로 흡수가 되지 않은 것 같은데 제가 좀 봐도 될까요?"

눈빛에 의아함이 보였지만 얼른 고쳐주고 말자는 생각에 대답을 기다리지 않고 맥을 짚었다.

'헐! 당장에라도 쓰러질 것 같은 분의 몸에 웬 기운들이 이렇

게 많아? 쯧! 몸에 좋다는 약초를 죄다 먹었나 보네. 게다가 이 탁한 기운은 도대체 뭐야?'

맥만으론 판단하기 힘들어 기를 손 쪽으로 보냈다.

손, 발, 귀에 인체의 대부분을 자극할 수 있는 부위가 있음을 예전부터 알고 있었다. 한데 할아버지가 남긴 인체 기의 지도를 공부하면서 왜 그렇게 되는지를 알 수 있었다.

'역시 체했어. 엄지와 검지 사이 위를 활발하게 만드는 기의 통로가 좁아졌어.'

위가 제 기능을 못 하는데 급하게 밥을 먹었으니 체할 수밖에 없었다. 민간요법처럼 엄지와 검지 사이의 혈을 꾹꾹 눌러 자극할 수도 있었지만 그래 가지곤 시간이 너무 오래 걸렸다.

맥을 짚으며 어떻게 할지 결정한 두삼은 우하란을 향해 물었다.

"체했습니다. 토하게 해야 하는데… 여기선 곤란하니 밖으로 모시고 가야 합니다. 물론, 고통 부위만 마취시킬 시간이 없으니 전신 마취로 고통을 없앤 후에 하겠지만 말이죠. 어떻게 하시겠습니까?"

"…에?"

우하란은 워낙 급작스레 일어난 일이라 어리둥절했다. 그러나 앞에 있는 두삼이 어떤 사람이냐는 것보다 배영옥을 진정시키는 게 급선무였다.

"하, 하세요."

"휴우~ 제발 보따리만 찾지 마세요."

"네?"

"아무것도 아닙니다. 그럼, 실행하겠습니다."

두삼은 기를 손끝으로 보낸 후 환자의 목 부근의 마비 혈을 찾아 눌렀다.

우하란이 꼭 껴안고 있어 그녀와 접촉할 수밖에 없었지만 그것을 신경 쓸 여유는 없었다.

"하아……."

고통이 사라졌는지 경직되었던 몸이 풀렸고 배영옥의 입에선 안도의 한숨이 나왔다.

"밖에 나가서 토하게 할 겁니다. 그럼 나가겠습니다."

두삼은 빼앗듯이 배영옥을 낚아채서 안고 밖으로 나갔다. 그리고 가게에서 조금 떨어진 풀밭으로 데리고 갔다.

배영옥의 뒤에 서서 그녀의 허리를 팔로 감쌌다. 자세는 민망했지만 토하기엔 최적의 자세였다.

"목으로 음식물이 올라오면 뱉는다고 생각하세요. 시작해도 되겠습니까?"

"…그래요."

배영옥은 고통이 사라지자 말할 기운이 생겼는지 작은 목소리로 대답을 했다.

두삼은 허리를 받치고 있던 손으로 배 부분을 누르며 등의 혈을 차례로 눌렀다.

"우욱!"

마지막으로 먹었던 분홍빛 진통제와 함께 재첩국이 전혀 소화되지 않은 채 풀밭에 떨어졌다. 그리고 낮에 먹은 죽까지 토하고 나서야 멈췄다.

배영옥이 토하는 동안 그녀의 일행들도 모두 나와 있었다.

"다 됐습니다. 진통제를 다시 먹일 생각이라면 지금 먹이시는 게 좋을 겁니다. 마취는 20, 30분 뒤에 풀릴 겁니다."

두삼의 전광석화와 같은 행동에 우하란과 일행은 그저 멍하니 바라만 볼 뿐이었다. 그는 일행 중 남자에게 배영옥을 맡기고 가게 안으로 들어갔다.

식사도 마친 상태라 이경례와 이영호에게 인사를 하고 집으로 돌아갈 생각이었다.

"이상 있으면 전화주시고 꼭 찾아오세요."

무릎 아래로 내려가는 기의 길을 완전히 막는다고 했지만 어찌될지는 시간이 지나 봐야 할 일이었다.

"고맙다. 내가 소문 많이 내주마."

"너무 과대 포장 하진 말아주세요. 감당 안 되니까요. 하하하! 그럼 조심히 들어가세요."

집에서 나올 때 충분히 길게 작별 인사를 했기에 짧게 마무리를 했다.

"잠깐만요."

가게에 나와 오토바이에 오르려는데 뒤에서 누군가 그를 불렀다. 나른하면서도 오감을 깨우는 듯한 목소리. 누군지 단번에 알 수 있었다.

"네?"

돌아서자 우하란이 서 있었다.

'정말이지 적응이 안 되게 예쁘네.'

두삼도 예쁜 여자를 보면 심장이 뛰는 남자였다. 응급 처치

할 땐 무시할 수 있었지만 절로 마른침을 꿀꺽 삼키게 된다.

"아까는 경황이 없어서 감사 인사도 못 드렸어요. 정말 감사드려요."

"신경 쓰지 마세요. 위급할 때 도울 수 있으면 돕는 게 사람의 도리잖습니까."

"그리 말해주시니 더욱 감사합니다. 한데 한 가지 물어봐도 될까요?"

"하세요."

"도대체 아깐 어떻게 하신 거죠? 등의 몇 곳을 누르는 것만으로 몸을 마취시키고 토하게 만드는 거요. 혹시 한의사신가요?"

한 가지를 묻는다더니 두 가지 물었다.

"마사지사입니다. 그리고 말씀한 건 평범한 잔재주일 뿐입니다."

두삼은 최대한 대수롭지 않게 말했다.

사실 그녀가 묻는 이유는 대충 짐작이 됐다. 아마 한의사라면 치료를 부탁하려는 것이리라.

그러나 아까 맥을 짚고 기를 손으로 보내면서 환자의 상태가 최악임을 알고 있었기에 맡고 싶은 생각이 들지 않았다.

'죽을 때까지 고통을 제거해 달라는 부탁이라면 모를까…….. 난 화타나 허준이 아니라고.'

"마사지사… 라고요?"

"네. 작은 가게를 운영하는 마사지사죠. 다른 질문이 없다면 이만 가보겠습니다."

두삼은 얼른 자리를 피하려 했다.

우하란의 간절한 눈빛이 안쓰럽긴 하지만 어려움과 맞서 싸우고자 하는 마음은 사라진 지 오래였다.

다행히 마사지사라고 말을 한 것이 통했는지 그녀는 더 이상 아무 말도 없었다.

헬멧을 쓰고 오토바이에 시동을 건 그는 예전에 그녀에게 거스름돈 2만 원을 주지 못했던 것이 기억났다.

돈을 주면 말이 길어질까 그 정도 가치의 정보를 주기로 마음을 먹었다.

"참! 어머니께 더 이상의 한약재는 먹이지 마세요. 다행히 지금까진 아슬아슬하게 생명을 유지시켜 주고 있지만 더 이상 먹이면 오히려 독이 될 겁니다."

"……!"

부아아앙!

우하란이 뭔가를 말하는 듯했지만 이미 오토바이의 손잡이를 돌린 상태라 배기음에 묻혔다.

'아저씨가 쓸데없는 소리를 안 해야 할 텐데…….'

도로를 달리며 백미러로 보니 가게를 나오던 이영호와 우하란이 뭔가 얘기를 하고 있었다.

*   *   *

집에 돌아온 두삼은 샤워를 하고 간만에 조용한 저녁을 보내고 있었다.

그간 이영호를 치료하고 공부를 하느라 잠시도 쉴 틈이 없었다. 그래서 그동안 고생했다는 의미에서 스스로에게 하룻밤의 휴식을 주기로 한 것이다.

들어올 때 편의점에서 사온 맥주와 마른오징어를 먹으며 직캠을 구경했다.

"이제 아침저녁으로 많이 쌀쌀해졌네. 슬슬 보일러에 기름을 채워놔야겠다. 어머니께 용돈도 좀 보내 드리고."

돈이 있을 때 기름을 채워둬야지 아님 산에서 나무를 해 와서 불을 떼야 할지도 몰랐다.

큰 돈은 아니었지만, 그래도 이영호가 준 돈을 생각하니 마음이 여유로운 두삼이었다.

부웅! 부웅!

두 번째 캔을 따려고 할 때 대문 쪽에서 자동차 소리와 함께 불빛이 아른거렸다.

'설마……'

슬리퍼를 끌고 대문으로 나가 보니 예상대로 아까 봤던 우하란이 대문 안으로 들어오고 있었다.

"…영업 끝났습니다만."

"내일 올까요?"

대문을 흘낏 바라보며 말했다. 아까 한의사라고 묻던 때완 사뭇 달라진 태도였다.

'아저씨가 쓸데없는 소리를 한 모양이네.'

그의 할아버지 한언수는 대문을 넘어선 사람은 아무리 늦게 온 사람이라도 그냥 보내는 법이 없었다. 그래서 밤에 대문을 잠가놓으면 담을 넘어오는 이들도 심심찮게 많았는데 그럴 때면 자다가도 일어나 환자를 보곤 했었다.

힘들게 왜 그러냐고 묻는 두삼에게 그는 오죽 아팠으면 담을 넘었겠냐고 하시면서 치료하는 사람의 기본 도리라고 가르쳤다.

물론 두삼이 굳이 따라 할 이유는 없었다. 그러나 그에게 할아버지의 말은 삶의 지침이었다.

게다가 이곳은 할아버지의 위패가 있는 곳이 아닌가.

"…들어오세요."

"고마워요."

두삼은 일행들에겐 쉴 방을, 환자에겐 진료실의 왼쪽 방을 배정한 후 진료실에서 우하란과 마주했다.

"우하란이에요. 밤 늦게 선대 어르신의 유훈을 빌미로 이렇게 들이닥친 점 사과드릴게요."

"영호 아저씨가 쓸데없는 소리를 했을 테죠. 어쨌든 받아들이겠습니다. 전 한두삼입니다."

좋지 않은 기분이 완전히 사라진 것은 아니었지만 고개를 숙이며 정중히 말하는 이에게 화를 낼 수는 없었다.

"한데 무슨 일로 찾아온 겁니까? 아저씨가 어떤 말을 했는지 모르겠지만 전 마사지사에 불과합니다."

"직업이 뭐든 상관없어요. 제 어머니를 살려주세요."

"…밖에서 얘기할까요?"

두삼은 옆방에 있는 배영옥을 의식해 밖으로 나왔다.

"마사지사는 치료를 할 수 없는 거 아십니까?"

"몰라요. 그럼 치료가 아니라 마사지라고 생각하고 해주세요."

"제가 보기엔 말기 암인 것 같은데 현재 하란 씨의 어머니는 언제·쓰러져도 이상하지 않은 상태입니다."

"맞아요. 5개월 전에 6개월 시한부 판정을 받았죠. 한데 그게 치료와 관계가 있나요? 혹 가능성에 대해서 말하는 것이라면 다른 곳에서 충분히 들었으니 말하지 않아도 알아요. 그러나 전 1퍼센트만 되어도 포기할 생각이 없어요."

이런 대답이 나올 줄 알고 있었다. 몇 마디 말에 포기할 생각이라면 이곳까지 오지도 않았을 터.

두삼은 솔직히 말하기로 마음먹었다.

"솔직히 말씀드리죠. 만일 당신 어머니를 제가 맡게 된다면 분명 최선을 다할 겁니다. 제가 할 수 있는 일을 모두 해볼 겁니다."

"고마운 말이네요. 근데 뭐가 문제죠?"

"전 사람이, 제가 치료하던 사람이 죽는 것이 두렵습니다. 트라우마가 있죠."

우하란은 아무 말 없이 물끄러미 두삼을 봤다.

거짓은 아닌 듯 보였다. 만일 다른 상황에서 그의 말을 들었더라면, 대안이 있었더라면 그의 문제를 존중했을 것이다.

"돌아가실 것 같으면 말해주세요. 그럼 어떤 말도 하지 않고 조용히 떠날게요."

"그렇게 보내면 제가 편할 것 같습니까?"

"손도 써보지 않고 쫓아내는 것은 편한가요?"

"……"

정곡을 제대로 찔린 두삼은 순간 반박을 할 수가 없었다. 그러나 부끄러움 때문에 일어나는 반발심에 한마디 했다.

"설령 한다 해도 돌볼 사람이 없습니다."

"걱정 말아요. 현재 있는 간호사 두 명을 상주시킬 거예요. 또한 선생님이 오로지 치료에 전념할 수 있도록 잡다한 일은 제가 책임질게요."

외통수였다.

거절할 명분도 더 이상 없었기에 두삼은 결국 배영옥을 맡기로 했다.

"오늘 한 말 꼭 기억하시기 바랍니다."

"고마워요. 한 달에 순수하게 진료비로만 이천씩 드릴게요. 사용하는 약재나 기타 비용은 모두 청구하셔도 좋아요. 그리고 만약 1년 동안 살게 해준다면 1억. 낫게 해준다면 10억을 추가로 드리죠."

"돈 때문은 아니지만 힘이 나게 하는 제안임에 틀림없군요."

성공 가능성은 없지만 이왕하기로 한 거 돈은 많이 받을수록 좋았다.

5. 하나씩 알아가는 것들

습관이 무섭다고 간만에 늦잠을 자려고 했지만 새벽 다섯 시에 눈이 떠졌다.

밤에 들이닥친 손님들을 위해 보일러를 돌려서 따끈해진 방 바닥의 기운을 느끼다 결국 일어났다.

"아~ 하함… 헙!"

평소처럼 속옷 바람으로 방을 나와 차갑지만 상쾌한 아침 공기를 양껏 마시려는 듯 하품을 하던 두삼은 마당의 어둠 속에서 자신을 빤히 바라보고 있는 시선이 있음을 느끼고 입을 닫았다.

시선의 주인은 우하란이었다.

그녀는 손끝이 하늘로 가게 위로 뻗어 붙이고 한쪽 다리로 버티고 서 있는 요가 자세를 취한 채 두삼을 빤히 보고 있었다.

아니, 정확하게 말하자면 두삼의 얼굴이 아닌 하체를 보고 있었다.

"…젊음(?)을 탓하고 싶진 않지만 앞으로 같이 지내게 되었으니 서로 조심하는 게 좋지 않겠어요?"

두삼은 잠깐 그녀가 무슨 소리를 하는지 의아했다. 한데 그녀의 시선이 자신의 하체에 있다는 걸 깨닫곤 그도 시선을 아래로 내렸다.

벅벅벅!

그의 오른손은 의지완 상관없이 사타구니를 시원하게 긁고 있었고 사각 팬티는 무언가(?)로 인해 텐트를 치고 있었다.

"미, 미안합니다."

두삼은 얼른 손을 빼고 방으로 들어갔다.

"저 여잔 잠도 없나! 그리고 빤히 볼 건 뭐람."

가볍게 투덜대며 얼른 옷을 입었다. 그리고 밖으로 나가자 이번엔 가슴이 유난히 나와 보이는 요가 자세를 취하고 있었다.

'자기도 만만치 않고만……'

헐렁한 체육복을 입어도 섹시하게 보이는 미녀가 요가를 하는데 싫을 리가 없었다.

수돗가로 향한 그는 평소 2, 3분이면 끝나는 양치질을 10분 가까이 하며 느릿느릿 굴었다.

우하란이 요가를 끝내고 물을 마시러 수돗가로 오지 않았다면 이가 사라질 때까지 양치질을 했을지 몰랐다.

"이 물 마셔도 돼요?"

"네. 수원이 산에서 내려오는 지하수라 웬만한 생수보다 나을 겁니다."

두삼의 말에 우하란은 아무런 의심 없이 수도꼭지에 입을 가까이 대고 마셨다.

그 모습이 마치 영화의 한 장면처럼 보였다.

"정말 그러네요. 근데 지금부터 엄마를 볼 건가요? 그럴 것 같으면 준비시킬게요."

"아뇨. 산에 갈 거예요. 그리고 직접 일어날 때까지 절대 깨우지 마세요."

어제 자기 전에 목 밑으론 모두 마취를 시켜뒀다.

"아침과 약은요?"

"잠이 오히려 더 좋은 밥과 약이 될 겁니다. 그리고 포도당과 식염수를 뺀곤 앞으로 밥과 약은 제가 알아서 할 테니 다른 사람들에게도 그리 알려주세요."

"그럴게요."

우하란은 절대적으로 믿는다는 걸 보여주고 싶었는지 의문 없이 받아들였다.

사사건건 나서면 어찌해야 하나 고민했는데 기우였나 보다.

가방을 챙겨 우하란을 뒤로하고 산으로 향했다.

겨울이 오면 매일처럼 오르지 못하게 뻔했기에 등산이 가능한 동안 다닐 생각이었다.

그리고 올라간 김에 그동안 보고도 내버려 뒀던 약초도 캐올 작정이었다.

뚱뚱해지지 않으려면 살이 찌지 않을 간식을 준비를 해야 했다.

일에 지장을 주지 않을 정도로 두 시간 정도의 산행을 마치고 내려오자 마당과 마루에 많은 이들이 어슬렁거리고 있었다.

'쯧! 간호사 한 명만 빼곤 가라고 해야겠군.'

혹시 위급할 때를 대비해 차만 남겨두면 두삼이 운전을 하면 됐다.

'아! 근데 아침을 어떻게 하지? 미처 생각을 못 했네.'

한두 명이라면 사랑채로 내려가서 먹어도 되겠지만 지금 인원은 너무 많았다.

고민을 하는데 노혜자가 경호원으로 보이는 사내들과 함께 두 개의 상을 들고 오는 게 보였다.

"어? 아주머니가 왜 아침을 준비하셨어요?"

엄한 사람을 고생시키는 것이라면 우하란에게 한마디 해줄 생각이었다. 그러나 예상과 달리 노혜자는 힘든 기색 없이 환한 웃음을 지으며 말했다.

"아르바이트야."

"네?"

"예쁜 아가씨가 돈을 줄 테니 식사를 준비해 줄 수 있냐고 하더라. 그래서 냉큼 하기로 했다. 추수가 끝나서 할 일도 없는데 잘됐지 뭐냐?"

"한가할 때 쉬시지……."

"놀면 뭐 하냐. 그리고 돈을 많이 준다더라. 농사보다 훨씬 나아."

"매끼 이렇게 많은 식사를 어떻게 준비하려고요?"

"네 할아버지 계실 때에 비하면 새 발의 피야. 그리고 점심부터는 네 것까지 4인분이면 된대. 세 명만 남고 다 올려 보낼 거라고. 자자, 도와줄 생각 없다면 비키렴. 국 식겠다."

"아! 제가 할게요."

두삼은 상을 들어 대청마루에 올렸다. 상이 도착하자 지시를 내리기 보단 자연스럽게 수저를 놓는 우하란을 물끄러미 바라봤다.

'온전히 치료에 전념할 수 있게 해준다고 해서 말뿐인 줄 알았더니 제법이네.'

두삼은 우하란을 다시 보게 됐다.

아침을 먹고 떠날 사람이 떠나자 집은 다시 평소처럼 조용해졌다.

예약된 손님이 오기 전에 할아버지의 지하 서고에서 암과 관련된 임상 기록을 훑어보았다.

임상 기록이라고 해서 대단한 치료 방법이 적혀 있는 건 아니었다.

그저 언제 침과 뜸을 놓았고 어떤 조치를 취했냐는 정도. 만일 다른 한의사가 자료를 보게 된다면 돌팔이가 마구잡이로 침과 뜸을 놓다가 재수 좋게 암을 치료했다고 말할지도 몰랐다.

'장갑을 얻기 전이었다면 나 역시 그저 임상 기록이라고 생각했겠지. 하지만 지금은 할아버지가 어떤 의도로 기록했는지 알 것 같아.'

물론 장갑을 끼고 있다고 해서 특별한 자료로 보이거나 느껴지는 것은 아니었다. 그저 장갑의 존재를 알고 있는 사람만이 알 수 있는 것이 있었다.

한언수는 담배, 스트레스, 발암물질 등 수많은 원인으로 인해 암이 몸에 생길 때 경락과 경혈이 심하게 막히거나 망가진 곳에 주로 생긴다는 것을 알게 되었다.

그에 막힌 경락을 뚫고 망가진 혈을 되살림으로써 몸이 스스로 치유되게 만드는 치료법을 사용했다.

치료법은 단순했다. 그러나 방식만 단순할 뿐 절대 쉽지 않은 치료법이었다.

막힌 경락은 물리적인 기구를 통해 뚫을 수 있는 것이 아니라 순수하게 기를 이용해 뚫어야 했는데 가능한 사람이 드물뿐더러 시간 또한 오래 걸렸다.

"한 선생님! 한 선생님!"

임상 기록을 보며 어떻게 치료할지 방향을 정했을 때쯤 우하란이 급하게 부르는 소리가 들렸다.

배영옥이 깬 모양이었다.

"어머니가 깼어요."

"가보죠. 그리고 호칭은⋯ 아무것도 아닙니다."

선생님이라고 불리는 것이 이상해서 다르게 불러달라고 하려 했다. 근데 생각해 보니 딱히 부를 만한 호칭이 없었다.

'개인적으로는 오빠지만.'

잠깐 엉뚱한 생각을 하며 배영옥이 누워 있는 방으로 들어갔다.

배영옥은 의지대로 몸을 움직일 수 없어 불편할 텐데도 밝은 모습으로 기다리고 있었다.

"편히 쉬셨습니까?"

"네, 선생님 덕분에요. 고통 없이 잔 게 얼마만인지 모르겠네요."

"며칠 더 쉬게 해드린 후에 본격적으로 살펴볼까 했는데 아무래도 하루라도 일찍 하는 게 좋을 것 같습니다. 고통을 일으키는 부위를 정확하게 알아야 부분 마취를 할 수 있으니 오늘은 진통제를 먹지 않고 버티셔야 할 겁니다."

"…참아볼게요."

배영옥은 고통을 참아야 한다는 말에 그러겠노라 대답은 했다.

그러나 겪을 고통에 대한 두려움마저 숨기진 못했다. 시시때때로 찾아오는 섬뜩한 고통엔 참을성 따윈 소용이 없었기 때문이었다.

두삼은 그런 그녀에게 조금이라도 힘을 주고자 오늘 고통을 참음으로써 얻게 되는 이득에 대해서 말해줬다.

"시술만 잘되면 내일부턴 산책도 하고 가까운 곳은 구경도 할 수 있을 겁니다."

"그나마 위안이 되는 말이네요."

"그럼 예약 손님 오면 끝내고 시작할 테니 그동안 쉬고 계세요. 안 오면 20분 뒤에 시작하겠습니다."

오늘 예약 손님은 목이 갑자기 뻣뻣해져 마사지를 받고 간 손님으로 예약 시간보다 10분이 지났지만 오지 않고 있었다.

서너 번은 받아야 뭉쳐져 있던 근육과 약간의 염증까지 다 나을 수 있는데 한 번 마사지를 받고 아무 이상 없이 움직이니 굳이 돈을 들이면서 올 필요 없다고 생각했는지도 모른다.

"예약한 손님이 안 오면 맥 빠지겠어요?"

조금 떨어진 곳에 앉아 있던 우하란이 15분이 지났음을 알리는 듯 물었다.

"워낙 자주 있는 일이라 괜찮아요. 예약 손님 중 절반은 오지 않는다고 봐도 돼요. 개인적으로는 조금 안타깝지만 어쩔 수 없죠."

"뭐가 안타까워요?"

"손님은 다 나았다고 생각해서 혹은 돈이 아까워서, 시간이 없어서 오지 않은 것이겠지만 제가 볼 때 꼭 조치가 필요한 사람이었거든요."

"또 필요할 때 오지 않겠어요?"

"그땐 쉽게 끝나지 않을 것 같아서 하는 말입니다. 더 많은 비용과 더 많은 시간을 소모하게 될 겁니다."

"…약속을 안 지켰다고 악담하시는 건가요?"

"하하하! 솔직히 그런 면이 아예 없다고는 말하지 못하겠네요."

두삼도 평범한 사람이었다. 내색만 안 할 뿐이지 약속했던 손님이 오지 않으면 기분이 좋지 않았다. 지금은 을이지만 나중에 갑이 될 때 두고 보자는 생각도 간혹 하곤 했다.

'집중하자!'

오지 않은 예약 손님에 대한 생각도, 말기 암 환자인 배영옥을 살릴 수 있을까 하는 고민도 잠시 한쪽으로 치워놓고 머릿속에 인체를 하나 그렸다.

두삼은 그려진 인체에 족소음신경, 수태음폐경, 족소양담경,

수양명대장경, 등 12경맥과 임맥, 독맥, 충맥, 대맥, 양유맥 등 기경팔맥을 그렸다.

인체는 이미 선과 점으로 복잡했지만 이번엔 붉은 선과 점으로 할아버지의 책에서 본 경락과 경혈을 그려 넣었다.

하얗던 인체가 새까맣게 될 때까지 경락, 경혈도를 만든 두삼은 배영옥의 왼쪽 맥문을 잡고 기를 흘려 넣었다. 그리고 기를 어깨로 올려 보냈다.

'대부분의 대맥은 막혀 있네. 세맥으로 가야겠다.'

대로는 거의 다 막혀 있었다. 겨우 다닐 정도의 작은 길을 통해 어깨까지 겨우 갈 수 있었다.

팔뿐만 아니라 다리, 몸통, 심지어 목과 머리까지 뚫린 곳보다 막힌 곳이 더 많았다.

두삼은 기를 계속해서 보내며 경락과 경혈을 상태를 살폈고 머릿속 인체에 뚫린 곳은 파란색으로, 막힌 곳은 노란색으로 색칠해 나갔다.

'아!'

그리고 어느 정도 완성했을 때 몸의 어느 부분에 암이 있는지 인체도만 봐도 알 수가 있었다. 막힌 곳을 나타내는 노란색들이 모여 덩어리처럼 보이는 곳이 암이 아닐까 싶었다.

'만일 내 생각대로가 암이 맞다면 오장육부에 모두 전이가 되었다는 건데……. 어차피 알고 있었잖아. 해보는 데까진 해본다!'

예상했던 것보다 상태가 더 좋지 않아 잠시 당황했다. 그러나 이런 상태라면 죽어도 덜 미안할 것 같은 생각에 마음에 오히려 담담해졌다.

두삼은 잠시 손을 뗀 후 준비해 둔 공책에 머릿속 인체도를 간략하게 그렸다.

"이제 마취를 풀겠습니다."

배영옥의 입에 마우스피스를 물리고 팔과 다리를 움직이지 못하도록 고정시켰다. 그리고 마취시켜 뒀던 혈을 풀었다.

"크윽!"

풀자마자 배영옥은 고통이 밀려오는지 온몸이 경직되며 신음 소리를 내뱉었다.

두삼은 손을 빠르게 놀려 상반신을 마취시켰다.

"…하악, 학! 고, 고통이 사라졌어요."

"상반신에 통증이 있다는 겁니다. 다음은 오장육부 중 하나씩 제외시킬 겁니다."

하나씩 소거해 가며 통증의 원인을 찾는 소거법으로 시간이 오래 걸린다는 단점은 있지만 성공했을 시 환자가 웬만큼 정상적인 생활을 할 수 있게 해준다는 장점이 있어 두삼은 시간을 투자하기로 했다.

두삼이 끙끙대며 정확한 지점을 찾는 동안 그런 두삼을 우하란은 묘한 눈빛으로 바라보고 있었다.

'이 사람 도대체 뭐지? 마사지사라서 그런 건가? 지금까지 의원들과 전혀 다르잖아. 근데 저 그림…… 엄마의 병원 사진을 보여준 적이 없었는데 어떻게 암이 전이된 곳을 정확히 아는 거지?'

이영호에게 환각지를 고쳤다는 얘기를 듣고 그에게 배영옥을 맡기긴 했지만 어쩔 수 없는 선택이었을 뿐이었다. 근데 그가 하는 양을 보니 그 어느 때보다 희망을 갖게 된다.

'엄마를 꼭 살려줘요. 그럼 약속했던 것의 열 배라도 줄 테니까요.'

우하란은 한손으론 엄마의 손을 꼭 잡은 채 다른 한손으론 땀을 흘리는지도 모른 채 열중하고 있는 두삼의 땀을 닦아주었다.

*   *   *

"두삼아, 어서… 와라. 근데 무슨 일 있었냐? 얼굴이 왜 그 모양이냐?"

두삼을 반기던 백만수는 일주일 사이 폭삭 삭은 듯한 그의 얼굴을 보고는 미간을 찌푸리며 물었다.

"좀 무리했더니 이렇게 됐네요."

"보약이라도 먹어야 하는 거 아니냐? 점심 때 보신탕이나 먹을까?"

두삼은 고개를 절레절레 흔들며 말했다.

"아뇨. 보약, 보양식이란 단어만 들어도 신물이 넘어올 지경이에요."

배영옥의 부분 마취를 성공시킨 후 일주일간 두삼은 막힌 경락을 뚫기 위해 무던히 노력했다.

시간이 없다는 생각에 서두르다 보니 기를 많이 쓸 수밖에 없었고 결국 일주일 만에 탈이 난 것이다.

기가 부족하다는 생각에 닥치는 대로 먹었다. 집에 말려둔 약초가 부족해 오일장에 나온 약초들까지 사서 하루 종일 씹었고 끼니때마다 보양식을 먹었다.

그런데 이상하게 갈수록 말라갔고 점점 기는 고갈되어 갔다. 아니, 정확하게 기는 넘치다 못해 터질 것 같은데 '치료에 쓸 수 있는 기'는 점점 부족해졌다.

할아버지가 남긴 자료를 뒤져봤지만 찾을 수 없었기에 결국 치료를 중단하고 하루 쉬기로 했다.

'먹은 약초가 내 것이 되는 데 시간이 필요한 건지도 모르지.'

억지로 짜낸다면 할 수 있겠지만 다른 사람을 고치다가 스스로가 다치는 건 절대 사양이었다.

"앉아라, 쓰러질 것 같다. 물이라도 줄까?"

"예. 이왕이면 시원한 얼음물로 주세요."

"넌 춥지도 않냐?"

"전혀요. 속이 갑갑해서 시원한 게 자꾸 당기네요."

"시원한 물 없는데 아이스커피라도 마실래?"

"다방에서 시킬 거죠? 올 때 돈 줄 테니까 얼음 좀 많이 갖다 달라고 해주세요."

"알았다."

백만수는 전화기를 들고 다방에 전화를 걸었다.

"여기 오토바이 가겐데 커피 두 잔만 부탁해. 그리고 올 때 얼음 좀 많이 갖다줘라. …그래, 더워죽겠다는 사람이 있다. 돈도 준다니까 마담 눈치 보지 말고 가져와. …됐냐?"

"고마워요, 형."

"근데 이번엔 어떤 손님이 들어왔기에 몸이 상할 정도로 일을 하냐?"

"좀 심각해요."

"영호 아저씨보다 심각해?"

두삼은 고개를 끄덕이는 걸로 대신했다.

이영호에 대한 건 백만수가 스스로 알아낸 것이니 어쩔 수 없지만 손님의 심각한 얘기를 잠깐의 흥밋거리로 만들 순 없었다.

"말하기 곤란하면 어쩔 수 없지. 그런데 영호 아저씨는 다 나은 거야? 물론 그랬으니까 가신 거겠지만."

"일단은요."

"무슨 대답이 그래?"

"처음 해본 일이니 상황을 지켜봐야 해서요."

"낫긴 나았다는 소리구나. 이야! 대단하다. 환각지라는 거 인터넷에 찾아봤는데 거의 불치병이라고 하던데. 어떻게 고친 거냐?"

"운이 좋았어요."

"운도 실력이 받쳐줘야 가능하잖아."

백만수는 두삼이 실력으로 완벽하게 고쳤다고는 생각지 않은 모양이었다.

어떻게 고쳤는지 시시콜콜 말하는 것은 낯간지러운 일이었다. 그래서 운이 좋았다고 겸손하게 말한 것인데 막상 운이 좋아 고쳤다는 듯이 말하니 조금이라도 말해주고 싶었다.

"환……"

막 입을 열려는데 가게 문이 열리며 요란스럽게 다방 아가씨가 들어왔다.

"으~ 누가 얼음을 찾아요? 아, 마사지 숍 한다는 오빠구나. 근데 얼굴이 왜 그래요?"

"…일을 무리하게 했어."

"커피도 간혹 마시면서 쉬엄쉬엄해요. 여섯 잔 시키면 내가 거기까지 갈게요."

이곳의 배달 커피는 아가씨 커피 포함 석 잔 기본에 만 원이었다. 이만 원이면 매계리까지 와서 잠깐 말동무를 해주겠다는 소리였다.

그러나 티켓(가격에 따라 성매매 혹은 간단한 스킨십을 할 수 있음)을 살 것도 아니면서 먼 길을 오게 하는 건 민폐였다.

"참고로 전 2차는 안 해요. 약간의 스킨십은 상관없지만요. 필요하면 다른 사람 소개 시켜줄 순 있어요. 그리고 오빠 티켓 안 끊어도 돼요. 대신 마사지나 좀 해줘요."

"…말이라도 고마워."

꽤 재미있는 제안이긴 했지만 지금은 그럴 정신이 없었다.

"오빠는 아이스로 타면 되죠? 여기 있어요."

"땡큐!"

두삼은 커피를 받아 들자마자 단숨에 마셨다. 식도와 위가 시원해지는 것이 좀 살 것 같았다.

"얼음 좀 더 주라."

"오빠도 참, 천천히 마셔요. 커피에 체하면 약도 없는 거 알아요?"

"커피에 체해 본 적이 없어서. 고마워."

아가씨는 말과 달리 빠르게 얼음을 건넸고 두삼은 입안 가득 얼음을 채웠다.

"열이 얼마나 나는지 한번 봐요. 이 정도면 별로 뜨겁지 않네요."

그녀는 두삼의 손을 덥석 잡고는 이리저리 주물럭거렸다.

"……!"

두삼은 손에서 느껴지는 차가운 기운에 눈이 동그래졌다. 분명 그녀의 손이 차가워서만은 아니었다.

"자, 잠깐!"

아가씨가 손을 빼려 하자 두삼은 꼭 움켜쥐었다.

"조금만 시간을 줘, 조금만."

아가씨는 어리둥절해하면서도 다행히 손을 빼지 않았고 두삼은 맞잡은 손에 정신을 집중했다.

아가씨의 손에서 차가운 기운이 흘러나와 두삼의 손으로 들어왔다. 그리고 들어온 기운만큼 그가 가진 뜨거운 기운이 그녀에게 흘러들었다.

묘한 것이 차가운 기운과 뜨거운 기운이 만나 하나가 되면서 짜릿한 느낌을 만들어낸다.

그렇게 계속 반복되며 팔의 열기가 조금씩 식어갔고 치료에 사용할 수 있는 기가 늘어났다.

'음양?'

기에 여러 가지 종류가 있다는 것은 배워 알고 있었지만 현재 그에게 일어나고 있는 일에 대해선 정확히 뭐가 뭔지 설명할 수 없었다.

다만 한 가지 확실한 건 손을 잡고 있는 것만으로도 열기가 줄어들고 힘이 생긴다는 것이었다.

'더, 더 많은 음기가 필요해!'

고기 맛을 알게 된 중처럼 음기의 맛(?)을 알게 되자 몸의 열기는 미친 듯이 음기를 원했다.

"…느낌이 이상해요. 이제 가야 하는데 손 좀……."

"티켓을 살게. 한 시간, 아니, 두 시간."

"가, 갑자기 왜 그러는지 모르겠지만 난 2차는……."

"그냥 이대로만 있으면 돼, 아니, 내가 마사지해 줄게. 물론 필요 이상의 터치는 없을 거야."

"…어디에서요?"

두삼의 급작스러운 변화에 아가씨는 약간 두려운 모양인지 떨리는 목소리로 물었다.

여관을 가자고 말하려던 두삼은 그녀의 그런 모습에 너무 서둘렀다는 걸 깨달았다.

"음, 여관은 좀 그러니까……. 아! 여기 만수 형이 쉬는 방이 있으니 거기서 하자."

"야야! 내 쉼터에서 뭘 한다고?"

"마사지만 한다니까요."

"개가 똥을 놔두겠다."

"에에? 오빠! 내가 똥이라는 거야?"

"그, 그게 아니라 비유야, 비유."

"그러니까 나를 똥에 비유한 거잖아! 정말 너무한 거 아냐? 그리고 똥을 먹으려고 껄떡대던 사람은 저 오빠가 아닌 지금 내 앞에 있는⋯⋯!"

"스톱! 거, 거기서 왜 그 얘기가 나와? 자자! 얼른 들어가. 들어가서 뭔 짓을 해도 좋으니 대신 절대 조용히 해라."

반대를 하던 백만수는 아가씨의 말에 화들짝 놀라며 두삼과 아가씨를 방으로 밀어 넣고 문까지 닫았다.

"어떻게 해요? 누워요? 근데 옷은 어디까지 벗어야 하나요?"

작은 방에 둘만 있게 되자 두삼은 쑥스러워 쭈뼛거리는데 아가씨는 익숙한지 분위기를 주도했다.

'마사지 경험이 없는 것도 아닌데⋯⋯.'

곧 정신을 차린 두삼은 한쪽 구석에 있는 폭신한 요를 펴며 말했다.

"윗옷만. 그리고 편하게 여기 누워."

"스타킹은요? 발 냄새가 좀 날 텐데⋯⋯."

"상관없어. 다음에 가게로 오면 발 관리 해줄게. 일단 천천히 시작할게."

머리에 손을 대자 역시 마찬가지로 시원한 기운이 흘러들어왔다.

'된다!'

마사지를 할 때마다 음의 기운이 그의 몸으로 들어와 양의 기운과 합쳐졌다.

"⋯아웅~ ⋯마, 마사지가 원래 기분이 이렇게 좋은 건가요?"

처음엔 가볍게 기분 좋은 콧소리를 내던 아가씨는 시간이 지날수록 묘한 신음 소리를 냈다.

두삼의 경우 음의 기운과 양의 기운이 팔에서만 합쳐지고 몸으로 뻗어나가니 팔만 짜릿할 뿐이었으나 마시지를 받는 아가씨의 경우는 받는 부분이 짜릿해지는 자극을 받는 모양이다.

"으……."

"왜? 아파?"

"…아, 아뇨. 기분이 묘해요."

"처음 받으면 그럴 수 있어."

"처음 받는 건 아니지만… 괜찮으니 계속하세요."

"응. 편하게 있어."

상반신을 끝내고 하반신을 할 때 그녀는 몸을 꿈틀대며 아래로 내려가려 했다.

다리를 마사지할 때 특별한 아픈 곳이 없다면 무릎에서 한 뼘 위 허벅지는 건드리지 않았다.

실수하면 곤란하기도 했지만 상당한 민감한 부분이라 자칫 오해를 불러일으킬 수 있어서였다. 한데 몸을 아래로 내리려는 건 더 위에까지 마사지를 해달라는 의미였다.

물론 두삼은 손을 아래로 내림으로써 선을 넘지 않았다.

두삼은 음양의 기운이 교환되면서 어떤 작용을 하는지 받는 사람의 입장이 아니었기에 정확히 몰랐다.

'음기가 더 필요한데…….'

머리부터 발목까지 마사지를 마치고 다시 머리 부분을 만지자 아주 미약한 음기만이 손을 타고 올라왔다.

'격발을 시켜볼까?'

할아버지의 경락, 경혈도에서 음기와 양기를 자극시킬 수 있는 경혈을 본 기억이 났다.

음의 기운을 타고난 여자, 특히 한창 때인 20대 초반의 여자에게 음의 기운이 없다는 건 말이 되지 않았다.

지금까지 흡수한 것이 음의 저수지에서 흘러넘친 음기였다면 저수지의 음기는 고스란히 남아 있었다.

저수지의 음기가 폭발적으로 흘러넘칠 때가 있었는데 바로 강력한 성욕을 느낄 때였다.

'자주 하는 것은 나쁘겠지만 섹스도 때에 따라선 훌륭한 스트레스 해소법이니 괜찮겠지.'

몸에서 음기를 간절히 원해서일까, 나름 합리화를 시킨 두삼은 마사지를 하는 척하며 혈을 자극했고 손을 대기 민감한 곳은 기를 이용해 자극했다.

"하아~"

달뜬 숨소리가 나왔다. 그리고 그와 동시에 음기가 폭발했다.

쇼팽의 즉흥 환상곡을 치는 피아니스트의 손놀림처럼 두삼의 손을 연신 여체를 주물렀다.

워낙 많은 양의 음기가 밀려들면서 몸 안을 채우고 있던 열기는 빠르게 사라져 갔다.

의도대로 됐지만 것처럼 기뻐할 수는 없었다.

아까와는 비교도 안 될 만큼의 음기가 폭발하는 것까지 좋았는데 그 음기들이 양기와 합쳐지면서 만들어내는 짜릿한 쾌감 역시 커진 모양이다.

입술을 깨물고 참던 아가씨에게선 결국 낮은 신음 소리가 터져 나왔다.

"으…흥~ 하악!"

"야이……! 마사지만 한다며! 안에서 도대체 무슨 짓을 하고 있는 거야! 얼른 끝내고 나오지 못해!"

백만수가 오해를 단단히 했는지 문은 열지 못한 채 바락바락 소리를 쳤다.

그러나 한 번 폭발한 음기는 앓는 소리를(?) 낼 때마다 더욱 거세게 넘쳤고 일단 살고보자는 생각에 두삼은 그의 말을 무시하고 열기를 제거하는 데 전력을 다했다.

＊　　　＊　　　＊

어린 나이에 가수가 되고자 무작정 서울로 상경했던 은희경은 꿈을 이루지 못한 채 사회의 쓴맛만 잔뜩 봐야 했다.

불행하다면 불행한 삶에 그나마 잃은 것은 많지 않았다. 포기할 때 포기할 줄 알고 지킬 것은 확실하게 지키는 그녀의 성격 덕분이었다.

능력도 백도 없는 그녀에게 몸을 요구하는 은밀한 제의가 있었다. 딱히 요조숙녀도 아니었고 2차를 나가진 않았지만 노래방 도우미도 했으니 말이다.

또한 반드시 사랑하는 사람과 해야 한다는 생각을 가진 건 아니었는데 다만 즐기기 위해서, 혹은 사랑해서가 아닌 뭔가를 이루기 위해 몸을 파는 건 싫었다.

즐기는 것과 파는 것이 뭐가 다르냐고 묻는 사람이 있겠지만 은희경에겐 달랐다.

언젠가 고향으로 돌아가 부모님을 뵀을 때 떳떳할 수 있는 마지노선이라 생각하고 있었다.

각설하고 은희경이 꿈을 포기하고 서울을 떠나려 할 때 때마침 같이 도우미를 하던 이의 소개로 악양으로 오게 되었다.

흔히 '다방 레지'라 불리며 창녀 취급을 받는 직업이었지만 숙소를 구하기 위해 약간의 선불금을 받고 2차 없이 원할 때 언제든지 그만둔다는 조건으로 하고 있었기에 다른 힘든 아르바이트보다 훨씬 좋았다.

푸다다다다!

은희경이 탄 50cc 오토바이가 하얀 연기를 뿜으며 다방 앞에 섰다.

그녀는 방금 오토바이 가게에 커피 배달을 마치고 오는 길이었다.

오토바이를 세우고 배달용 오봉(쟁반)을 뒷좌석에서 꺼내려던 그녀는 무릎에 힘이 없는지 순간 휘청했다.

"에구구! 마사지를 받고 여러 차례 오르가즘을 느끼고 다리에 힘이 풀렸다고 하면 누가 믿을까……."

앓는 소리를 하며 그녀는 고개를 절레절레 흔들었다. 그러다 조금 전의 일을 생각하곤 얼굴을 붉혔다.

"미친년! 거기서 신음 소리를 내다니… 으~ 쪽팔려."

두삼이 혈을 자극했다는 걸 알지 못하는 그녀는 자책을 하며 다방으로 들어갔다.

"언니, 나 왔어요."

오봉과 함께 커피값과 티켓비의 일부를 주방 테이블에 올려놓으며 돌아왔음을 알렸다. 그리고 빈자리에 가서 눕다시피 앉았다.

"얘, 넌 배달도 많이 밀렸는데 뭐 한다고 이제야 온 거니?"

주름을 감추려고 다소 진하게 화장을 한 중년 여성이 주방에서 나오며 말했다.

"언니 좋아하는 돈 벌어오느라 늦었죠. 티켓비 두 시간 언니 몫은 거기 뒀어요."

"넌 티켓 끊으면 오히려 손해야. 너 찾는 손님들이 얼마나 많은데."

"나 원, 언제는 티켓 팔라고 그렇게 성화더니 정작 하고 왔더니 뭐라 하는 건 뭐예요?"

"이런 티켓을 말하는 게 아니잖아."

마담은 만 원짜리 두 개를 흔들며 투덜댔다.

성매매를 하면 한 시간도 되지 않아 마담 몫으로 3, 4만 원이 떨어졌다. 한데 일반 티켓의 경우 시간은 시간대로 많이 잡아먹으면서 버는 게 적으니 투덜대는 것이었다.

"언니!"

"알았다, 알았어. 기지배 말도 못 하니. 네가 마음만 먹으면 목표로 한다는 2억도 금방이겠다."

가수가 되겠다는 꿈을 접은 은희경의 새로운 꿈은 2억을 모아 고향으로 가 부모님 집을 사주고 작은 가게를 내는 것이었다.

"그건 내가 알아서 해요."

"그래, 누가 네 고집을 꺾겠니. 그건 그렇고 언제까지 그러고 있을래? 얼른 배달이나 가."

"휴우~ 나 너무 피곤해요. 제발 1시간만 편히 쉬게 해줘요.
그다음엔 열심히 할게요."

"뭘 한다고 피곤…! 너 설마……?"

마담은 티켓비를 삥땅친 게 아니냐는 의심의 눈길로 은희경을
바라봤다.

"아니거든요!"

은희경은 발끈하며 외쳤다. 그때 다방 문이 열리고 다른 아가
씨가 들어오며 말했다.

"피곤해 보이면서도 얼굴이 활짝 핀 게 어디 가서 숫총각이라
도 잡아먹은 얼굴인데? 다녀왔어요, 언니. 여기 돈. 근데 이 동네
에 숫총각이 있었던가?"

"수현 언니, 고생했어."

"응. 근데 진짜 아냐?"

비슷한 처지라고 처음 왔을 때부터 알뜰살뜰 챙겨줬던 송수
현의 물음이었기에 마담에게 했던 것처럼 대답할 수는 없었다.

"커피 시킨 사람이 마사지산데 갑자기 티켓을 끊더니 마사지
를 해줬어."

"에? 너 주무르려는 변태 아냐?"

"아냐. 서울에서 몇 번 받아본 적 있는데 비교도 안 될 정도
로 실력이 좋더라고."

"그래? 근데 마사지를 받은 얼굴이라기엔 너무 이상한데?"

"사실……."

은희경은 오늘 자신이 겪은 일에 대해 상세히 말하기 시작했

다. 그리고 얘기가 끝나자 놀라움은 뒤에 있던 마담에게서 나왔다.

"정말?"

"내가 왜 거짓말을 해요. 직접 겪어보세요. 아! 그리고 혹시 관심이 있으면 속옷은 꼭 두툼한 걸로 입고 가세요."

"속옷은 왜?"

"…아무튼 그러는 게 좋을 거예요. 전 피곤하니까 조금만 쉴게요."

뭔가를 말하려던 은희경은 말하기 민망했는지 입을 다물며 얼굴을 붉혔다. 그리곤 얼른 일어나 쪽방이 있는 곳으로 갔다.

*　　　　　*　　　　　*

주변의 산 때문에 일찍 해가 지는 매계리는 겨울이 되면서 더욱 밤이 길어졌다.

두삼은 저녁을 먹고 배영옥의 저녁 치료가 끝나면 할 일 없이 TV나 인터넷을 하거나 할아버지가 남긴 책을 읽다가 잠이 들었는데 빠를 땐 10시였고 느려도 12시를 넘기는 경우가 드물었다.

그러다 보니 이젠 5시에 맞춰둔 알람이 울리기 전에 절로 눈이 떠졌다.

물주 우하란 덕분에 기름 걱정 없이 보일러를 틀었는데 뜨끈뜨끈한 바닥이 더 자라는 듯 몸을 붙잡는 걸 빼면 일어나는 것도 어렵지 않았다.

"어제 먹었을 때랑 맛이 조금 달라진 것 같은데…… 착각이겠지."

자리끼로 준비해 둔 한약을 들이켜곤 밖으로 나갔다.

"이제 완연한 겨울이네. 그나저나 저 여자는 정말 부지런한 것 같아."

언제나처럼 서리 내린 마당에서 요가를 행하고 있는 우하란을 보며 중얼거렸다.

그녀와 가볍게 눈인사를 하고 수돗가에서 씻었다.

"으~ 추워. 이젠 안에서 해야겠다."

지하수라 겨울엔 수돗물보다 오히려 따뜻하지만 추울 땐 따뜻한 물이 아닌 이상 차이가 없었다.

떨떨 떨며 씻기를 마치고 평소처럼 물을 마실 때였다. 물맛이 평소와는 조금 달랐다.

"…뭐지?"

다시 마시고 입에 머금어 차이를 알아보려고 했지만 물맛 그 이상도 이하도 아니었다.

'그냥 물맛……! 아! 아냐!'

포기하고 입에 머금고 있던 물을 삼키는 순간 다시 다르다는 느낌이 들었다.

몇 번을 더 마셔보지만 정확하게 뭐가 다른지는 설명할 수가 없었다.

"어젯밤에 술 마셨어요? 무슨 물을 그렇게 계속 마셔요?"

요가를 마치고 수돗가로 온 우하란이 두삼의 행동이 이상했는지 물었다.

"…하하. 그냥 목이 말라서요."

두삼은 설명하지도 못하는 물맛에 대해 언급하지 않고 그녀가 쓸 수 있도록 한쪽으로 물러났다.

"몸은 좀 어때요?"

"이젠 괜찮습니다."

"많이 안 좋아 보여 마음이 편치 않았는데 얼굴이 어제보다 좋아 보여서 다행이네요."

"고맙습니다. 오늘부터 다시 치료를 시작할 겁니다."

"너무 무리하지 마세요. 어머니를 살리고자 하는 마음에서야 고맙긴 한데… 선생님의 몸이 상하길 바라는 건 아니에요."

걱정해 주는 듯한 그녀의 말에 두삼은 약간의 감동을 받았다.

그녀의 말처럼 그동안 배영옥을 치료하기 위해 무리한 면이 없잖아 있었다. 그러나 그의 노력에 비견되게 우하란이 도와주는 것도 많았다.

물론 현재 갑의 입장이기에 받을 것만 받고 무리하지 않아도 우하란이 두삼에게 불만을 말하지는 못할 것은 분명했다.

하지만 염치없는 짓은 하기 싫었다.

맡기로 한 이상 오로지 치료에 전념을 해야 한다는 것이 그의 생각이었다.

"그리 말해주니 한결 마음이 가볍네요. 근데 좀 더 무리하고 싶어지기도 합니다."

두삼은 자신의 노고를 우하란이 알아준다고 생각하니 몸을 생각하며 조금 천천히 해야겠다고 다짐했던 것을 까맣게 잊고 말했다.

"……! 아, 아무튼 몸 관리 잘하세요. 지금 산에 갈 건가요? 잠깐 드릴 말이 있는데."

두삼의 말에 약간 당황한 듯한 우하란은 시선을 돌리며 물었다.

"아뇨. 오늘은 어머님 식사에 대해 고민해 봐야 할 것 같습니다. 말씀하세요."

배영옥은 쌀뜨물이라 해도 과언이 아닐 정도의 미음과 영양 주사만으로 버티고 있었는데 그 상태로는 그가 생각 중인 치료 방법을 버틸 수 없을 것 같아 별도의 영양제를 만들어볼 생각이었다.

그의 할아버지의 암 환자 기록에 여러 가지 영양식이 있어 그걸 참고할 예정이었다.

"내일부터 한 나흘쯤 미국에 다녀오려는데 자리를 비워도 괜찮을까요?"

배영옥의 상태는 내일 당장 죽는다고 해도 이상할 것이 없는 상태였기에 가급적 자리를 비우지 않는 것이 좋았다.

두삼은 우하란이 그걸 모를 거라 생각하지 않았다. 그럼에도 불구하고 묻는 걸 보면 중요한 일이 분명했다.

두삼은 잠깐 생각하다 말했다.

"가야 할 일이라면 하루라도 빨리 가시는 게 좋습니다. 오늘보다 내일이, 내일보다 모레가 상태가 더 안 좋아질 겁니다. 지금 제가 하는 일이 잘될 거라는 보장도 할 수 없고요. 선택은 하란 씨의 몫입니다."

개인적으로 나흘쯤은 버티게 할 수 있으니 다녀오라고 말할 수도 있었다. 그러나 100퍼센트의 확신이 아닌 이상 말해선 안 됐다.

"…그렇군요. 생각해 볼게요."

고민을 하는 그녀를 뒤로하고 어젯밤에 보던 책을 들고 부엌으로 갔다.

부엌이라기 보단 해가 날 때 말리는 약재들과 시장에서 사온 것들을 보관하는 곳이라는 것이 더 정확했다.

"음, 할아버지는 똑같은 위암 환자인데 왜 다른 약재로 탕약을 만든 걸까? 남녀의 차이인가? 아냐. 똑같은 남자 환자인데도 다르잖아? 기록되어 있는 것을 봤을 땐 분명 증상은 같은데 뭐가 다른 걸까?"

한언수의 기록물엔 중요한 단서가 담겨 있었다.

음의 기운과 양의 기운을 합쳐야 비로소 치료가 가능한 기가 된다는 것도 그의 스케줄 표를 보고 다시 확인할 수 있었다.

한언수는 일주일 간격으로 같은 시간에 항상 여성 손님들을 받았었다.

물론 억측이라고 할 수도 있을 것이다. 그러나 두삼이 보기엔 확실히 음기를 취하기 위한 것으로 보였다.

"내가 너무 끼워 맞춘 건가? 아님 아직 볼 눈이 없는 건가? 도무지 모르겠네."

스케줄 표에도 의미가 담겨 있으니 암 환자용 음식 제조에도 뭔가가 있지 않을까 하고 보고 또 봤지만 쉽사리 찾을 수가 없었다.

일단 나와 있는 것 중 배영옥과 증상이 가장 유사한 사람의 음식대로 만들어볼 요량으로 책을 옆에 놓고 약재를 모았다.

그러다 책에 버섯을 떨어뜨렸다.

"아무래도 다 코팅을 해두든가 약품 처리를 해둬야겠네. 습기 때문에 곰팡이가……. 어라?!"

버섯 부스러기를 털어내다가 곰팡이라 생각되는 점을 발견했고 그 점을 긁어내다가 어떤 규칙을 찾아냈다.

'곰팡이가 아니잖아! 우연히 찍힌 것이 아닌 할아버지가 일부러 찍어둔 것이었어! 여자 환자는 거의 찍혀 있다는 건 설마 음의 기운이라고 말하는 건가……?'

점이 찍힌 것이 음의 기운을 나타낸다고 추측을 하면서도 두삼은 고개를 갸웃거렸다.

똑같은 약재인데도 점이 찍힌 것도 있었고 없는 것도 있었다. 심지어 음을 보충하는 약재인 음의 숙지왕, 당귀, 맥문동에 점이 없기도 했다.

그러나 한번 풀린 매듭은 한 가지 가설을 세우자 쉽게 해결이 됐다.

'약재를 어떻게 처리했느냐에 따라 가진 기운이 달라질 수 있다.'

'하지만 어떻게 구분을 할 수 있지?'

이리저리 만져보고 살펴보다가 입에 넣어봤다.

"……!"

쓴 한약재가 목으로 넘어가면서 시원한 기운이 느껴졌다.

아까 물을 마셨을 때와 같은 느낌.

두삼은 약재를 마구 주워 먹었다. 그리고 알게 되었다. 자신이 음양의 기운을 구분하게 되었다는 걸.

6. 길을 뚫어라

백만수와 나물 할머니가 소문을 내주면서 늘어났던 손님들은 다 나아서 오지 않거나 가격 부담 때문에 오지 않으면서 이젠 한 명밖에 남지 않게 되었다.

　지리적인 여건과 추운 날씨도 한몫했겠지만 인구수가 많지 않은 좁은 동네라는 점과 마사지 문화를 이해하지 못하는 노인들이 많다는 점에서 보자면 당연한 일이었다.

　한데 두삼은 손님이 줄었어도 일이 줄진 않았다. 여유가 생긴 시간만큼 온전히 배영옥에게 투자를 하고 있었기 때문이었다.

　"오! 이게 내가 찾던 거야. 양도 충분하고. 고생했어."

　마른 쑥을 오물오물 씹던 두삼은 우하란이 남겨둔 경비원 겸 운전기사인 나문덕에게 오케이 사인을 보내며 말했다.

　나이도 동갑에 인적 드문 시골집에서 삼시세끼 같이 먹다 보니 금세 친해져 말을 트고 지냈다.

"정말? 우와! 드디어 끝난 거야? 운이 좋았어. 한 할머니가 여름 쑥이라 독이 있다고 집 한쪽에 방치를 해뒀더라고. 혹시나 싶어 싹 긁어왔지."

나문덕은 두 손을 불끈 쥐며 좋아라했다.

그가 좋아할 만한 것이, 두삼이 햇볕에 바싹 말린 여름 쑥을 구해오라고 해서 그걸 구하느라 나흘 내내 쉴 틈 없이 돌아다녔기 때문이다.

어제도 그제도 원하던 쑥을 구해왔었다. 그러나 양이 너무 적었다. 한데 오늘 몇 달은 족히 써도 될 만큼 충분히 구해온 것이다.

"근데 파는 사람들도 제대로 모르는 쑥을 넌 어째 단번에 아냐?"

"맛보면 알아. 나흘간 잠도 제대로 못 잤을 텐데 이만 가서 쉬어라."

"그래야지. 근데 저 많은 쑥은 어쩔 거냐?"

나문덕이 가리킨 부엌 한쪽엔 쑥 자루가 수북이 쌓여 있었다. 그가 나흘 동안 부지런히 나른 쑥이었다.

"좋은 건 여성한테 좋은 약으로 만들거나 먹고, 나머진 뜸과 입욕제 만들면 돼."

"여자한테 좋은 약? 만들면 챙겨주라."

"어머니 드리게?"

"아……! 엄마 것도 챙겨주면 고맙고. 헤헤헤!"

여자 친구에게 줄 생각이었나 보다.

나문덕이 가고 두삼은 그가 구해온 양의 기운을 가진 쑥으로 새끼손톱만 한 뜸을 만들어 커다란 사각 쟁반에 질서 정연 하게 놓았다.

"휴우~ 꽤 힘드네. 오늘은 여기까지만 만들자."

미리 구해둔 이십 개의 쟁반에 수천 개의 뜸을 만들어놓으니 꽤 볼만했다. 그러나 10일도 되지 않아 없어질 양이었다.

잠깐 쉬었다가 어제 만들어둔 뜸으로 치료를 하기로 하고 마당으로 나왔다.

몸을 가볍게 풀며 대나무 길을 걷는데 먼저 온 사람이 있었다.

배영옥이었다.

"선생님도 산책 나왔어요?"

"네. 그런데 정 간호사는 어딜 가고 혼자 산책 중이세요?"

"졸고 있기에 내버려 두고 왔어요."

"어째 정 간호사는 갈수록 잠이 느는 것 같습니다?"

하는 일도 많지 않는데 환자를 홀로 내버려 둔 것에 대한 핀잔이 섞인 물음이었다.

"너무 그러지 말아요. 이곳에 오기 전에 제일 고생이 많았던 사람인걸요. 고통에 밤새 잠 못 들 때 내 손을 잡아준 사람도 정 간호사였고요."

"제가 고용한 사람도 아닌데 뭐라 할 수 있나요. 다만 홀로 다니는 건 위험합니다."

"날이 좋아서 발걸음이 절로 이쪽으로 향했네요. 앞으로 주의 할게요. 얼마 남지 않은 앞이지만요."

배영옥은 아무렇지 않게 죽을 날이 얼마 남지 않았다고 말했다.

두삼은 치료하는 사람으로서 끝날 때까지 포기하지 말아야 한다고, 끝날 때까진 끝난 게 아니라고 말하지 않았다. 아무런 비전도 보여주지 못하면서 확률만 가지고 희망 고문 하는 것도 죄악이라 생각했다.

"그런 씁쓸한 표정으로 보지 않아도 돼요. 고통스럽지 않게 지낼 수 있고 이렇게 걸을 수 있게 해준 것만으로도 선생님껜 감사드려요."

"감사 인사는 나중에 받겠습니다. 그나저나 하란 씨가 한 이틀 늦는다면서요?"

두삼은 화제를 돌렸다.

현실을 직시하고 있는 건 좋지만 기운 빠지는 얘기를 계속해서 좋을 건 없었다.

"나 때문에 오랫동안 회사를 비워서 처리할 일이 많을 거예요. 자신이 만든 회사라 괜찮다고는 했는데… 혹시 방치해서 이상이 생기는 건 아닌지 모르겠네요."

배영옥은 우하란에게 무척이나 미안해했다.

"배 여사님 눈엔 걱정스러워 보일 수도 있겠지만 제가 볼 때 따님이 워낙 똑똑해서 걱정할 필요 없을 것 같은데요."

"그런가요?"

"네. 설령 문제가 생겼다고 해도 이틀이면 해결할 정도로 사소한 문제일 겁니다."

"호호. 선생님 말을 들으니 안심이 되네요. 참! 선생님 말엔 왠지 모르게 믿음이 간다는 거 아세요?"

"에……? 처음 듣는 얘긴데 왠지 모르게 으쓱해지네요. 하하하."

두삼은 겉으로는 힘이 난다는 듯 너스레를 떨었지만 영혼이 없는 리액션이었다.

솔직히 누군가가 자신을 믿는다는 게 부담스러웠다.

믿음은 사람을 들뜨게 만들고 그에 부응하고자 필요 이상 노력하게 만드는 힘이 있었다. 그러나 일이 어긋났을 땐 믿음의 크기만큼 원망으로 돌아올 수도 있음을 간과해선 안 됐다.

두삼은 배영옥과 이런저런 얘기를 하며 대나무 숲길을 한 바퀴 돈 후에 치료를 위해 집으로 내려왔다.

"그럼, 시작하겠습니다."

두삼은 뜸에 불붙이는 걸 도와주기 위해 서 있는 정소라 간호사와 임맥 치료를 위해 누워 있는 배영옥과 눈을 마주하며 치료의 시작을 알렸다.

오늘의 일은 임맥이라는 몸속 큰 도로를 꽉 막고 있는 이물질을 제거하는 것이었다.

양의 기운을 가진 쑥뜸으로 돌처럼 굳어버린 이물질을 부드럽게 하고, 침으로 부드러워진 이물질에 꽂아 균열이 나게 한 후, 안마로 균열된 이물질을 잘게 쪼개는 방식이었다.

물론 두삼은 침 대신 지압을 사용할 생각이었다.

"뜸에 불을 붙여주세요."

두삼의 지시에 정 간호사는 라이터로 불을 붙여 뜸을 건넸고 두삼은 그것을 임맥이 시작하는 혈인 곡골, 중극, 관원, 석문에 놓았다.

'부드러워져라! 부드러워져라!'

얼마 전에 뚫어둔 회음을 통해 보낸 기로 곡골을 두드리며 때를 기다렸다.

"뜸에 살이 타는 것 같은데요?"

고깔 모양의 뜸이 3분의 2쯤 타고 들어가자 피부가 붉게 익어가고 있었다.

"새로운 뜸을 주세요."

얼른 뜸을 교체했다.

임맥의 길을 막고 있는 이물질의 벽은 생각보다 훨씬 탄탄했다. 같은 위치의 뜸을 다섯 번째 교체하고 나서야 비로소 연해졌다는 느낌이 들었다.

'지압으로!'

엄지에 기를 바늘처럼 뾰족하게 만든 후 경락을 따라 0.5센티미터 간격으로 꽂았다. 그리고 다시 둥글게 기를 두른 손가락으로 경락 주변을 따라 꾹꾹 누르면서 이물질을 부순다고 생각했다.

'쉽지 않아! 게다가 이제 시작인데 생각보다 기의 소모도 심하고. 짧게, 짧게 끊어가려던 생각을 바꿔야 하겠는걸.'

원래 계획은 곡골에서 석문까지 뚫어볼 작정이었으나 현재 상태로는 가진 기를 다 쓴다고 해도 어림없어 보였다.

그렇다면 달리 생각해 둔 이물질의 벽을 무르게 만든 후에 한꺼번에 뚫는 방법을 실험해 봐야 한다는 것인데 이 방법도 문제가 없는 것은 아니었다.

최악의 경우 무르게만 만들다가 배영옥이 죽을 수도 있었다.

'그러나 가장 큰 문제는 선택의 여지가 없다는 거지.'

두삼은 머뭇거리는 시간조차 아까웠기에 바로 결정을 내리고 행동으로 들어갔다.

"제가 멈추라고 할 때까지 뜸에 불을 붙여주세요. 이제부터 지루하고 긴 시간이 될 테니 편하게 앉아서 제 말을 따라주시기 바랍니다."

"그럴게요."

정 간호사는 싫은 내색 없이 묵묵히 답하며 뜸에 불을 붙여 건넸고 두삼은 정면의 정중앙선을 따라 위치한 임맥의 혈에 뜸을 놓았다.

치료실은 금세 쑥 타는 냄새와 연기로 가득 차오르기 시작했다.

*   *   *

"잘 생각한 겁니다, 헬렌 우. 당신의 회사, 아니, 이젠 우리 회사의 일부가 된 헥사네트워크는 앞으로 잘 키워 나가겠습니다."

우하란은 한쪽 입꼬리를 올린 채 웃으며 손을 내미는 사내의 얄미운 모습에 그의 수염을 라이터로 불태워 버리는 상상을 했다.

그가 애지중지하며 가꾸는 수염이라는 알기에 수염을 없앤다는 상상만으로도 지금 느끼는 묘한 패배감을 덮을 수 있었다.

우하란은 자리에서 일어나며 그가 내민 손을 잡았다.

이미 회사를 넘기기로 사인을 한 이상 어떤 미련도 없었다.

"조나단, 당신이 2년 전에 했던 말이 사실이 되었네요. 축하드려요."

처음 회사를 만들고 6개월이 되던 날, 조나단은 다짜고짜 헥사네트워크로 찾아와 어마어마한 금액을 제시하며 그녀가 만든 주식 예측 프로그램을 팔라고 말했었다.

당장 억만장자라 불리며 평생 호의호식하며 살 수 있는 액수.

그러나 그녀는 자신이 만든 프로그램의 가능성을 알고 있었다. 그래서 얼마를 주더라도 절대 팔지 않을 거라 장담하며 거절했었다.

그는 끈질겼다. 웃는 얼굴로 서너 달에 한 번씩 찾아와 액수를 조금씩 높여 불렀고 거절하면 반드시 팔게 될 거라며 그녀를 긁고 돌아갔었다.

한데 마침내 2년 만에 그의 말이 사실이 된 것이다.

"사실 헬렌, 당신이라면 절대 팔지 않을 거라 생각하고 반쯤 포기하고 있었습니다. 우연히 한국에서의 일 때문에 5개월을 넘게 회사를 비우고 있다는 얘길 듣지 않았다면 올해는 오지 않았을 겁니다."

"그랬나요? 저도 회사에 이렇게 마음이 떠날 줄은 생각도 못했어요."

젊음이 고스란히 녹아 있다고 해도 과언이 아닐 정도로 그녀의 모든 열정이 담긴 회사였다.

대기업은 아니더라도 이름난 회사를 만들고 싶었다. 그러나 회사에 쏟은 열정의 백분의 일만큼이라도 한국에 있는 엄마에게 신경을 썼어야 했다.

성공을 함께 나누고 싶던 이가, 세상에서 가장 사랑하는 이가 죽어가는 걸을 방치하게 만든 곳이라 생각하자 오만정이 떨어져 버렸다.

"아무튼 당신의 끈질김은 절대 잊지 못할 거예요. 오늘은 서둘러 한국행 비행기를 타야 해서 곤란하니 다음에 미국에 오면 식사나 같이해요. 제가 대접 거하게 할게요."

"그 날이 오길 기다리죠. 그리고 부디 어머니 일은 잘되길 바랍니다."

"고마워요, 조나단."

계약을 마치고 회의실에서 나오자 스무 명 정도의 직원들이 사무실 여기저기서 서성거리다 일제히 그녀를 바라봤다.

"계약은 생각보다 더 좋은 조건으로 끝났어요."

"오오~"

"우와!"

직원들의 입에서 감탄사가 터져 나왔다.

판다고 했을 때 반대하던 이들도, 찬성했던 이들도 같은 반응이었는데 오늘부로 일부는 천만장자가 되고, 일부는 백만장자가 되었으니 당연했다.

"마무리 부탁드려요. 그리고 그동안 수고하셨습니다."

지난 나흘 동안 이미 충분히 헤어질 준비를 했었다. 그래서 그녀의 보고도, 인사도 짧았다.

우는 사람 없이 모두들 웃는 얼굴로 손을 흔드는 모습을 뒤로하고 우하란은 바로 공항을 가 한국행 비행기에 몸을 실었다.

그녀는 14시간의 비행 후 인천공항에 도착했다.

"시원섭섭하시겠습니다."

대기 중이던 최익현이 그녀의 짐을 받아 들며 위로를 했다.

"저보단 갑자기 일자리를 잃게 된 최 실장님에게 죄송해요."

본래 최익현은 한국 헥사네트워크 지사를 설립할 생각으로 올 초 한국에 들어올 때 데리고 온 직원이었다.

"1년도 일하지 않았는데 퇴직금이라 할 만큼 두둑하게 챙겨주셨잖습니까?"

"그야 열심히 하셨잖아요. 그리고 현재 실장님이 지내는 곳은 제 명의로 사둔 곳이니 편하게 머물다가 빼도 돼요."

"하하하! 다행이네요. 사모님이 나을 때까진 계속 돕고 싶었는데 쫓겨나면 어쩌나 싶었습니다."

최익현은 너스레를 떨며 계속 돕고 싶다는 의사를 비쳤다.

현재 사람이 많이 필요가 없어 최소한으로 줄일 생각이었다. 한데 자진해서 돕겠다는 사람마저 그만두게 할 수는 없었다.

"그러면 서울에서 대기하고 있다가 필요한 거 있으면 구해주세요."

"왔다 갔다 하겠습니다. 막연히 기다리는 건 성미에 맞지 않아서요."

"편한 대로 하세요."

두삼이 구해달라는 것이 무엇일지, 언제 구해달라고 할지 모르는 상황에서 것처럼 대기하라는 것도 그에겐 곤욕일 수 있겠다 싶었다.

"자, 그럼 악양으로 출발하겠습니다."

"그냥 고속버스터미널에 내려주셔도 되는데……."

"모셔다 드리는 게 제가 편합니다. 편하게 쉬세요. 한숨 자고 나면 도착해 있을 겁니다."

최익현은 연인과 드라이브라도 하는 양 신이 나서 차를 몰았다.

우하란은 들뜬 그를 보며 표정을 살짝 굳혔다. 딱히 여지를 준 적도 없는데 때때로 자신에게 구애의 눈빛을 보내는 그가 부담스러웠다.

'괜한 말을 했네. 엄마 일이 어느 정도 정리되면 확실히 선을 그어야겠어.'

지금은 사랑을 생각할 여유는 없었다. 그리고 설령 여유가 있었다고 해도 최익현에겐 어떠한 매력도 느끼지 못했다.

으뜸이라는 작은 간판 앞에 차가 멈추자 우하란은 서둘러 내려 안으로 들어갔다.

배영옥이 무사히 살아 있는 것에 감사하면서도 치료가 어느 정도 진척이 있는지 궁금했다.

"으… 흥… 아~"

한데 대문을 지나자 은은하게 들리던 민망한 소리가 본채로 다가갈수록 점점 커졌다.

우하란도 이게 무슨 소리인지 모르진 않았다.

'도대체 이게 무슨…….'

미국에서 오랜 기간 지내다 보니 꽤 개방적인 생각을 가진 우하란이었다.

그런데 벌건 대낮에 아픈 사람을 치료를 하는 곳에서 남들 모르게 조용히 하는 것도 아니고 은은한 신음 소리가 나니 인상이 찌푸려졌다.

"힐! 상당히 실력자(?)인가 보네요. 악양에서 홍콩으로… 험 험!"

주차를 하고 뒤따라오던 최익현이 뭔가 부럽다는 듯 한마디 하다가 우하란의 눈과 마주치자 헛기침을 하며 입을 닫았다.

"짐승이 아닌 바에야 장소는 가려야죠."

"…그, 그렇죠. 도대체 어떤 작자가 신성한 의원에서 이런 짓을 하는지 낯짝이라도 확인해 봐야겠군요."

"방법이라도 묻게요?"

"허허……. 가르쳐 준다면 사양하진 않… 농담입니다. 가, 같이 가시죠."

우하란은 최익현을 무시하고 본채 앞마당으로 갔다.

경호원 겸 운전사로 남겨뒀던 나문덕이 마당에서 안절부절 서성이다가 그녀를 보고 인사를 했다.

"아! 사장님, 오셨습니까?"

"…무슨 일이에요?"

두루뭉술했지만 질문의 의도는 명백했다.

"두삼이가 정 간호사를……."

"설마……! 문덕 씨는 말리지 않고 뭘 한 거예요!"

"예? 오, 오해 마세요. 마사지하고 있는 중입니다."

"…마사지라고요? 어떻게 마사지를 하기에 이런… 소리가 날 수 있는 건가요?"

질문이 아닌 질책이었다.

두 사람이 얘기하는 동안 신음 소리는 다시 절정을 향해가고 있었다.

"왜 저런… 소리를 내는 건지 저도 모릅니다. 하지만 확실히 마사지 맞습니다. 제가 너무 이상해서 몇 번이나 확인했는걸요."

"……."

자전거를 타다가, 샤워를 하다가, 심지어 자다가 부드러운 이불의 촉감에 오르가즘을 느낄 수 있는 일이었다.

그러니 마사지사에게 마사지를 받을 때도 느낄 가능성이 충분히 있었다.

하지만 정도가 심했다.

"좋아요. 마사지를 받는다고 쳐요. 한데 뜬금없이 왜 정 간호사에게 마사지를 하는 거죠?"

확인해 볼까 하다가 민망한 상황이 발생할까 포기한 그녀는 궁금한 점을 물었다.

"음의 기운이 필요하다든가 뭐라든가. 아무튼 꼭 필요한 일이라고 했습니다."

"음의 기운이라니……. 그런 얼토당토않은 말을 듣고만 있었던 거예요?"

"절대 들어오지 말라고 해서……. 죄송합니다."

"엄마는요?"

"치료실에서 뜸을 맞고 계십니다."

"치료실이라면 지금 마사지를 하고 있는 곳이잖아요. 정말 미친 거 아니에요? 저런 환경에서 치료를……!"

일방적으로 두삼에게 기댈 수밖에 없는 상황이라 웬만해선 그냥 넘어가려 했다. 한데 배영옥이 신음 소리로 가득할 치료실에 있다고 하자 도저히 참을 수가 없었다.

우하란은 치료실로 다가갔다.

특별한 짓을 하지 않고 있다는 걸 보여주기라도 하듯 문은 약간 열려 있는 상태였다.

문틈으로 두삼이 정 간호사를 떡 주무르듯 만지고 있는 것이 보였다.

"…오셨어요?"

우하란이 들어가자 두삼은 손은 멈추지 않은 채 살짝 고개를 숙이며 인사했다.

우하란은 그와 눈을 마주치지 않고 배영옥을 찾았고 방 한쪽에 가슴을 풀어 헤친 채 뜸을 맞고 있는 그녀를 찾을 수 있었다.

'엄마……'

같은 자리에 얼마나 많은 뜸을 떴는지 인중부터 배꼽 아래까지 새까맸고 떠날 때보다 많이 수척해진 배영옥의 모습을 본 우하란은 입술을 깨물었다.

특히 가까이 다가가자 살이 타는 듯한 역한 냄새가 코를 찔렀다.

우하란은 부글부글 끓어오르는 화를 참으며 살을 태우고 있는 뜸을 치우려 손을 뻗었다. 그러나 막 뜸에 손을 대려는 순간 두삼이 그녀의 팔목을 움켜잡았다.

정 간호사를 떡 주무르듯 만지던 손이라고 생각해서인지 아님 그의 말처럼 뭔가를 하던 손이라서 그런지 팔목에서 시작된 알 수 없는 찌릿함이 팔을 거쳐 온몸으로 번졌다.

묘한 불쾌감에 화들짝 놀란 그녀는 그의 팔을 뿌리쳤다. 그리고 뒤돌아보며 외쳤다.

"이 손 치……!"

그녀의 외침은 그의 얼굴을 정면으로 바라본 순간 이어지지 못하고 멈췄다.

미국으로 떠날 때와 비교도 안 되게 핼쑥해진 얼굴, 광대까지 내려온 다크서클, 얼굴만 보자면 배영옥보다 더 환자 같았다.

다만 두 눈만은 그 어느 때보다 살아 있었는데 욕정이라곤 눈곱만큼도 찾아볼 수가 없었다.

"어머님 상태가 그제 저녁부터 많이 안 좋습니다. 피부가 타는 것 때문에 뜸을 중지하면 더 이상의 희망은 없습니다."

"…그럼?"

"이번에 하는 치료가 마지막이 될 것 같습니다."

방금 전까지 가졌던 생각은 달아나 버렸다.

"…가, 가능성은 있는 거죠? 그렇죠?"

"솔직히 모르겠습니다. 할아버지의 진료 기록대로라면 일말의 가능성은 보이지만……. 아무튼 지금으로썬 이 방법밖에 없습니다."

"……."

어린 시절 선교사의 눈에 띄어 미국으로 건너간 후 중, 고등학교는 물론이고 대학까지 전액 장학금을 받으며 다녔던 그녀는 천재들 중에서도 상위 0.1퍼센트 안에 드는 천재였다.

한꺼번에 수십 가지 생각을 동시에 처리할 정도로 뛰어났고 대학교 때 흥미삼아 만든 기상 예측 프로그램으로 단숨에 미국 시민권과 사업 자금을 마련했던 그녀지만 지금은 어떤 생각도 나지 않았다.

회사를 팔아 억만장자가 되었지만 죽음 직전의 엄마를 위해 중얼거리듯 한마디 하는 것 말고는 할 수 있는 게 없었다.

"…살려줘요. 제발……."

"…할 수 있는 한 해보겠습니다. 한데 지금은 잠깐 나가 계세요. 지금은 기력을 좀 더 보충해야 합니다. 도움이 필요하면 부르겠습니다."

우하란은 자신이 지금 할 일은 그가 최선을 다해 치료에 전념하게 만드는 것임을 깨닫고 두말없이 자리에서 일어나 밖으로 나갔다.

＊　　　　＊　　　　＊

[모두 너 때문이야! 살려내! 살려내란 말이야!]

눈물을 흘리며 멱살을 잡고 흔드는 남자는 눈물을 흘리고 있었다.

[…죄송합니다.]

자신이 손대지 않았어도 헬기가 도착하기 전에 죽었을 것이란 말이 입에서 맴돌았지만 자식을 잃은 부모 앞에서 어떤 변명도 통하지 않음을 알기에 고개를 숙인 채 사과를 반복했다.

그들이 흔들면 흔드는 대로, 때리면 때리는 대로 맞으니 마음이 조금 가벼워지긴 했다. 그러나 마음 깊숙이 응어리진 죄의식이 사라질 리 만무했다.

화면이 바뀌었다.

하얀 가운을 입은 노년의 사내가 소리쳤다.

[멍청한 자식! 의사나 의원은 신이 아냐. 언제고 너의 그 무모한 사명감이 널 망가뜨리게 될 거다.]

젊은 두삼은 그가 자신을 위해 하는 훈계라는 걸 몰랐다. 그래서 오히려 발끈해서 외쳤다.

[그럼 의원이 눈앞에서 죽어가는 사람을 그대로 내버려 두란 말입니까? 그게 선생님이 가르치신 의원의 길입니까! 전 그렇게는 못 합니다.]

[……]

노년의 사내는 안타까운 눈빛으로 두삼을 바라보다가 한숨을 쉬며 돌아섰다.

그 순간 젊은 두삼은 사라지고 지금의 두삼이 그의 등을 향해 외쳤다.

'선생님! 선생님 말씀처럼 되었을 땐 어떻게 해야 합니까? 가르쳐 주십시오. 선생님! 선생님!'

그러나 노년의 사내는 경고만으로 할 도리를 다했다는 듯 뒤돌아보지 않고 어둠으로 사라져 버렸다.

"…선생님."

두삼은 잠꼬대 소리에 눈을 떴다.

의자에 앉은 채 깜박 잠이 든 모양이었다.

"…쓸데없는 기억까지 떠오르는 걸 보면 피곤하긴 피곤한가 보네. 아! 뜸!"

20분마다 뒤집으면서 한 번씩 갈아줘야 하는 뜸을 떠올리곤 배영옥을 바라보았다.

한데 배영옥 대신 잘빠진 여성의 뒷모습이 보였다.

"하란 씨? 안 자고 여기서 뭐 해요?"

"아! 깼어요? 잠이 안 와서요. 뜸은 제가 갈 테니 좀 쉬어요."

"잠이 깼습니다."

두삼은 그녀 옆으로 가 뜸이 제대로 놓였는지 살펴보았다.

모두 정확한 위치에 놓여 있었다.

"제대로 놓으셨네요."

"피부가 탄 자국이 이렇게 선명한데 다른 곳에 놓는 게 이상하죠."

"후후. 그런가요? 아무튼 덕분에 잠깐 쉴 수 있게 되었네요. 전 커피를 마실 생각인데 같이 한잔하실래요? 물론 작업은 아닙니다."

두삼은 잠이 덜 깬 건지 그답지 않게 농담을 했다.

하란이 눈썹을 살짝 올리며 잠시 그를 바라보았지만 농담이라는 걸 알았는지 가볍게 고개를 끄덕이며 일어났다.

"정신도 차릴 겸 밖에서 먹을까요?"

두 잔의 믹스 커피를 타서 그녀에게 건네며 말했고 하란은 별말 없이 커피를 받아 따라나섰다.

두삼은 호주머니에서 쓴 한약재를 꺼내 우물거리며 커피를 마셨다. 그 모습이 신기한지 하란이 한마디 했다.

"그렇게 먹으면 맛있어요?"

"먹어볼래요?"

두삼이 한 조각을 건넸고 하란은 잠깐 망설이다가 입에 넣었다. 그러나 잠깐 우물거리던 그녀는 갖은 인상을 쓰곤 뱉어냈다.

"으~ 흙을 퍼먹은 것 같아요."

"흙을 퍼먹어본 적은 없어서 모르겠지만 적절한 표현인 것 같네요."

"도대체 이걸 왜……. 참! 기운을 얻기 위해서라고 말했었죠?"

"맞아요. 마사지를 하면서 제가 가진 기운을 사용하는데 그걸 보충하기 위함입니다."

"무슨 말인지 여전히 이해가 되지 않지만 정 간호사에게 들었어요. 한약을 먹어 양의 기운을 얻고 여자를 마사지해서 음의 기운을 얻어서 하나로 만든다면서요?"

"헬스 선수들이 근육을 키우기 위해 단백질 음료를 마시는 것과 같다고 생각하면 돼요."

"그렇게 말하니 이해하기가 편하네요. 근데 요 며칠 식사도 제대로 안 하고 흙… 아니, 한약만 먹는 것 같은데 기가 많이 부족한가 봐요?"

하란의 말에 두삼은 호주머니에서 약재를 하나 더 꺼내 먹으며 별이 가득한 하늘을 봤다. 그리고 조용히 입을 열었다.

"기가 부족한 것이 아니라 최대치로 만드는 겁니다. 그리고 아침이면 그 최대치가 될 것 같습니다."

기를 채우고 비우기를 반복하다 보니 사용할 수 있는 기가 어느 정도인지 알 수 있었다.

"그럼……!"

똑똑한 여자라 그런지 금세 말의 의미를 알아들었다.

"네. 마지막 시도를 해볼 생각입니다. 혹시 모르니 아침에 잠에서 깨울 겁니다. 그러니… 할 얘기 있음 지금 하세요."

뜸 치료를 하고 얼마 되지 않아 배영옥의 몸에서 기가 급속히 소모되는 현상이 발생했다.

분명 뜸 때문은 아니었다. 두삼은 그것이 죽기 직전에 발생하는 현상이 아닐까 싶어 아예 나가는 혈을 모조리 봉쇄해 둔 상태였다.

혹시 정신을 들게 했다가 죽지 않을까 걱정이 되기도 했지만 성공 확률이 극히 희박한 치료를 하면서 마지막 인사도 못 하게 하는 건 도리가 아닌 것 같았다.

"작… 별… 인사인 건가요?"

"어쩌면요."

하란은 눈에 차오르는 눈물을 없애려는 듯 연신 깜빡거리며 두삼처럼 하늘을 바라봤다.

참으려는 시도가 실패했는지 몇 방울의 눈물을 흘리는 것 같았지만 두삼은 모른 척했다.

"…선생님은 아직 포기를 안 하셨죠? 그렇죠?"

하란은 습기 가득한 목소리로 물었다.

'선생님, 전 아직 정신을 못 차렸나 봅니다.'

두삼은 아까 꿈에서 본 노년의 사내의 얼굴이 떠올랐다. 그리고 그의 얼굴을 지우며 대답했다.

"…네."

"그럼 저도 작별 인사라고 생각하지 않을래요. 끝까지 포기하지 않을래요."

그녀의 선택에 대해 왈가왈부할 수 없었다.

두삼은 이렇다 할 말 없이 하늘에서 시선을 떼지 않았다.

하늘 한쪽에서 시커먼 구름이 몰려오는 것이 내일은 날씨만큼이나 힘든 하루가 될 것 같았다.

*   *   *

"…언제 미국에서 돌아왔니?"

두삼이 막아뒀던 혈의 일부를 풀자 배영옥은 잠을 자다 깬 사람처럼 깨어났다. 그리고 누워 있던 일주일을 기억하지 못했다.

"…조금 전에요. 몸은 좀 어떠세요?"

"글쎄다. 힘이 없고 계속 졸리구나. 그래 미국에 갔던 일은 잘 해결됐니?"

"네. 깔끔하게 해결했어요. 이제부터 한국에서 머물 생각이에요."

"엄마가 미안하다. 나 때문에 일 잘하고 있는 널……."

"미안하다는 말 이제 그만해요. 오히려 내가 미안해요. 진즉에 돌아왔으면……."

"후후후……. 그래. 이제 둘 다 미안하다는 말은 고만하자. 몸이 움직인다면 우리 딸 한번 안아봤으면 좋겠는데 자는 사이에 몸이 안 좋아진 모양이네."

"…제가 안으면 되죠."

하란은 배영옥을 조심스럽게 끌어안았다.

"그래, 그래. 우리 아가. 부디 행복하게 살아야 한다. 못난 애미지만 네가 결혼할 때까진 함께해 주고 싶은데… 이제 몸이 말을 듣지 않는구나."

배영옥은 자신의 몸 상태에서 죽음을 직감하고 있는 것이 틀림없었다.

"…그런 소리 말아요. 아무도 없는 결혼식 따윈 하고 싶지 않아요. 그리고 아이 낳으면 엄마가 봐주셔야 해요."

작별 인사를 하지 않겠다고 말하던 하란은 결국 눈물을 보이고 말았다.

"그래야… 할 텐데……. 너무 졸려서 잠깐 자야 할 것 같구나."

맥이 급격히 느려지고 있었기에 두삼은 이제 끝내야 할 때임을 눈빛으로 알렸다.

"그, 그래요. 깨서 다시 얘기해요, 엄마."

"…사랑한다, …아가."

"저도 사랑해요, 엄마."

옆에서 보고 있던 두삼도 뭉클해지는 장면이었지만 하란의 말이 끝나자마자 서둘러 혈을 다시 막았다.

"이제 그만 시작할까요."

멍하니 배영옥의 옆에 앉아 있는 하란에게 비켜달라는 말을 돌려서 했다.

"…아! 미안해요."

하란은 눈물을 닦으며 일어났다. 그리고 돌아서서 두삼을 빤히 바라보다가 고개를 숙였다.

말은 안 했지만 잘 부탁한다는 의미리라.

"약속한 돈을 받기 위해서라도 열심히 할 겁니다."

두삼은 농담으로 가라앉은 기분을 환기시켰다.

지금은 죽음에 대한 생각도, 모녀의 슬픔도, 고칠 수 있을까라는 의구심도 모두 잊고 집중할 때였다.

"하란 씨는 가급적 떠나지 말고 제가 부르면 바로 올 수 있게 옆방에서 대기해 주세요."

며칠 전 그녀의 손목을 잡았을 때 그녀의 몸 안에 상당한 음기가 있음을 알게 되었다. 게다가 어찌된 일인지 다른 사람과 달리 손목을 잡았음에도 몸에 있는 음기까지 흡수할 수 있었다.

딱히 필요할 것 같지 않았지만 혹시 몰라 대기시켜 두는 걸 잊지 않았다.

"할 수 있을 때까진 해보자고요. 하란 씨 결혼식을 보고 싶다면서요. 힘내세요. 저도 열심히 하겠습니다."

잠든 배영옥에게 중얼거린 후 그녀의 아랫배에 손을 올렸다. 지금은 최단 거리로 기를 보내야 했고 허락을 받을 수도 없었기에 개의치 않았다.

"살아나신다면 이번 일에 대해선 사과를 드리도록 하겠습니다. 그럼 시작하겠습니다."

기를 보내 임맥의 막힌 부분을 살짝 눌러 얼마나 말랑해졌는지 확인했다. 계속해서 뜸을 뜬 효과가 있는지 누르는 대로 움푹 파였다.

'이 정도면 됐어. 뚫어볼까!'

장갑을 얻고 기를 다루다 보니 기가 의지대로 움직인다는 걸 알 수 있었다.

두삼은 드릴을 생각했고 손에서 나간 기는 드릴이 되어 임맥이라는 길을 뚫기 시작했다.

'어쩌면……'

순조로웠다. 일주일 가까이 뜸을 뜨고 기를 이용한 무한 마사지 덕분인지 잠깐 사이에 아랫배에서 배꼽까지 뚫고 올라갔다.

그러나 샴페인을 빨리 터뜨린 모양이었다. 명치까지 올라가면서 서서히 속도가 늦어지더니 중간쯤에서 멈춰서며 연결이 끊어져 버렸다.

'이게 뭐야! 연결이 왜 갑자기 끊어져?'

두삼은 어이없는 상황에 다시 드릴을 만들어 보냈다. 한데 처음 뚫기 시작한 곡혈부터 다시 막혀 있었다.

'왜 이런 현상이……'

사실 모든 것이 처음이나 마찬가지이니 의문을 가져본들 뾰족한 수가 있는 것은 아니었다.

두삼은 역시 처음과 마찬가지로 드릴로 뚫어나갔다.

이번엔 뒤를 살피는 걸 잊지 않았는데 그에 드릴이 왜 멈추고 연결이 끊어졌는지를 확인할 수 있었다.

임맥을 꽉 막고 있던 이물질은 콘크리트처럼 부서지면 작은 조각이나 가루가 되는 고체가 아니라 점성이 강한 액체로 뚫렸다가 원래대로 돌아오며 드릴이 못 움직이게 만들어 버렸다.

"젠장! 뜸으로 막힌 혈맥을 부드럽게 만드는 것이 아니었나?"

할아버지의 기록을 보며 예상한 치료 방법이 잘못됐다면 이건 시작부터 잘못되었다는 것이다.

시간이 있다면 다시 시도해 본다지만 그것도 여의치 않으니······.

두삼은 손을 놓고 생각에 빠졌다.

'침과 뜸을 이용해 막힌 혈을 뚫는다는 사실은 부정하지 말자. 그마저 부정하면 정말 포기해야 해. 일단 침과 뜸의 역할이 달랐다고 본다면?'

포기하지 않고 이런저런 생각을 하다 보니 뜸을 교체한다고 밤을 샐 때 하란이 치료실에 설치해 둔 TV를 본 것이 기억났다.

터널 공사에 종사하는 이들의 얘기로 한참 뚫는 것에 꽂혀 있을 때라 유심히 봤었는데 그중에 다이너마이트를 이용해 산을 폭파시키던 장면이 떠올랐다.

'다이너마이트! 할아버지는 침을 다이너마이트처럼 이용한 게 아닐까?'

침의 역할이 뚫는 기능이 아닌 폭파시키는 기능을 가졌다고 가정을 하니 새로운 가능성이 열렸다.

당장에 다이너마이트라 생각하며 기의 침을 꽂았고 드릴이 아닌 폭발물이라고 생각하며 기를 보냈다.

'폭파! 터져! 쾅! 제발 폭발하란 말이야!'

아무리 강한 의지를 가져도 가능한 게 있고 불가능한 것이 있는 모양이었다.

기는 꿈쩍도 하지 않았다.

'폭발은 무리수였나? 그럼 할아버지는 도대체 어떻게 하신 걸까?'

시작할 때만 하더라도 결과가 어떻게 되든지 간에 꺼림칙한 마음만 최소화하자는 생각이었는데 어느새 과거 그날처럼 절대 죽게 내버려 둘 수 없는 마음으로 바뀌어 있었다.

'놓치고 있는 게 분명 있어. 그게 뭘까?'

일주일간 고생해서 풀어놓은 이물질들이 빠르게 굳어가고 있어 애가 탔지만 한편으론 생각하길 멈추지 않았다.

포기하지 않은 덕분일까 다행히 한 가지 방법이 더 떠올랐다.

이물질이 액체이니 뜨거움으로 증발시켜 버리면 되겠다는 단순한 생각이었다.

이번엔 실현 가능한 생각이었을까. 머릿속으로 뜨거운 불을 생각하는 순간 장심에서 나가는 기운이 뜨거워지기 시작했다.

그리고 기운이 더해지면서 뜨거워질 대로 뜨거워진 기운은 이물질과 만나자 순식간에 사라지게 만들었다.

"돼, 됐다!"

게다가 기의 침은 예상처럼 다이너마이트와 비슷한 역할을 했는데 장심에서 보낸 뜨거운 기운과 만나면서 더 넓게 이물질을 날려 버렸다.

두삼은 제대로 된 방법을 찾아냈음을 알았다.

그에 지금까지 끌었던 시간을 만회하려는 듯 신나게 길을 뚫어갔다. 뒤도 잊지 않고 살폈는데 증발을 시켜서인지 금세 막히거나 하진 않았다.

그러나 명치까지 일사천리로 뚫고 나가던 그는 새로운 문제에 봉착했다.

이물질을 순식간에 증발시켜 버릴 정도의 강력한 열기를 유지하는 데 기의 소모가 너무 심했다.

'이래선 내가 가진 기로는 임맥도 제대로 뚫지 못하겠는

데……. 과연 독맥까지 뚫을 수 있을까?'

걱정은 결국 현실이 되었다.

쇄골과 목이 만나는 곳에 위치한 천돌혈에서 기가 떨어졌다. 남아 있는 건 음기와 합쳐지지 않은 기운뿐이었다.

"하란 씨, 얼른 이쪽으로 건너오세요."

"네. 어떤 걸… 도와드릴까요?"

기다리고 있었는지 부르자마자 문을 열고 들어왔다. 그러다 배영옥의 아랫배에 손을 올리고 있는 걸 보곤 잠깐 머뭇거렸지만 내색하지 않고 그의 옆에 앉았다.

"제 손 좀 잡아주시겠어요? 느낌이 많이 이상할 수 있습니다."

"설마… 정 간호사에게 했었던 음양의 교환 그런 건가요?"

"예. 기분이 이상할 수도 있을 겁니다. 참을 수 있으면 참아도 괜찮고 못 참겠으면 소리를 질러도 상관없습니다."

"…반드시 필요한 거겠죠?"

"예! 치료를 위해선 반드시. 생각할 시간을 주고 싶지만 여의 치 않군요."

두삼은 그녀를 향해 손을 뻗었고 치료라는 말에 고민 없이 손을 맡겼다.

연인이 손을 잡듯 깍지를 끼자 음기가 물밀듯이 쏟아져 들어 왔다.

'이 여자, 음기가 순수하면서 강해.'

다른 여자들의 경우 음기를 촉발시켜야 원하는 만큼의 에너 지를 얻을 수 있었는데 하란의 경우는 몸에 있는 음기만으로도 충분할 것 같았다.

'근데 꽤 잘 참네.'

기분이 상당히 묘할 텐데 눈을 감고 입술을 꼭 다문 채 작은 신음 소리조차 내지 않았다.

그녀의 그런 모습을 잠시 신기하게 보던 두삼은 쓸 수 있는 기가 생기자 다시 작업을 시작했다.

한데 잠깐 쉬는 사이에 뚫어뒀던 경락에 다시 이물질이 쌓이고 있었다.

'역시 임맥과 독맥을 뚫어 순환이 되게 만들어 자정 능력을 복원시켜야 할 모양이네. 과연 독맥의 절반을 뚫을 수 있을지 의문이군.'

흐르는 물이 썩지 않듯이 경락이 뚫려 기의 흐름이 원활하면 웬만한 병은 자연 치유가 되었다. 문제는 남아 있는 기였다.

'뚫었다!'

임맥의 끝이라고 할 수 있는 턱에 위치한 승장까지 뚫은 두삼은 곧바로 한껏 뜨거워진 기를 생식기 밑에 있는 회음으로 보내 등 쪽 독맥으로 돌렸다.

하란이 가진 순수한 음기 덕분이었을까 우려했던 것과 달리 장강혈부터 신주혈까지 절반 가까이 뚫었음에도 기가 남아 있었다.

그러나 완전히 뚫기에는 아슬아슬한 수준, 해보는 데까지 해보자는 생각으로 계속 해나갔다.

'대추, 아문, 뇌호… 강간… 후정……'

독맥의 19번째 혈인 후정을 뚫고 기를 억지로 쥐어짜며 백회로 보냈다.

터엉!

지금까지와 달리 백회혈의 이물질은 증발되기는커녕 두삼이 보낸 기운을 밀어냈다.

게다가 이상한 건 튕겨져 나오는 소리가 두삼의 머릿속에서 들리는 듯했다.

'다시 한번!'

터어엉!

기운을 더해 다시 부딪혔다. 한데 부딪힌 힘만큼 반탄력이 되돌아왔다.

'크윽! 이게 무슨 일이야. 손만 대고 있는데 나에게 영향이 미치다니……'

순간 머리가 하얘지면서 몸이 부르르 떨렸다. 다시 시도하기도 싫을 정도의 충격이었다.

두삼은 어찌 보면 미련했다. 아니, 머리가 나빴는지도 모른다.

방금의 충격을 잊고 다시 시도했다.

터엉! 터엉! 터엉! 터엉!

누군가가 머리를 방망이로 후려치는 듯한 충격이 연속적으로 느껴졌지만 백회혈을 계속 두드렸다.

'으득! 이번이 정말 마지막이다!'

정신을 차릴 수 없을 만큼 멍한 상태에서도 두삼은 입술이 터지도록 물며 이성을 차렸다.

하란이 준 음기를 이용해 변환시켰던 기운도 바닥을 보이고 있는 상황. 이성은 멈추라고 말하고 있었지만 마지막 남을 기를 몽땅 쏟아부었다.

'젠장! 무사하다면 이젠 정말 두 번 다시는 무리하지 않을 테다.'

실패했을 시 반탄력으로 일어날 고통을 생각하자 몸이 부르르 떨렸다. 그러나 두삼은 기를 백회혈로 돌진시켰다.

터어어어엉!

타종하는 보신각 종 속에 들어가 있으면 이럴까. 폭탄이 옆에 터지면 이럴까.

지금과는 비교도 되지 않을 정도의 머리를 울리는 소리와 함께 충격이 온몸에 전해졌다.

"두삼 씨, 코, 코피가!"

갑자기 코피를 쏟은 두삼을 보며 하란이 놀라 소리쳤다.

두삼은 들을 수는 있었지만 말할 힘이 없었다. 한데 코피를 줄줄 흘리며 위태로운 모습을 보이는 그는 입꼬리를 올린 채 웃고 있었다.

'난 최선을 다했어! 그날도… 오늘도.'

두삼이 무리하면서까지 배영욱을 고치려 했던 이유는 과거의 누군가에게 최선을 다했다고 말하고 싶어서였는지 모른다.

'…여기까진가 봅니다. 편히 쉬십시오.'

7. 소문

지금까지 뚫은 것으로는 배영옥이 일어날 것 같지 않았다.

눕고 싶었다. 한데 몸에 이상이 생긴 건지 움쩍달싹도 할 수가 없었다.

'큭큭큭! 고작 과거에 최선을 다했다는 걸 스스로에게 증명하려고 몸을 망치다니. 어리석은 두삼아, 할아버지의 장갑은 너에게 너무 과분한 것이었어.'

모든 힘을 다 쓰고 나니 한편으론 후련하면서도 끝내 고치지 못한 것에 대해 미안함, 어리석음에 대한 후회가 밀려왔다.

"…사, 사람을 불러야겠어요."

은희경과 정소라를 마사지하면서 그녀들이 신음 소리를 내어도 딱히 이성이라는 느낌은 들지 않았었다.

한데 우하란이 상기된 얼굴로 걱정스럽게 중얼거리는 모습을 보자 가슴이 두근거렸다.

'하아… 이런 순간에……'

어이없음에 헛웃음이 나왔지만 그의 생각과 달리 몸은 본능에 따라 빠르게 달아올랐다. 그리고 잠재되어 있던 양기가 폭발했다.

두삼이 모르는 것이 하나 있었다.

그가 배영옥의 백회를 뚫기 위해 노력할 때 머릿속으로 임맥과 독맥을 그렸고 일부의 기운이 그의 몸에서도 똑같이 임맥과 독맥을 뚫고 있었다.

즉 백회를 뚫을 때 일어난 고통은 배영옥의 머릿속에서 일어난 반탄력이 아닌 그의 머릿속에서 일어난 반탄력이었다.

무섭게 일어난 양기는 음기를 원했고 순수하면서도 강한 하란의 음기를 끌어당겼다. 그리고 부족하다고 생각하자 멋대로 하란의 혈을 자극해 음기를 촉발시켰다.

'…뜨거워!'

서로에게서 촉발된 기운이 합쳐지자 지금까지완 달리 뜨거운 열기가 온몸에 지배했다. 그리고 기운은 세 갈래로 나뉘어서 하나는 두삼의 독맥으로, 또 다른 하나는 우하란의 독맥으로, 마지막 하나는 배영옥의 단전독맥으로 올라갔다.

'아! 아, 안 돼!'

뜨겁다고 해도 증발시킬 정도는 아니었는데 이런 상황에서 상당한 양의 기운이 좀 전과는 비교도 안 될 정도로 많았다.

이대로 부딪힌다면 셋 다 잘못될 가능성이 높았다. 하지만 이미 속도를 올린 기운은 두삼의 의지완 상관없이 백회에 부딪혔다.

펑!

아까와는 다른 소리가 귀청을 울렸다. 아니, 머리를 때렸다고 하는 것이 맞을 것이다. 두삼은 다른 사람을 걱정할 틈도 없이 머리가 터져 나가는 느낌과 함께 정신을 잃었다.

*   *   *

여명도 뜨지 않은 으뜸 마사지 숍에 가장 먼저 불이 켜지는 곳은 하란의 방이었다.

불이 켜지고 20분 정도 지나면 간단히 씻고 머리를 질끈 묶은 채 하란이 밖으로 나왔다.

마당의 적당한 곳에 자리한 그녀는 가볍게 스트레칭을 한 후 요가를 시작했다.

비행기를 타고 있을 때와 같은 특별한 경우가 아니라면 날씨가 어떠하든 매일처럼 하는 운동이었다.

'오늘 영하 4도까지 떨어지고 체감온도는 영하 10도가 넘을 거라고 했는데 약간 추운 정도로만 느껴지다니……. 역시 그날 일 때문인가?'

얼마 전까지만 하더라도 시작할 때 추위를 참으며 요가를 하느라 힘들었었다. 한데 사흘 전부터 추위가 잘 느껴지지 않았다.

어제, 그제는 그저 기분 탓이겠거니 했는데 오늘 확실히 몸에 변화가 생겼음을 알 수 있었다.

정 간호사가 왜 마사지를 받으며 신음 소리를 냈는지 이해하게 된 사흘 전, 두삼의 손에서 뜨거운 뭔가가 몸으로 들어왔었다.

또다시 쾌락이 시작되나 싶어 긴장하는데 뜨거운 기운은 조금 달랐다.

짜릿한 쾌감 대신 시원하고 상쾌하게 만들어주었는데 온몸을 돌고 난 후엔 다시 잡은 손을 통해 빠져나가 버렸다.

'내게 일어난 증상이 뭔지 궁금하긴 한데 물어볼 사람이 정신을 못 차리고 있으니. 그나저나 몸에는 이상이 없다는데 오늘도 깨지 못하는 건가?'

하란은 요가를 하면서 두삼의 방을 흘깃거렸다.

두삼은 배영옥을 치료한 날부터 지난 사흘 동안 정신을 못 차리고 있었다.

치료 도중에 코피를 쏟고 얼마 지나지 않아 정신을 잃고 있는 것을 본 그녀는 그를 병원으로 데려가서 정밀 검사를 받게 했다.

다행히 그저 잠들어 있는 상태라는 말에 일단 데려오긴 했지만 하루이틀 더 지켜보다가 계속 깨지 못한다면 다시 병원으로 데려갈 생각이었다.

운동을 마치고 씻으러 방에 가려 하는데 치료실 옆 배영옥의 방에 불이 켜지는 게 보였다.

발걸음을 돌려 노크를 한 후에 문을 열었다.

"깨셨어요?"

"으, 응. 자, 잤니?"

배영옥은 이불 홑청을 벗기다가 하란이 들어오자 당황하며 말을 더듬었다.

치료가 성공했는지 어쨌는지 모르지만 배영옥은 깨어났다. 두삼을 검사하면서 배영옥도 검사를 했지만 치료 전과 크게 달라진 것은 없었다.

다만 특이한 점은 똥, 오줌, 땀 따위의 배설물에서 독한 냄새가 난다는 것이었다.

한데 오늘 유독 심하게 냄새가 나서일까, 배영옥은 정 간호사가 깨기 전에 흔적을 최소화하려 한 모양이었다.

"제가 할게요."

"돼, 됐어! 넌 나가 있으렴."

하란은 배영옥이 싫다는데도 안으로 들어가 그녀가 들고 있던 이불과 베개를 뺐었다.

거무칙칙한 얼룩이 져 있었고 시궁창 냄새가 났지만 하란은 인상도 찌푸리지 않고 홑청을 벗겼다.

"이 이불은 못쓰겠네요. 그냥 버려야겠어요. 옷 벗으시고 얼른 샤워하세요."

하란이 워낙 강력하게 말하니 배영옥은 어쩔 수 없이 욕실로 향했고 그동안 하란은 이불과 옷을 밖에 내놓고 환기를 시켰다.

"엄마가 이 정도라면 한 선생님도 비슷하겠는데……."

배영옥만큼은 아니더라도 정신을 못 차리고 있는 두삼에게도 지난 사흘 동안 냄새가 많이 났다.

배영옥이 갈아입을 옷을 욕실 앞에 갖다놓고 두삼의 방으로 향했다.

똑똑똑!

노크를 하고 잠깐 기다려 보지만 역시 아무런 반응이 없었다. 그에 하란은 문을 열고 들어갔다.

"큭!"

아니나 다를까 역한 냄새가 코를 찔렀다. 배영옥의 방보다는 덜했지만 엄마와 외간 남자의 냄새가 같을 수 없었다.

잠시 환기를 시키고 기다리던 그녀는 냄새가 완전히 가실 때까지 기다렸다간 두삼이 얼어 죽겠다 싶어 적당히 가시자 안으로 들어갔다.

'정 간호사를 부를까?'

이불을 바꾸고 옷을 갈아입히려고 왔지만 막상 하려니 막막했다. 그러나 곧 덮고 있는 이불을 들추는 것으로 움직이기 시작했다.

고용을 했다지만 곤히 자는 이를 깨울 만큼 막돼먹은 고용주는 아니었다.

*   *   *

두삼은 하수구에 빠져 허우적대는 꿈을 꾸고 있었다. 지독한 냄새가 코를 찔렀고 하수에 흠뻑 젖어서인지 으슬으슬 떨렸다.

'이건 꿈이 분명해. 일어나자.'

맥락이 전혀 없는 상황이기에 꿈임을 확신한 그는 잠에서 깨어나길 원했다.

"……."

눈을 뜨자 가장 먼저 휑하다는 느낌이 들었다. 눈을 내리니 웃통을 벗고 있었는데 하란이 물티슈로 몸을 열심히 닦고 있었다.

무슨 상황인가 싶어 잠시 지켜보던 그는 자신이 입은 기억이 없는 체육복 바지를 내릴까말까 고민하는 하란의 모습에 입을 열어야 했다.

"…뭐 하세요?"

"……! 아! 깨, 깨어났어요?"

"이게 다 무슨 일입니까?"

두삼은 자신이 왜 누워 있고 하란이 왜 수발을 들고 있는지 현 상황이 궁금했다.

"그게 어떻게 된 거냐 하면요."

간결한 설명이 이어졌다.

"에? 사흘이 넘게 누워 있었다는 겁니까? 배영옥 씨는 어떻게 됐습니까?"

"엄만 깨어났어요. 가끔 고통을 호소하셔서 진통제를 먹어야 하나 말아야 하나 고민하는 걸 제외하곤 괜찮으신 것 같아요. 분비물에서 심한 악취가 나지만요."

분비물에서 악취가 난다는 건 몸의 자정 능력이 살아났다는 얘기였다.

'마지막으로 올라갔던 기운이 백회를 뚫어서 소주천을 이루었구나!'

배영옥은 목숨을 잃고 자신과 우하란은 몸에 이상이 생겼을 것이라 생각했는데 다들 무사하다니 정말 다행이었다.

"아! 하란 씨는 몸에는 이상 없어요?"

"없어요. 오히려 더 건강해진 것 같아요. 그날 온몸에 시원한 느낌이 들었거든요."

"냄새가 난다거나 하진 않고요?"

"전 괜찮아요."

우하란의 경우는 독맥이 막혀 있자 세맥들을 타고 온몸으로 퍼진 모양이다.

"오히려 한 선생님이 엄마랑 같은 증상이 일어나고 있어요."

"저한테 여사님이랑 같은 증상이요?"

"땀에서 심한 냄새가 나는 거요."

"아!"

손등에 코를 대고 킁킁거리던 두삼은 하수구 꿈과 그녀가 자신에게 뭘 하고 있었는지 알게 됐다.

두삼은 처음으로 자신의 내부를 살펴본다는 생각을 했다.

양손에서 시작된 기의 흐름이 팔로 몸으로 다리로 흐르며 몸 전체의 기의 흐름이 그려졌다.

'아! 임맥과 독맥이 이어졌어. 설마 그때 일어났던 현상이 내 백회를 뚫으면서 일어난 현상이었나?'

상황을 이해한 두삼은 옷을 추스르며 일어났다.

"어머님은요?"

"깨서서 씻고 계세요."

"그럼, 씻고 치료실에서 봤으면 하는데요."

"말씀드릴게요."

"아! 그리고 하란 씨."

두삼은 나가는 하란을 불렀다.

"네?"

"돌봐주신 거 감사합니다."

"아니에요. 저희 엄마를 치료하다가 그러신 건데요. 그리고 그동안은 정 간호사가 했어요. 제가 한 건 오늘이 처음이었어요."

별일 아니라고 말하는 모습에 더 고맙게 느껴졌다.

능력만 된다면 한번 대시해 보고 싶을 정도로 참 괜찮은 여자였지만 언감생심이었다.

나가는 모습을 지켜보며 쓴 입맛을 다신 두삼은 옷과 이불을 들고 욕실로 향했다.

'임독양맥 타동에 대해서 많은 말을 들었지만 이정도로 활력이 넘칠 줄이야.'

샤워를 하며 다시 내부를 살피자 두삼은 넘치는 활력에 놀라움을 금치 못했다.

며칠 전 치료를 하면서 가지고 있던 기의 양과는 비교도 안 될 정도로 순수한 기운이 넘치는 것은 물론이고, 한동안 치료를 하느라 무거웠던 몸이 한창 산을 탈 때보다 더 가벼웠다.

'운이 좋아 기연을 얻었지만 이젠 두 번 다시 과거에 연연해 모험 따윈 하지 않을 거야.'

이번 일로 이젠 과거에 대한 죄책감에서 벗어날 수 있을 것 같았다.

몸도 마음도 가벼워진 그는 콧노래를 흥얼거리며 샤워를 마친 후 치료실로 갔다.

"다시 뵙게 되어서 반가워요, 한 선생님."

배영옥이 제법 건강한 모습으로 반겨줬다.

"건강한 모습을 보니 저 역시 기쁘네요."

"선생님 덕분에 아무래도 건강해진 것 같아요."

"그건 일단 맥부터 살펴보고 얘기를 할까요?"

일시적인 건지 치료의 발판을 마련하게 된 건지는 일단 살펴봐야 했다.

배영옥의 팔목 맥을 잡고 기운을 들여보냈다.

팔목에서 임맥까지 큰 맥이 막혀 있는 건 변함이 없었는데 날뛰던 기운은 사라져 있었다.

'사라진 기운이 여기 있었군.'

마구잡이로 먹어 겉돌던 한약재의 기운은 잘 뚫린 임맥과 독맥에 자리해 있었다. 그리고 양맥을 돌며 막혀 있는 다른 경락에서 흘러나오는 나쁜 기운들을 제거하고 있었다.

배설물에서 냄새가 나는 것도 제거된 나쁜 기운이 몸 밖으로 배출되는 현상이었다.

'암의 기운이 약화되기 시작했어!'

할아버지의 치료법은 확실히 효과가 있었다.

종양이 작아지거나 하는 눈에 확 띄게 효과는 없었지만 기운이 줄어든 것은 알 수 있었다.

"고비는 넘긴 것 같습니다."

두삼은 손을 떼면서 말했다.

"정말인가요!"

모녀는 동시에 놀라면서 물었다.

"네. 아직 갈 길이 멀긴 하지만 조금 지나면 병원에서 검사를 해도 호전된 결과가 나타날 정도로 차도를 보일지도 모겠네요."

"아! 고마워요, 선생님."

"감사합니다! 엄마! 다행이에요. 정말 다행이에요."

"그래! 끝까지 포기하지 않아줘서 고맙구나."

"아직까진 추측일 뿐입니다. 치료는 아침 먹고 시작하겠습니다."

두삼은 모녀가 기뻐할 시간을 가질 수 있도록 조용히 치료실에서 나왔다.

                    *   *   *

악양에 불치병을 고칠 수 있는 마사지사가 있다는 소문과 여자에게 묘한 쾌감을 주는 마사지사가 있다는 소문이 비슷한 시기에 인터넷과 입을 통해 번져 나갔다.

물론 더 화제가 된 건 후자였다.

"에이! 거짓말. 남자의 손이니까 어느 정도야 느낄 수 있겠지만 오르가즘을 느낀다는 게 말이 돼?"

커피를 마시던 간호사는 동료인 파마머리 간호사의 말에 말도 안 되는 소리라며 면박을 준다.

그에 나이가 제법 있는 간호사가 동조하듯이 고개를 끄덕이자 처음 소문을 말했던 간호사는 더욱 강한 어조로 말했다.

"진짜라니까. 내가 아는 언니가 직접 경험하고 말해준 거라니까. 그 언니 말로는 엄청났대요."

"오호호호! 그 언니라는 분이 너무 굶어서 그런 거 아냐? 그래서 남자의 손이 닿자 쉽게 흥분한 거고."

순백의 천사라고 불리는 간호사들이 하는 말치곤 꽤나 걸었
다.

모닝 커피를 마시며 가볍게 한 말인데 자꾸 딴죽을 거니 파마
머리 간호사는 자신의 말이 사실임을 증명하고 싶어졌다. 그래
서 마사지사에 대한 다른 소문들을 덧붙였다.

"그 마사지사 환각지도 잘 고친대요. 그래서 거기 가보면 팔다
리 없는 이들이 꽤 있대요. 그리고 내가 말한 마사지를 받으려
면 꼭 예약을 해야 해요."

이래도 반박할 말이 있느냐는 듯 말했는데 대답은 엉뚱하게
문 쪽에서 들렸다.

"그건 헛소문임에 틀림없어요. 한의학에서도, 양의학에서도 환
각지가 불치병이라 불리는 이유를 생각해 보면 쉽게 알 수 있을
텐데요. 일반인도 아니고 의학 지식이 있는 간호사가 그런 말을
하다니 실망인데요."

출근을 하던 원장 김장혁이 한 말이었다.

"아! 워, 원장님 오셨어요?"

물리치료실 간호사들은 서둘러 인사를 하곤 2층으로 올라갔
다. 다만 소문을 말한 파마머리 간호사만은 접수처가 자신의 자
리였기에 어찌할 바를 몰라 했다.

김장혁은 마치 아무렇지도 않은 듯 말을 이었다.

"근데 한 간호사는 그 소문을 어디서 들은 거예요?"

"아는 언니가 말해서……."

"말하는 투를 봐선 직접 해본 것 같은데요?"

"아, 아니에요. 그저 예약만… 헙!"

파마머리 한 간호사는 말실수를 했음을 깨닫고 황급히 입을 닫았다.

"쩝, 내가 한 간호사 개인적인 일까지 간섭하고 싶지 않습니다. 다만 그런 대단한 마사지사가 있다니 저 역시 한번 보고 싶군요. 어디에 사는 사람입니까?"

"…여기서 가까워요."

"하동 읍내에 있습니까?"

"아뇨. 매계리에 있어요."

"매계리!"

매계리라는 소리에 가장 먼저 한언수가 떠올랐다.

어릴 땐 그저 사람 잘 고치는 괴팍한 할아버지 그 이상도 이하도 아니었다.

한데 한의대에 입학하고 한의학을 배우면서부터 그에 대한 인식이 180도 바뀌었다. 어린 시절 그가 들었던 소문만으로 판단해도 누구와도 견줄 수 없는 최고의 치료사임을 알게 되었다.

한언수는 침, 뜸, 안마 등 모든 면에서 우수했지만 특히 안마로 못 고치는 병이 없다고 할 정도로 대단했다.

지금 그에게 한언수는 실력 면에서는 닮고 싶은 존경의 대상이었고 그런 실력을 가지고도 이런 시골에서 생을 마감한 그의 삶에 대해선 경멸을 했다.

"그곳 사장의 나이가……?"

"원장님보다 젊던데요. 20대 중반쯤 되어 보였어요."

'손자인 그 녀석인가? 두삼이라고 했었지.'

동네 또래들과 어울리며 하루가 멀다 하고 말썽을 피우고 다니던 두삼이 떠올랐다.

딱히 접점이 없다가 한언수와 그의 아버지 김광도의 문제가 일어난 후 꼴에 할아버지를 위한다고 자신을 괴롭혔던 놈이었다.

'양아치 새끼. 할아버지한테 몇 가지 배운 모양이네.'

김장혁은 소문에 대한 흥미가 사라졌다.

잔재주 몇 가지로 사람을 현혹시키고 있는 모양인데 내버려두면 알아서 사라질 게 뻔했다.

사무실로 들어온 김장혁은 가방을 책상 위에 올려두고 가장 먼저 커피를 내렸다.

그의 하루 일과 중 가장 한가한 시간이며 많은 생각을 하는 시간이기도 했다.

'그나저나 간호사와 물리치료사를 한 명씩 줄여야 할 것 같은데.'

신장개업발이었는지 넘치던 손님이 최근 들어 확 줄었다.

김광도는 신경 쓰지 말라고 했지만 쓸데없는 곳에 돈을 쓰느니 그 돈으로 안마기 몇 대 들여놓는 것이 더 좋을 것 같았다.

그는 조만간 한 간호사와 안마사 중에 한 명을 내보내기로 마음을 먹었다. 한 간호사를 내보내는 것은 결코 자신보다 두삼을 어리게 봐서는 아니었다.

커피를 마신 그는 아침 일찍 온 첫 손님을 시작으로 하루 일과를 시작했다.

손님이 줄었다고 그의 노동시간이 준 것은 아니었는데 한 명의 손님에게 예전보다 몇 배의 시간을 투자하고 있었다.

만일 실험해 본다는 생각이 없었다면 아무리 손님이 없다고 해도 절대 할 짓이 못 됐다.

특히 진상 손님을 만나면 물릴 수 있으면 물리고 싶은 생각이 간절했다.

"시간만 억수로 잡아먹고 어깨 상태는 그대론데 무슨 치료비가 이렇게 비쌉니까?"

마치 자신에게 들으라는 듯 큰소리로 외치는 손님, 아니, 양아치의 목소리에 침을 놓던 김장혁의 표정이 구겨졌다.

'수준 낮은 인간들하곤……'

만일 자신이 상대했다면 치료비 필요 없으니 꺼지라고 했을 것이다. 그러나 다행히 진상을 상대하는 건 간호사들의 몫이었다.

속으로 욕하는 걸로 스트레스 지수를 낮춘 그는 신경을 끄고 다시 치료에 집중하려 했다. 그러나 뒤이어 들리는 소리에 다시 인상을 구겨야 했다.

"지난번엔 매계리에 가서 마사지 한번 받고 났더니 괜찮더고만. 소문 듣고 여기 온 내가 병신이지. 에잉!"

비교만 하지 않았으면 참았을 것이다. 그러나 비교당하는 걸 병적으로 싫어하는 그였다.

진료를 마무리하고 사무실로 돌아온 김장혁은 환자 차트를 확인하고 전화기를 들었다.

ㅡ장혁 군, 오랜만이군. 시골에서 고생이 많지?

"잘 지내셨습니까, 차 실장님."

—나야 항상 잘 지내지. 한데 목소리가 가라앉아 있는 것이 무슨 일이 있냐?

차 실장이라 불린 사내는 오랫동안 김장혁과 알고 지내서 그런지 목소리만 듣고도 기분 상태를 파악했다.

"매번 비슷한 경우죠."

—쯧! 누가 또 네 기분을 상하게 한 모양이구나.

"미안합니다. 매번 이런 일로만 전화를 드려서."

—됐다. 안 그래도 요즘 사무실에만 있으려니 지루했던 참이었다. 어떻게 해줄까?

자주 있던 일인지 가타부타 없이 의견을 물었다.

"세상에 얼마나 많은 갑들이 살고 있는지 알게 해주세요."

김장혁은 그동안 눈엣가시 같은 존재들은 물론이고 기분을 나쁘게 했던 이들에게 나름대로의 방식으로 본때를 보여줬었다.

폭력은 쓰지 않았다.

다만 상대에 맞게 권력과 인맥을 이용해 괴롭혔다.

가령 작은 가게나 사업을 하는 이에겐 세무조사를 받게 만들거나 납품 관련 일을 방해했는데 그에겐 단순히 기분을 풀고자하는 일이었지만 당하는 이들에겐 미치고 팔짝 뛸 노릇임에 틀림없었다.

—큭큭큭! 또 한 사람의 인생이 바닥으로 떨어지겠군. 간혹 그들이 절망하는 모습을 보고 있노라면 묘한 쾌감 같은 게 느껴진다니까.

"그럼 부탁드리겠습니다. 지금 그 사람에 대한 정보를 보내겠습니다."

―그래. 결과가 나오면 어떻게 됐는지 알려주마.

전화를 끊고 김장혁은 진상 손님의 개인 정보를 차 실장에게 보냈다.

그리곤 이내 잊은 듯 공부에 집중했다.

한 사람의 인생이 어떻게 되든 그에겐 나중에 보고 받으면서 잠깐 '그런 인간이 있었지'라며 떠올릴 하찮은 일일 뿐이었다.

"먼저 퇴근합니다. 모레 봐요."

일과를 마친 김장혁은 의례적인 인사를 하고 나왔다. 그리고 차에 올라 시동을 걸었다.

내일 휴원이라 서울에 가서 간만에 술이나 한잔할 생각이었다.

삼거리 신호등에 서 있던 그는 문득 매계리 방향을 바라보았다.

'잠깐 들러볼까?'

두삼의 소문을 하루에 두 번이나 듣게 되니 아무래도 신경이 쓰였다.

"고작 마사지사에 불과한 놈에게 신경을 쓰다니……."

자신과 비교도 안 되는 직업을 가진 두삼에게 신경을 쓴다는 자체가 자존심이 상했지만 말과 달리 그는 어느새 차를 매계리 방면으로 돌리고 있었다.

'그럭저럭 되나 보네.'

김장혁은 두삼의 집 근처에 도착해 차 안에서 10분 정도 상황을 살펴보았다.

오가는 사람은 보이지 않았지만 대문 앞에 몇 대의 차량이 서 있는 것이 손님이 아주 없지는 않은 모양이었다.

그냥 돌아갈까 하다가 여기까지 왔다가 그냥 가는 것도 우스웠기에 차에서 내렸다.

아예 모르는 사이도 아니었기에 만나게 되면 인사 겸 마사지를 받으러 왔다고 할 요량으로 열린 대문으로 들어갔다.

'옛날 그대로군.'

한언수와 김광도가 사이가 좋을 때 명절이면 제법 값나가는 선물을 사서 인사차 왔었다. 그리고 그때마다 김광도는 김장혁을 데리고 왔는데 그는 이곳에 오랫동안 머물기를 싫어하는 김광도에게 빨리 가자고 떼를 쓰는 역할을 맡았었다.

나이에 비해 어른스러웠던 그에게는 낯 뜨거운 짓이었지만 두둑한 용돈이 떨어지는 일이었기에 기꺼이 동참을 했었다.

'그나저나 방향을 가리키는 종이 몇 장 붙여놓은 게 단가? 참, 장사 날로 해먹는군.'

사람이 왔는데 안내해 주는 사람은커녕 내다보는 사람도 없었다.

과연 이따위로 해서 손님이 있을까 의문일 정도로 허접해 보였다.

'괜히 왔군. 그냥 가야겠어.'

김장혁은 두삼이 불치병인 환각지를 고쳤을 거라 생각하지 않았다. 뭐 눈엔 뭐만 보인다고 자신이 그랬던 것처럼 부풀려 소문을 냈다고 믿고 있었다.

그런 생각을 가지고 있는데 입구부터 엉망이니 굳이 보지 않아도 될 것 같아 발걸음을 돌렸다.

차에 올라 시동을 걸려는 찰나 두 대의 차량이 올라오는 것이 보였다.

염탐하러 왔다는 생각 때문인지 자신도 모르게 스위치에서 손을 떼며 고개를 움츠렸다.

"이 시간에도 오는 손님이 있는 걸 보면 실력이 아예 없는 건 아닌가 보네. 어? 저 여자는 우하란! 근데 여긴 무슨 일로……?"

올라온 이들이 얼른 안으로 사라지길 기다리는데 커다란 밴에서 내리는 여자는 그가 아는 얼굴이었다.

짧은 만남이었지만 하루에 한두 번은 접수 기록을 살펴보며 생각할 정도로 마음에 드는 여자였다.

우하란이 왜 이곳에 있는지에 대한 의문은 금세 풀렸다.

차에서 그도 진맥을 해본 적이 있는 배영옥이 예전보다 훨씬 좋아진 얼굴로 내리고 있었다.

"설마……?! 아닐 거야. 말도 안 되는 일이야."

두삼이 암을 치료했다는 생각에 그는 발작적으로 아니라고 외쳤다.

그러나 예전보다 더 나빠 보이거나 이미 이 세상 사람이 아니었어야 할 배영옥이 건강해진 모습으로 웃고 있는 모습을 보니 왠지 말도 안 되는 일이 사실일지 모른다는 생각이 스멀스멀 피어올랐다.

암을 잘 고쳤던 한언수의 기술을 두삼이 알아냈다면 충분히 가능한 일이리라.

'아냐. 그냥 우연일 뿐일 거야. 수술이 잘돼서 마사지 치료를 받으러 왔을 수도 있어. 그게 아니라면 내 의원에 찾아왔을 때

그리 심각한 상태가 아니었을 수도 있고.'

김장혁은 현실을 부정했다.

공부는 않고 말썽만 피우고(두삼이 정신을 차렸을 때 그는 이미 악양을 떠난 후였다) 의원도 아닌 고작 마사지사에 불과한 놈이 6년간 공부 끝에 한의대를 졸업하고 4년이 넘게 실습해 온 자신조차 엄두도 내지 못하는 병을 고쳤다는 것을 인정할 수 없었다.

김장혁은 묘한 패배감과 왠지 모를 질투심에 잔뜩 굳어진 얼굴로 차에서 내려 그녀의 뒤를 밟았다.

우하란은 수행원들로 보이는 이들과 함께였는데 다들 기분이 좋아서인지 조금 떨어져 따라가는 그를 발견한 사람은 없었다.

우하란 일행이 건물로 다가가 두삼을 찾았다.

곧 단번에 알아볼 수 있을 정도로 어린 시절의 얼굴이 남아 있는 그가 방에서 나왔다.

'한두삼!'

우하란은 두삼을 향해 잔뜩 흥분한 얼굴로 뭔가를 말했다.

거리가 멀어 무슨 말을 하는지 전혀 들리지 않았지만 배영옥을 돌아보면서 말하는 폼이 왠지 알 것만 같았다.

'가식적으로 웃지 마!'

그녀의 말에 기쁘게 웃는 두삼의 모습이 그에겐 가식적으로 느껴졌다. 그래서 속으로 웃지 말라고 소리칠 때 눈에서 불똥이 튈 일이 발생했다.

우하란이 그를 껴안은 것이었다.

김장혁은 고개를 돌렸다. 그리곤 더 이상 보지 못하고 밖으로 나왔다.

복잡한 심정에 머리가 어지러웠다. 그러나 감정만은 오직 한 가지였다.

분노.

차를 타고 매계리에서 내려오면서 김장혁은 차 실장에게 다시 전화를 걸었다. 그리고 말했다.

목표물이 바뀌었음을.

＊   ＊   ＊

두 부류의 손님이 늘었다.

하나는 이영호가 환각지로 고통 받는 이들이 운영하는 카페에 글을 올리면서 환각지 환자들이 늘었고, 다른 하나는 여성 마사지 손님이었다.

때마침 임독양맥이 연결되면서 기가 넘쳤기에 손님이 늘었어도 지금까지처럼 약초를 입에 달고 살 필요는 없었다.

그저 밥 잘 먹고 잘 자는 것만으로도 하루하루 기력이 넘쳤다.

그리고 양기와 음기의 결합도 번거롭게 음기를 받아들여 양기와 합친 후 돌려줄 필요가 없었다. 그저 음기를 받아 음양순환 일소주천(흔히 소주천)을 하면 조화로운 기가 되었고 그걸 넘겨주면 되었다.

즉 하루에 여러 명의 여자 손님을 받아도 문제될 것이 없다는 얘기.

그러나 할아버지가 일주일에 한 명에게만 해준 이유가 있을 거라고 생각하고 두삼 역시 일주일의 한 명에게만 성인용 마사지를 해줬고 나머진 그저 기분이 좋은 정도로만 해줬다.

그럼에도 불구하고 사람들은 점점 늘고 있었다.

"여전히 간지러우세요?"

두삼은 잘린 팔이 간지럽다고 찾아온 중년의 손님에게 물었다.

"예. 약간 좋아진 것 같긴 한데 예전과 큰 차이는 없는 것 같습니다."

"음……."

두삼은 잘린 팔에서 손을 떼지 않은 채 고민을 했다.

'도대체 뭐가 문제지? 정말 심리적인 문제인 건가?'

이영호를 포함에 환각지 손님은 이번이 네 번째.

앞서 찾아온 세 명의 경우 외부로 흐르는 기를 차단하는 것으로 고통과 간지러움에서 벗어나게 할 수 있었다. 한데 이 중년 사내의 경우는 차단을 했음에도 여전히 간지러움을 호소하고 있었다.

그에 원인을 찾아보려고 여러 가지 시도를 해보지만 마땅한 다른 방법이 없었다.

"자다가도 깹니까?"

"예. 어제도 깼습니다. 여기 보시면 긁은 자국 보이시죠. 피가 나야 조금 시원해지거든요."

어제까지 없었던 선명한 핏자국이 그가 얼마나 긁었는지를 보여주는 듯했다.

'자다가 깼다면 완전히 심리적인 것도 아닌 것 같은데 도무지

이유를 모르겠네.'

사람이 제각각이듯이 같은 증상을 가졌다고 해서 항상 같은 치료법으로 치료가 되지 않았다.

"일단 며칠 더 지켜보죠."

아무래도 며칠간 할아버지의 지하 서재의 책을 더 꼼꼼히 살펴봐야 할 것 같았다.

"저… 근데 내가……."

사내가 주춤거리며 뭔가를 말하려 할 때 밖에서 우하란이 부르는 소리가 들렸다.

어제 서울에 있는 병원에 검사받으러 갔다 온다더니 이제야 도착을 한 모양이었다.

"잠시만이요. 한 10분 뒤에 다시 오겠습니다."

중년 손님에게 양해를 구하고 밖으로 나갔다.

환하게 웃고 있는 배영옥과 하란의 모습에서 결과를 먼저 짐작할 수 있었다.

"잘 다녀오셨습니까? 결과는 어떻답니까?"

"어떨 것 같아요? 맞춰봐요!"

우하란은 잔뜩 흥분한 목소리로 되물었다.

"글쎄요. 궁금하니까 얼른 말해봐요."

두삼은 좋은 분위기를 굳이 망칠 이유가 없었기에 적당히 보조를 맞췄다.

"전이가 완전히 멈추고 암이 점점 작아지고 있대요. 아예 사라진 부분도 있고요. 현재 상태로 진행된다면 1, 2년 안에 완전히 나을 수 있대요."

치료를 한 사람이 바로 두삼인데 배영옥의 상태를 모를 리가 없었다.

다만 확인시켜 줄 방법이 없었기에 병원에서 확인하고 오라 한 것이었다.

"잘됐군요. 축하드립니다."

"고마워요! 이게 다 한 선생님 덕분이에요."

우하란이 갑자기 껴안았다.

뭉클해지는 순간이었다.

"…하하하. 감사합니다."

뭘 감사하단 건지 그의 말투가 애매모호했다.

하란은 너무 오버했다고 생각했는지 서둘러 떨어지며 변명을 했다.

"미, 미안해요. 미국에선 흔한 인사이지만 한국에서 좀 다르다는 걸 생각하지 못했네요."

"크게 다르지 않습니다. 그리고 각국 문화는 존중받아야죠. 얼마든지 환영입니다."

"…네?"

"…핫핫핫! 자꾸 헛소리가… 아무튼 다녀오느라 고생하셨습니다. 지금 마지막 손님 보고 있으니 아예 밥 먹고 진료를 하도록 하겠습니다."

쇠뿔도 단김에 빼랬다고 좋아지고 있는 배영옥의 치료는 피치 못할 사정이 있지 않는 한 하루도 빠짐없이 하는 것이 좋았다.

"어? 왜 나와 계세요?"

치료실로 가는데 중년 손님이 나와 있었다.

"할 말이 있어서요."

"말씀하세요."

"아무래도 집에 가봐야 할 것 같습니다."

"아! …그렇습니까?"

"예. 치료도 지지부진한데 오래 머물러 있기도 뭐하고… 갔다가 해결되고 나면 다시 오겠습니다. 한 사나흘이면 충분할 겁니다."

옳은 말이었다.

딱히 치료할 방법이 있는 것도 아닌데 계속 붙잡고 있는 것도 우스웠다. 그리고 손님 스스로가 떠난다는데 뭐라 할 수도 없는 일이었다.

다만 미묘한 문제가 있었는데 바로 치료비였다.

이영호에게 치료가 완료된 후 치료비와 소정의 성공 사례금을 한꺼번에 받았는데 소문을 듣고 찾아온 환각지 손님도 그것을 기준으로 받았었다.

한데 성공을 했을 때는 전혀 문제가 없던 것이 막상 실패를 하자 미묘해졌다.

성공 사례금이야 당연히 못 받는다고 해도 이곳에 숙식을 하며 머문 가격을 산정을 하려니 얼마로 해야 할지 머리가 복잡했다.

'사흘 뒤에 온다는데 신경 쓰지 말자.'

뭔가 찝찝한 느낌이 들었지만 다른 선택의 여지가 없었다.

"그럼, 내일 아침에 한 번 더 살펴본 후에 다녀오시는 걸로 하십시오."

"그러죠. 그럼 난 쉬겠습니다."

중년 손님과 헤어진 후에 배영옥의 방으로 걸음을 옮겼다. 취소된 김에 얼른 해버리고 저녁을 먹을 생각이었다.

"일찍 오셨네요? 엄만 씻으러 갔어요."

배영옥 대신 하란이 반겨준다.

"있던 일이 취소됐습니다. 그래서 빨리하고 편하게 저녁을 먹으려고요."

"차라리 그게 낫겠죠. 한데 얼굴 표정이 별로 안 좋은데 무슨 일 있어요?"

"별거 아닙니다. 치료를 받던 손님이 바쁜 일이 생겨 집에 다녀온다고 해서 쓸데없는 고민 좀 했습니다."

"치료를 했는데도 계속 간지럽다는 손님 말인가요?"

"네."

벌써 두 달이 넘게 외진 시골집에 다 같이 모여 살다 보니 손님에 대해선 모르는 게 없었다.

"제가 볼 때 그 사람 좀 이상하던데."

"어떤 점이요?"

"글쎄요. 꼭 집어서 말하긴 그렇지만 처음 왔을 때에 비해 고통스러워 보이지 않아요. 마치 다 나았는데 연극을 하는 것처럼 보인다고 할까요."

"에이~ 설마요."

설마 그렇게까지 할까 싶으면서도 나쁘게 보면 지금까지 이해가 되지 않던 부분이 설명이 되기는 했다.

"제가 잘못 봤을 수도 있겠죠. 근데 한 선생님 보기보다 허점이 많다는 거 아세요?"

"헐~ 불똥이 왜 갑자기 저에게 튑니까? 어떤 면에서 그리 허점이 많은지 들어봅시다."

"가진 능력에 비해 장사는 너무 못해요."

가게를 처음해서 능숙하게 잘한다고 생각하진 않았지만 그렇다고 아주 못한다고 생각하지도 않았다.

"저 생각보다 많은 돈을 벌었습니다. 특히 하란 씨에게 성공 수당을 받으면……."

"제가 안 주면 어쩌려고요?"

"…아!"

두삼이 한 가지에 집중하면 다른 걸 생각하지 못해서 그렇지 바보는 아니었다.

지금까진 장갑의 기능에 대해서 알아가며 실력을 키우고 치료를 하는 데 전념했었다. 한데 하란의 말에 의원이 아닌 자영업을 하는 사장으로서 자신을 바라보게 되었다.

나름 돈을 벌기 위해 머리를 썼다고 생각했는데 깨닫고 보니 완전히 엉망진창이었다.

'하란 씨 말이 맞아. 그녀가 제시한 성공 수당 10억은 주지 않는다고 해도 내가 할 말이 없어.'

그녀는 암이 나았을 때 10억을 준다고 했었다. 계약서도 쓰지 않은 채.

암이 사라졌다고 완치라고 볼 수 있을까? 아마 해석하기에 따라 다를 것이다.

돈을 주기 싫은 사람이라면 완치의 기준을 재발하지 않는다는 조건까지 내걸 것이다.

그럼 완치 판정은 족히 수년에서 십 년이 걸릴 게 분명했다. 그리고 설령 완치 판정을 받았다고 하더라도 그녀가 준다는 말을 하지 않았다고 시치미를 떼면 받을 수가 없는 돈이었다.

환각지 손님도 마찬가지.

나았지만 낫지 않았다고 말하면 땡전 한 푼 못 받을 수도 있었다.

하란은 두삼이 충분히 생각할 때까지 기다렸다가 입을 열었다.

"전 약속을 지킬 테니 걱정 마세요. 그저 한 선생님이 잘되길 바라는 마음에 한 얘기예요."

"그렇습니까? 비싼 수업료 지불했다고 생각하고 있었는데……."

"돈을 너무 쉽게 포기하면 안 되죠. 그리고 오늘 병원에서 1년은 넘게 사실 거라는 진단을 받았어요. 그래서 이 통장을 만들어왔고요."

하란은 두삼의 이름으로 된 통장을 건넸다. 그곳에는 1억 원이 들어 있었다.

"성공 수당은 암이 없어지면 드릴게요. 당연히 재발에 대해선 책임을 묻지 않을 거고요."

"방금한 말 계약서로 써주면 고맙겠군요."

"기꺼이요. 그나저나 학습이 빠르네요. 호호호!"

"가르쳐 준 선생님이 마음도, 얼굴도 예쁜 사람이니까요. 하하하!"

상대의 약점을 약점으로 보지 않고 또한 상대가 무안하지 않게 언급해 일깨워 주는 하란은 정말이지 멋진 여자였다.

　　두삼은 하란과 가벼운 농담을 주고받으면서도 한편으론 자영업이 쉬운 일이 아님을 새삼 느끼고 있었다.

＊　　　　＊　　　　＊

　　"다 됐습니다. 역시 간지러움의 원인이 될 만한 것은 찾지 못했습니다."

　　두삼은 중년 손님의 팔에서 손을 떼며 말했다.

　　"수고했어요. 사나흘 뒤에 봅시다."

　　"네. 그리고 이건 영수증입니다."

　　두삼은 아침에 일어나 계산해서 작성해 둔 영수증을 중년 손님에게 건넸다.

　　방금 전까지 웃는 얼굴로 기분 좋게 마사지를 받던 사내의 표정이 굳어졌다.

　　"…이게 뭡니까?"

　　"지난 여드레 동안의 숙식비와 마사지, 약초 사용 비용입니다."

　　두삼은 물티슈로 손을 닦으며 사무적으로 대답했다.

　　"내 말은 이걸 왜 받느냐는 겁니다. 들어올 때 분명 치료에 성공하면 성공 사례비로 오백만 원에 치료비를 주기로 했잖소? 근데 성공했소?"

　　두삼은 살짝 눈을 좁혔다. 어제 했던 우려가 현실로 나타날 것 같았다.

그러나 아직까진 당연히 가질 수 있는 의문이었기에 침착하게 대답했다.

"성공을 못 했으니 당연히 성공 사례비는 주지 않으셔도 됩니다. 그러나 숙식비와 마사지 비용 1일 3만 원과 치료에 사용한 약초의 원가는 지불하셔야죠."

"…좋소. 숙식비야 적당한 가격이니 그렇다 칩시다. 하지만 마사지 비용과 약초는 성공을 위해 투자를 한 거 아니오. 그런데 성공을 하면 성공 사례를 받고 실패를 치료비를 받겠다는 말이오?"

사내의 말투가 점점 거칠게 바뀌었다. 그러나 두삼은 계산서를 작성하면서 질문에 대한 대답도 어느 정도 생각해 둔 상태였다.

"그냥 웬만한 병이라면 그럴 수도 있겠죠. 한데 아직까지 불치병이라 불리는 환각지를 고치는 데 치료비와 약초 값을 안 받고 무작정 시간과 돈을 투자하라는 말씀입니까?"

"그건… 아, 아무튼 내 입장에선 아무것도 얻지 못하고 돈만 지불해야 하는 것이니 억울하지 않소. 성공 사례금이 싼 것도 아니고."

성공 사례금 500만은 절대 비싸게 책정한 것이 아니었다.

세상에서 오직 두삼만 할 수 있는 일. 몇 천을 받는다고 해도 분명 치료를 받겠다는 사람들이 줄을 설 일이었다.

할아버지의 유언인 염치가 있어야 한다는 말만 아니었다면 입맛대로 가격을 책정했을 것이다.

'염치가 없는 인간이군. 정말 줄이고 줄여 계산한 것인데도 이런 식으로 나오다니.'

식비 한 끼 5천 원, 숙박비 하루 3만 원, 몇 시간씩 경락의 경로를 바꾸느라 고생한 일도 마사지비라는 명목으로 일일 3만 원, 마지막으로 약초는 원가.

두삼은 더 이상 싸우기 싫었다.

애초에 정확하게 말하지 못한 자신의 잘못도 없다고 할 수는 없었다.

그에 타협안을 제시했다.

"그럼, 마사지비는 빼는 걸로 하겠습니다. 이제 만족하십니까?"

"험험! 그 정도라면 나도 이해할 수 있소. 5개월로 해주쇼."

사내는 아깝다는 표정으로 카드를 건넸다. 그리고 결제를 하고 나자 챙겨놓은 짐을 들고 휑하니 가버렸다.

"돈은 잘 받았어요?"

떠나는 그를 보고 있는데 하란이 궁금했는지 다가와 물었다.

두삼은 말없이 들고 있던 영수증을 그녀에게 건넸다.

"뭐예요? 숙박비가 제가 내는 돈의 삼분의 일도 안 되네요?"

영수증을 본 하란은 입을 삐죽이며 장난스럽게 말했다. 그녀는 하루 10만 원씩 내고 있었다.

"숙박을 하는 마지막 손님이라 그렇게 받았습니다. 그리고 이제부터 이곳에서 숙박은 불가합니다."

"에? 저희보고 숙소를 구하라는 소린가요?"

"아뇨. 하란 씨 일행은 가게 손님이 아닌 제 손님으로 머무는 겁니다."

"휴우~ 다행이네요. 순간 옆에 집을 지어야 하나 했거든요. 근데 저 사람은 다시 올까요?"

"아마 올 겁니다."

"안 올 것 같은데요?"

"내기해도 좋습니다."

오늘 아침 마사지를 하며 반영구적으로 막아뒀던 혈을 느슨하게 만들어뒀다. 아마 보름 정도면 다시 뚫리며 이곳에 오기 전의 상태로 돌아갈 것이다.

'약속대로 사나흘 후에 바로 온다면 최선을 다해 고치려 노력하겠지만 보름 이후에 온다면 당신의 행동에 걸맞게 대해줄게요.'

장사에 대해 조금씩 알아가는 두삼이었다.

8. 호사다마

가게의 경영적인 측면을 보완하면서 한 달에 두 번 휴일을 가지기로 했다.

　돈에 여유가 생기자 마음의 여유가 생긴 것이다.

　"오늘은 여기까지 하겠습니다."

　오늘로 12경락 중 족양명위경과 족태음비경, 수태양소장경을 뚫었다.

　임맥과 독맥을 세차게 도는 기를 이용하여 뚫었는데 경락을 뚫어갈 때마다 조금씩 수월해지며 빨라지고 있었다.

　"고생하셨어요, 선생님."

　"여사님도 애쓰셨어요. 참! 내일부터는 하루 한 끼는 죽이 아닌 일반식을 드셔도 됩니다. 거친 음식은 아직까지 무리겠지만 재첩국 정도는 괜찮지 않을까 생각합니다."

"아! 정말요? 그때 끝까지 못 먹은 게 두고두고 아쉬웠는데."

"앞으로 언제든 드실 수 있으니 무리해서 드시진 마시고요."

"걱정 말아요. 오랜만에 쉬는 한 선생님 방해 안 되게 천천히 오래 씹어 먹을게요. 한데 데이트하러 가는 거예요? 기분이 좋아 보여요."

"여사님도 참. 제가 애인이 어디 있다고요. 쉬세요."

배영옥이 그녀의 방으로 가는 걸 확인하고 치료실에서 나온 두삼은 곧장 자신의 방으로 갔다.

"흐흐흐흐!"

그는 오늘 도착한 택배 상자를 보며 음흉하게 웃었다. 그리고 털썩 주저앉아 상자를 뜯었다.

상자에서 나온 것은 커다란 망원렌즈와 디지털카메라였다.

"이걸 가지게 될 줄이야."

직캠을 찍으러 다닐 때 얼마나 가지고 싶었던 제품이었는지 모른다.

최고급이라기엔 무리가 있지만 소형 자동차 한 대 값은 족히 나가는 물건으로 생활비로 쓰고 나면 얼마 남지 않는 월급으로는 그림의 떡이었다.

한데 그림의 떡이 현실에 나타났으니 어찌 기쁘지 않겠는가.

두삼은 매뉴얼을 보며 한참을 만지작거렸다. 만일 저녁 식사하라는 아주머니의 목소리가 아니었다면 몇 시간이고 죽치고 앉아 있었을 것이다.

밥을 먹고 다시 방으로 돌아온 두삼은 카메라를 잡으려다 뭔가 생각이 났는지 컴퓨터를 켰다.

인터넷 창을 띄운 그는 즐겨찾기에서 '직캠 카페'에 마우스를 올려놓고 누를지 말지 고민했다.

"8개월 만인가?"

악양에 내려올 때 모든 것을 버리기로 마음을 먹었기에 지금까지 단 한 번도 접속을 한 적이 없었다.

접속이 없자 카페지기가 몇 번 이유를 묻는 메시지를 보냈었다. 그러나 두삼은 응답을 하지 않았고 그에 등급이 하락된다는 메시지를 끝으로 연락이 끊긴 상태였다.

"처음부터 다시 시작한다고 생각하지, 뭐."

직캠 카페를 클릭하자 카페의 첫 화면이 떴고 로그인을 했다.

다행히 정리는 되지 않았는지 가장 왼쪽에 예전에 그가 쓰던 아바타와 '쓰리고'라는 닉네임이 보였다. 그리고 아이디 옆에 카페의 계급 체계인 소위 계급이 붙어 있었다.

"원더보이 님이 그래도 목숨 줄은 남겨두셨네."

원더보이는 카페지기로 두삼에게 직캠의 세계에 대해 가르쳐 준 사람이라고 해도 과언이 아니었다.

그리고 카페 내 게시판 중 아이돌 가수들의 행사 일정이 정리된 '촬영 게시판'에 들어갈 수 있는 최소 권한이 소위였다.

원래 그의 계급은 소령으로 그때에 비하면 못 들어가는 곳이 있어 불편한 점이 있었지만 새로 시작하자고 마음을 먹고 있어서인지 소위라는 계급이 만족스러웠다.

"새로운 사람들이 꽤 많아졌네."

게시판을 훑어봤다. 글쓴이들의 닉네임과 계급을 보니 공백기가 길긴 길었나 보다.

띠링!

한참 보고 있는데 카페 채팅 프로그램이 창의 한쪽 구석에서 올라왔다.

[원더보이: 와! 이게 누구야! 진짜 쓰리고?]

두삼은 채팅창을 열고 글을 쳤다.

[쓰리고: 오랜만입니다, 원 대장님.]

원더보이의 계급은 대장이었다. 그리고 나이는 두삼보다 열 살이 많았다.

[원더보이: 그래 오랜만이다. 그동안 뭐 한다고 접속도 안 했냐?]
[쓰리고: 일이 생겨서 서울 생활 접고 시골로 내려왔어요. ㅈㅅㅈㅅ]
[원더보이: 얘기라도 하지. 서운하게. 근데 눈팅이냐? 복귀냐?]
[쓰리고: 이곳에서 살다 보니 여유가 생겨서요. 덜컥 바라던 카메라를 사고 보니 여기가 생각나더라고요.]
[원더보이: 올! 어떤 카메라냐?]

카메라 얘기가 나오자마자 원더보이는 관심을 보였다. 그리고 서로 공통적인 관심사에 대해 얘기를 나누자 8개월의 공백은 금세 좁혀지는 듯했다.

두 사람은 채팅으로 한참 수다를 떨었다.

[원더보이: 내일 촬영이 있어서 이제 슬슬 장비 점검 하고 자야
겠다.]

[쓰리고: 부럽네요. 근데 어디서 촬영이 있기에 벌써 자요.]

[원더보이: 남원. 지리산눈꽃축제에 은비랑 다솔이가 동시 출격
이거든.]

은비는 원더보이가 좋아하는 걸 그룹의 멤버였고 다솔은 댄
스그룹의 일원으로 직캠 매니아들의 여신이라 불리는 댄서였다.

[쓰리고: 어? 남원이면 여기랑 가까운데.]

[원더보이: 어딘데?]

[쓰리고: 하동군 악양면이요.]

[원더보이: 바로 앞이네. 시간되면 새 카메라 들고 와라. 오랜만
에 얼굴이나 보자.]

두삼은 잠깐 생각하다가 타자를 쳤다.

[쓰리고: 그래요. 행사 시작 두 시간 전에 봐요.]

카메라를 사자마자 찍을 수 있는 기회를 얻었는데 싫을 리가
없었다.

촬영 게시판에 들어가 행사 스케줄을 확인한 후 컴퓨터를 껐다.

똑똑!

"한 선생님, 자고 있나요?"

카메라의 기능을 살펴보고 있는데 하란이 찾아왔다.

"아뇨. 들어오세요."

배영옥의 상태가 좋아지자 하란은 자신의 일을 하는지 밖에서 머무는 시간이 많아졌다.

그녀는 들어오더니 카메라를 보고 물었다.

"사진 찍는 취미가 있으신가 봐요?"

"아… 네. 비슷합니다."

여가수나 댄서의 직캠을 찍는다면 색안경부터 끼고 보니 취미라고 해도 당당하게 말하는 건 무리였다.

"좋은 취미네요. 참! 엄마께 내일부터 일반식을 해도 된다고 말씀하셨다면서요."

"네. 위에 있던 종양이 충분히 작아졌거든요. 지금은 한 끼에 불과하지만 조만간 약에 의존하지 않고 곡기만으로 생활이 가능하실 겁니다."

"말만 들어도 기쁘네요. 근데 혹시 내일 시간 있으세요? 가능하다면 점심식사라도 같이하면서 드릴 말씀이 있거든요."

"아! 선약이 있는데……."

좋은 일은 왜 항상 같이 일어나서 고민을 하게 만드는지.

얼핏 실망스러운 표정을 짓는 하란을 보니 생각 없이 약속이 있다고 튀어나온 입이 살짝 원망스럽다.

"…그렇다면 어쩔 수 없죠. 그럼 지금 차 한잔할까요?"

"제가 준비하죠. 커피? 아님 녹차?"

"녹차로 주세요."

두삼은 부엌으로 가 녹차를 타왔다.

"요즘 일이 많은가 봅니다."

일주일 만에 돌아온 그녀였다.

"엄마가 나을 때까지 가급적 그냥 있으려고 했는데 좋은 아이디어가 떠올라서요. 그래서 조용한 곳에 가서 프로그램을 만들었어요."

"프로그래머였습니까?"

"…네."

"전 컴퓨터는 문외한이라서 컴퓨터를 잘하는 사람이 부럽더라고요."

"후후! 저도 마사지에 대해서는 문외한인 걸요. 전 오히려 한선생님 실력이 더 부러워요."

"하하! 말이 그렇게 됩니까? 아무튼 바쁘면 어머님은 걱정 말고 편하게 일 보세요. 치료 경과는 매일이라도 알려 드리겠습니다."

그녀가 지급한 비용을 생각해 보면 이 정도 서비스는 얼마든지 해줄 수 있었다.

"한 선생님이 어련히 잘 치료해 줄 거라 믿어 의심치 않아요. 다만 저랑 떨어져 지내서 이번 일이 생긴 것 같아서 겁이 나네요. 원래 식사를 같이하면서 말씀하려 했던 건데 혹시 선생님은 서울에서 가게를 해볼 생각은 없으세요?"

뜻밖의 질문이라 두삼은 즉각 대답을 하지 못했다.

사실 그리고 좋아서 시골로 내려온 것은 아니었다. 아무리 악양에서 새 삶을 시작하기 위해서라고 그럴싸하게 포장한다 해도 결국 도피였다.

장갑을 얻으면서 약점을 극복하는 것을 넘어 어마어마한 실력을 얻게 된 후 어린 시절 꿈꾸었던 할아버지처럼 되겠다는 생각이 다시 꿈틀거렸고, 도시로 나가서 가게를 열어볼까 라는 생각도 했었다.

무엇보다도 저녁 6시만 넘어도 TV보는 것을 제외하곤 할 것이 없는 시골에서 살기엔 그는 아직 젊었다.

그런데 직접 물어오니 선뜻 대답을 할 수 없었다.

두삼이 말이 없자 하란이 말을 더했다.

"생각이 있다면 제가 가게를 여는 걸 도와드릴 수 있어요. 투자라고 생각해도 좋고 성공 사례금을 미리 드린다고 생각해도 좋아요. 대신 가급적 서울 집과 가까운 곳에 가게를 열었으면 해요."

당장에라도 '예스'라고 대답하고픈 매력적인 제안이었다. 그러나 장고를 한 두삼의 입에서 나온 대답은 예스가 아니었다.

"아직은 부족합니다."

사기템인 장갑을 얻었지만 세상은 실력이 다가 아님을 호되게 당한 경험으로 알고 있었다.

그리고 얼마 전 어설픈 거짓말에 어리바리하게 당할 뻔하지 않았던가.

이런 상황에서 서울에 가봐야 결과는 명약관화였다.

'실력을 키워야 해. 그보다 중요한 건 물론 어디에도 휩쓸리지 않는 마음이겠지만.'

인간적으로 사람을 대하는 건 좋지만 손님은 손님일 뿐이고, 환자는 환자일 뿐이라는 걸 잊어선 안 됐다.

한 명의 환자를 구하려다 경력이 망가지고 스스로가 추락하는 건 이젠 절대 사양이었다.

"한 선생님이 부족하다면 우리나라 의원들 중 부족하지 않은 사람이 없을 거예요."

"그리 말해주니 감사하긴 한데……. 글쎄요, 전 아직 여러모로 많이 부족하다고 생각합니다. 그리고 그걸 채울 때까진 여기에 머물 생각이고요."

"…그런가요?"

"어머님을 걱정하는 건 알겠는데 치료를 하기엔 여기만큼 좋은 곳도 없습니다. 일부러 좋은 공기와 자연 환경이 깨끗한 곳을 찾아다니기도 하잖아요."

"무슨 말인지 알겠어요. 선생님 말대로 하는 걸로 해요. 그리고 완치가 된다고 해도 어머니가 정기적으로 다녔으면 해요. 그러니 언제가 되더라도 제 제안은 유효하다는 건 기억해 주세요."

"꼭 기억하고 있겠습니다. 그리고 제안 고맙습니다."

"제 욕심을 채우기 위한 제안인데요, 뭘."

제안을 거절해서 분위기가 어색할 줄 알았는데 하란이 담담하게 받아줘 좋게 마무리가 됐다.

"근데 혹시… 아, 아니에요. 시간이 늦었네요. 편히 쉬세요."

차를 다 마신 하란은 뭔가를 말하려다 손을 저으며 일어났다.

두삼은 왠지 그녀의 눈빛과 행동에서 하려던 말을 알 것 같았다. 그래서 나가려는 그녀를 불렀다.

"하란 씨."

"네?"

"편안한 옷으로 갈아입고 마사지실로 올래요? 일주일간 컴퓨터 앞에 앉아 있었으면 몸이 많이 찌뿌듯할 겁니다. 방금 한 제안의 보답이라기엔 뭐하지만 시원하게 마사지해 드릴게요."

"아니에요! 선생님도 쉬어야 하는데 그럼 도리가 아니죠. 다음에 받을게요."

"괜찮습니다. 내일 휴일이잖아요."

"괜찮은데……."

두삼의 예상이 맞았는지 괜찮다고 말하는 하란의 말엔 싫다는 느낌이 없었다.

"지난번처럼 이상한 효과는 없으니까 기대하진 마세요. 대신 발마사지부터 두피마사지까지 풀로 해드리겠습니다."

"누, 누가 기대를 했다고……."

귓불이 빨개지는 모습이 꽤 귀여웠다.

더 놀리면 재미가 있을 것 같았지만 받으러 오지 않을 것 같아 멈췄다.

"하하하! 농담입니다. 얼른 다녀오세요. 그럼 마사지실에서 기다리고 있겠습니다."

두삼은 마사지 받는 걸 기정사실화시키려는 듯 자리에서 일어나 마사지실로 향했다.

그런 그를 보며 하란은 잠시 어쩔 줄 몰라 했지만 곧 옷을 갈아입으러 서둘러 자신의 방으로 갔다.

*   *   *

매계리에서 악양천을 따라 섬진강까지 내려와 19번 도로를 타고 북서쪽으로 50킬로미터 정도 올라가면 남원시였다.

두삼은 하란에게 차를 빌릴까도 생각하다가 괜스레 찔려 중무장을 한 채 오토바이를 탔다.

목과 팔목, 발목 등 옷과 옷 사이가 감각이 없어질 정도로 춥다는 점을 제외하곤 빠르게 목적지에 도착할 수 있었다.

"퀵 서비스 하는 분들이 존경스럽군."

겨울에는 오토바이로 먼 거리 이동은 자제하는 편이 건강에 좋을 것 같았다.

남원공설시장 근처에 오토바이를 세워두고 시장으로 들어갔다.

간만에 얻은 휴일을 알차게 보내기 위해 남원의 먹거리를 알아보고 온 두삼은 시장 내 유명한 추어탕 집으로 들어갔다.

"특대로 주세요."

예전이었다면 돈 때문에 보통을 시켰을 테지만 지금은 여유가 있었다. 게다가 임독양맥이 뚫리고 난 후부터 왠지 모르게 먹는 것이 즐거워진 그였다.

김이 모락모락 나는 추어탕이 나왔다. 두삼은 가장 먼저 몽글몽글한 시레기와 국물을 한 숟갈 떠먹었다.

미꾸라지 맛이라고 생각되는 고소한 맛이 입안을 가득 채웠다. 그리고 삼키자 따뜻한 기운이 목을 지나 위에 이르렀다.

그 순간 미꾸라지가 가지고 있던 따뜻한 양기와 겨우내 겨울바람에 얼었다 녹았다를 반복하며 축척된 시레기의 음기가 몸에 흡수되는 것이 느껴졌다.

'역시 묘해.'

음식의 본연의 맛을 즐기는 것도 좋았지만 음식이 가진 기운이 몸에 흡수되는 과정 또한 맛있는 음식을 먹는 것 이상으로 좋았다.

"맛있게 잘 먹었습니다."

"다음에 또 오시게나. 먹는 것만 봐도 장사하는 맛이 나네그려."

"네, 사장님."

추어탕을 먹고 나자 추위는 말끔히 날아가 버렸다. 약속 시간 20분 전에 행사 준비가 한창인 곳을 서성이고 있는데 뒤에서 닉네임을 크게 부르는 소리가 들렸다.

"쓰리고!"

"쓰 소령!"

돌아보니 양손에 커다란 가방을 든 남자 셋과 여자가 서 있었다.

"원 대장님! 후 대령님! 오 중령님!"

누가 들으면 군인들이 만나는 줄 알겠지만 닉네임 앞 글자와 카페의 계급을 붙여 부르는 것이었다. 각각 '원더보이', '후니사랑', '오빠는너휠믿는다'는 닉네임을 가지고 있었고 나이는 몇 살씩

위였다.

"오랜만이다. 복귀 축하한다."

"연락 못 해 죄송합니다."

"다들 개인적인 사정이 있는 거지. 그건 그렇고 얼굴이 예전 보다 더 어려졌다? 산골에서 지낸다더니 산삼이라도 캐먹은 거냐?"

"그런가요?"

임독양맥이 뚫리면서 자신의 모습이 젊어졌다는 걸 두삼은 못 느끼고 있었다. 그저 피부가 조금 좋아졌다는 정도로 알 뿐이었다.

"근데 이분은……?"

남자 세 사람은 아는 얼굴이었지만 여자는 처음 보는 얼굴이었다.

"아~ 처음이지? 인사해. 이쪽은 다련천사. 한 달 전에 들어왔고 계급은 소위야. 그리고 이쪽은 예전에 소령까지 단 쓰리고."

"안녕하세요, 소위님. 다련이라면 그룹 스타일의 팬인가 보네요."

"차로 오면서 말씀 많이 들었어요. 맞아요. 스타일의 광팬이에요."

그녀는 악수를 청하며 앞으로 자주 보자는 말을 건넸다. 두삼은 그러자고 말하며 손을 잡았다.

'이 여자… 역시 그런 건가.'

다련천사에 대한 궁금증을 마음속으로 가지고 있어서였을까. 손을 잡는 순간 그녀의 기운이 느껴졌다. 음의 기운보단 양의 기운이 그녀의 몸을 지배하고 있었다.

'그나저나 장갑의 기능은 몇 가지나 되는 걸까?'

두삼은 다련천사가 남성성이 강하다는 것보다 장갑의 새로운 기능에 놀라고 있었다. 그러나 깊이 생각하기엔 먼저 할 일이 있었다.

"직캐머들이 상당히 많아졌군요."

VIP 좌석 좌우로 벌써 상당한 수의 직캐머들이 카메라를 설치해 놓거나 설치하고 있었다. 일행은 원 대장의 도움을 받아 괜찮은 자리를 선점할 수 있었다.

"제4회 지리산 눈꽃축제에 오신 여러분을 환영합니다. 본격적인 시작에 앞서 시장님의 개회사를 듣고……."

공연이 시작되었다. 두삼은 카메라에 달린 화면에 신경을 쓰면서도 무대를 보는 걸 잊지 않았다.

카메라가 담지 못하는 걸 눈으로는 담을 수 있기 때문이었다.

'역시 오길 잘한 것 같아. 종종 다니는 것도 나쁘지 않겠어.'

고향에 내려오면서 알게 모르게 받았던 스트레스가 행사장의 열기에 녹아 사라지는 느낌이 들었다.

두삼은 심장을 울리는 커다란 음악에 맞춰 고개를 까닥거리며 행사를 즐겼다.

*   *   *

깨톡!

메신저 특유의 알림 소리에 걸음을 멈춰 스마트폰을 꺼냈다.

어제 행사 후 저녁을 먹고 헤어졌다. 그래서 아침에 일어나 잘 들어갔냐는 문자를 보냈는데 그에 대한 원더보이의 답변이었다.

[무슨 문자를 꼭두새벽에 하냐? 아무튼 어제 간만에 보니 좋더라. 종종 보자. 그게 안 되면 카페라도 자주 들어오고. 그리고 어제 저녁 잘 먹었다. 맛있더라. 오늘 좋은 하루 보내라.]

'네. 대장님도요'라는 메시지를 보낸 후 멈췄던 걸음을 옮겨 치료실로 갔다.

환기를 시키고 간단히 청소를 마쳤다. 그리고 커피를 마시며 일정표를 확인했다.

"오늘도 오전엔 손님이 없네. 아무래도 영업 시간을 바꾸는 게 좋을 것 같아."

시간이 빌 때마다 치료하는 배영옥을 제외하고 두 건의 예약이 있었는데 모두 늦은 오후였다.

오전에 치료하던 이들이 모두 퇴원을 했고, 특별한 경우를 제외하곤 앞으론 숙식을 허락하지 않을 생각이었기에 굳이 오전에 일을 할 이유가 없어졌다.

"집 주변 청소나 해야겠다."

책을 읽을까도 했지만 한동안 산을 타지 않아 찌뿌듯한 몸을 움직이고 싶었다.

마당을 쓸고 집 구석구석 굴러다니는 낙엽을 한쪽으로 모아 불태웠다.

불을 쬐며 고구마를 구워먹으면 맛있겠다는 생각을 하고 있는데 대문으로 달갑지 않은 손님이 들어왔다.

"여어~ 사장. 약속한 날보다 조금 늦었지? 일이 어제 끝이 나서 지금에야 왔어."

두삼이 장사에 대해 다시 생각하게 만든 중년 사내였다. 그는 두 번 오면 단골이라고 생각하는지 아주 살갑게 대했다.

두삼은 속마음을 숨기고 사무적으로 말했다.

"…오셨습니까? 간지러운 건 좀 어떻습니까?"

"여, 여전해. 다 나았다면 올 리가 없잖아, 안 그래?"

"그러네요. 들어오세요."

그가 나았음에도 성공 사례금을 주기 싫어 거짓말을 했다는 것은 아직까지 추측에 불과했다. 그래서 여느 손님과 같이 대하며 안쪽으로 안내했다.

"먼저 짐을 놔두고 편안한 옷으로 갈아입었으면 하는데. 지난번 방을 쓰면 되나?"

"죄송하지만 이제 저희 숙박과 식사 제공은 하지 않습니다."

"…에?"

"악양면에 여관이 있으니 그곳을 이용하거나 모텔을 이용하려면 하동읍에 나가면 될 겁니다. 아! 그리고 마사지에 대한 것도 달라졌습니다."

당황해하는 표정이 역력했지만 무시하고 말을 이었다.

"성공 보수 개념은 사라지고 오로지 일반 마사지와 특수 마사지 두 가지로 나눴습니다. 일반 마사지는 가격표에 그대로, 특수 마사지의 경우 기본 십만 원에 재료비와 시간에 따라 비용이 추가됩니다."

"자, 잠깐만. 그럼… 고치지 못해도 돈을 받겠다?"

"병원에 가서 병을 고쳐야 돈을 지불합니까? 못 고치더라도 진료에 대한 정당한 비용을 지불하지 않습니까. 그것처럼 제 노동에 대한 정당한 돈을 받아야 하지 않겠습니까?"

"……"

사내는 한참 동안 말이 없었다. 아마 손익을 계산하는 것이리라.

"주인이 그러겠다는데 약자인 손님이 뭐라 할 수 있나. 아무튼 치료를 받으러 왔으니 치료는 받아야겠지."

"마지막으로 꼼꼼히 읽어보시고 서명란에 사인을 해주십시오."

"이건 또 뭔데? 정말 치료 한번 받기 힘들군."

"조금 전에 말로 했던 걸 문서화한 겁니다. 간혹 딴소리하는 분들이 계셔서요."

이왕 장사꾼이 되기로 한 이상 철저하게 하는 게 좋았다.

두삼은 사내가 사인을 할 때까지 기다렸다. 그리고 사인을 받고 서류를 챙기고 나서야 특수 마사지를 시작했다.

특수 마사지는 말과는 달리 그리 특수하지 않았다.

단 며칠이면 고칠 수 있는 증상을 값어치만큼 돈을 벌 때까지 시간을 끌며 고치겠다는 것이었다.

만일 사람들이 이런 두삼의 생각을 알게 된다면 부도덕한 일이라며 손가락질하고 욕할지도 몰랐다. 그러나 두삼은 염치없는 짓이라고 생각하지 않았다.

자신의 능력을 비싸게 팔아먹을 생각이었다면 환각지를 고쳐

주겠다면서 1억을 요구했을 것이고, 지불 능력이 되는 사람만 고쳤을 것이다.

찌질하게 다른 사람들에게 당하면서 살 바에야 돈만 밝히는 나쁜 놈이 되는 편이 나았다.

*　　　　*　　　　*

'드디어 폭발하는 건가?'

날씨가 포근해 마루에서 차를 마시고 있는데 식식거리며 다가오는 중년 사내가 보였다.

일주일간 치료를 받았는데 전혀 차도가 보이지 않으니 화가 난 것이 분명했다.

'고작 70만 원 투자하고 나을 생각을 하다니 웃기네.'

두삼은 중년 사내의 환각지를 치료하는 값어치를 2천만 원으로 보았다.

본래 성공 수당 500만 원이 너무 싸다고 생각해 1,000만 원으로 올렸고 거기에 괘씸죄로 1,000만 원을 더한 것이다. 즉, 그는 최대 200일은 죽으나 사나 치료를 받아야 나을 수 있었다.

100번을 방문하면 절반을 낮게 할 것이고 200번을 방문하면 그때 완치가 될 것이다.

물론 그 전에 자연스럽게 낫는다면 어쩔 수 없지만 말이다.

"한 사장, 진짜 너무한 거 아냐?"

중년 사내는 두삼을 보자마자 날선 목소리로 불만을 표했다.

"뭐가요?"

"도대체 왜! 일주일이 지났는데도 차도가 없는 거야? 어제 밤새 한숨도 못 자다가 새벽녘에야 잠들었어."

다크서클과 퀭한 눈만 봐도 그가 잠을 자지 못하고 있다는 걸 알 수 있었다.

"환각지가 괜히 불치병이라고 불리겠습니까? 너무 조급해하지 마세요."

"언제까지 이러고 있으란 말이야."

"그야 치료를 할지 말지는 온전히 은호현 님의 몫이죠. 다만 저 역시 최선을 다하고 있음을 알아주셨으면 좋겠습니다."

놀리고자 하는 말이 아니었다.

은호현이 거짓말을 했다고 100퍼센트 확신하지 못하고 있었기에 그의 말이 모두 사실이고, 기존의 치료법이 맞지 않다는 전제하에서 새로운 치료법을 찾으려고 노력하고 있었다.

"최선은 됐고……. 요즘 지난번과 다른 치료법을 쓰는 것 같은데 그러지 말고 지난번처럼 해줘. 그땐 잠도 잘 자고 간지럽지도 않았어."

은호현은 간지러움 때문에 잠을 자지 못해 제정신이 아니었다.

그래서일까 두삼에게 절대 말하지 말아야 비밀을 언급하고 말았다.

두삼은 그의 실수를 놓치지 않았다.

"잠깐만요! 방금 뭐라고 하셨어요? 지난번엔 간지럽지 않았다고요? 그때 전혀 효과가 없다고 말하지 않았습니까?"

"아! …그 그게… 그러니까, 그게……."

은호현은 '아차!' 싶어 변명을 하려 했지만 마땅히 떠오르는 것이 없었다.

'차라리 잘된 일인지도……'

은호현도 처음부터 사기를 칠 생각은 없었다.

환각지만 없어지게 만들어주면 수만금이라도 지불할 용의가 있다고 입버릇처럼 말하던 그였다.

한데 4년간 고생했던 병을 단 며칠 만에 몇 번 주무르는 것만으로 고쳐 버리니 겪어왔던 고통의 시간을 망각한 것이다.

그에 간단한 감기를 고친 것 같은 착각을 하게 되면서 성공 사례금이 아까워져 간지러움이 사라졌음에도 스스로 상처를 내면서까지 연극을 한 것이었다.

"미안해! 내가 돈이 아까워져서 가당치도 않은 짓을 했어. 환각지가 재발하고 나니 내가 무슨 짓을 했는지 느끼게 됐네. 오자마자 사과를 했어야 했는데……. 용서해 주게. 정말 미안하네."

은호현이 고개를 숙이며 몇 번이고 사과했다.

두삼은 잠시 얼굴을 찡그리긴 했지만 어느 정도 예상하고 있었던 터라 큰 동요는 없었다.

두삼이 의외로 담담하자 얘기가 통한다고 생각했는지 말을 이었다.

"특별한 걸 바라진 않을게. 그저 지난번 치료가 다른 사람들만큼 오래갈 수 있도록 해줘. 그럼 당장 성공 사례금 500만 원을 줄게."

은호현은 성공 사례금을 준다면 넙죽 허락할 줄 알았나 본데

착각이었다.

"싫습니다. 제가 왜 그래야 하죠?"

"한 사장……."

"돈 좀 아껴보겠다고 고쳐준 사람을 바보로 만든 이를 위해 아등바등했던 제가 병신처럼 느껴지는군요. 그런데 이제 와서 고쳐달라고요? 더 이상 할 의욕이 사라졌습니다. 아낀 돈으로 다른 곳에 가서 환각지를 고치시면 되겠네요."

"정말 미안해. 어떻게 해야 용서를 해주겠나? 무릎 꿇고 빌까?"

"은호현 씨의 무릎이 무슨 가치가 있는데요? 괜스레 나이 많은 사람 무릎 꿇렸다는 악소문이나 날 뿐이죠. 더 이상 할 말이 없으니 이만 가세요."

두삼은 더 이상 얘기하기 싫다는 듯 돌아섰다.

집에 있던 배영옥 일행이 무슨 일인가 싶어 나올 정도로 은호현이 큰소리로 사과를 하고 용서를 구했지만 두삼은 돌아보지 않았다.

성인이 자신의 행동에 책임을 져야 하는 건 기본 중 기본이었다.

"고쳐만 준다면 1,000만 원 줄게!"

따라오면서 돈 얘기를 해서일까? 두삼은 돌아보지 않고 단지 걸음을 늦추며 말했다.

"제 가치를 낮게 보니까 안 줘도 되겠다고 생각한 겁니다. 치료의 가치를 제대로 봤다면 절대 그런 생각을 하지 않았겠죠."

은호현은 생각 없이 말을 뱉은 입을 원망하면서 두삼을 다독이기에 여념이 없었다.

두삼의 말처럼 치료를 거부하겠다는 말을 듣고 나서야 그의 가치에 대해 어느 정도 정확하게 판단할 수 있었다.

모기만 물려도 밤새 잠을 설치는 경우가 있을 것이다. 환각지는 그 수십 배는 강력하게 간지러웠다.

무엇보다 두려운 건 간지러워도 간지럽다고 느껴지는 곳이 존재하지 않아 긁을 수 없다는 것이었다.

"이천만 원!"

4년간 겪었던 환각지의 고통이 공포가 되어 다가왔다. 설령 1억 원을 달라고 해도 줄 수밖에 없다고 생각했다.

"제발······!"

두삼이 걸음을 멈추고 돌아봤다. 은호현은 진심으로 절실한 표정을 짓고 있었다.

'이쯤해서 용서할까.'

독하게 마음을 먹었지만 못할 짓임에 틀림없었다.

두삼은 측은지심을 가진 성인도 아니었지만 진심으로 용서를 비는 사람에게 모질게 대할 만큼 나쁜 놈도 아니었다.

"두 번의 기회는 없으니 지금의 마음 잊지 마십시오. 그리고 스스로 잘못을 인정하는 의미로 이천만 원을 주신다니 화해의 의미로 기꺼이 받도록 하죠."

"······."

물론 실리는 확실히 챙겼다.

*   *   *

"두삼아! 두삼아!"

백만수가 다급하게 부르는 소리에 치료 중인 배영옥과 하란에게 양해를 구하고 문을 열었다.

"왜요, 형?"

"일하고 있었냐?"

"예. 거의 끝나가요. 한데 오토바이 가게는 어쩌고 왔어요?"

"와이프한테 맡기고 왔다."

"어라? 형수 왔어요? 오늘이라도 인사드려야겠네요."

형제처럼 지내는 백만수였다. 그래서 몇 번이고 그의 와이프에게 인사를 하려 했었다. 한데 아이들과 친정집에 가 있다고 해서 아직까지 보지 못했다.

"인사야 천천히 하면 어때. 일단 일봐라. 끝날 때까지 기다리고 있을 테니까."

"급한 일 아니에요?"

"마음은 조급하지만 당장 급하진 않아."

"제 방에서 기다려요. 금방 끝내고 넘어갈게요."

두삼은 서둘러 배영옥의 치료를 마무리했다.

그러나 본채로 다가오는 두 명의 사내 때문에 백만수에게 바로 달려가지 못했다.

"한두삼 씨?"

앞에 선 사내가 품속에서 경찰 배지를 보여주며 물었다.

"그런데요?"

"불법 의료 행위를 하고 있다는 신고를 받고 왔습니다. 서까지 동행해 주서야겠습니다."

"도대체 누가 신고를……?"

"궁금한 점은 서에 가서 얘기하기로 하고 가시죠."

말이 동행이지 잡아가겠다는 듯 두 형사는 좌우에서 양팔을 잡았다. 알아서 가겠다고 말했지만 놓아줄 생각이 없어 보였다.

"한 선생님!"

"두삼아!"

하란과 백만수가 잡혀가는 두삼을 보곤 화들짝 놀라 달려왔고 두삼은 안심시키려는 듯 웃음을 지은 채 말했다.

"뭔가 오해가 있는 것 같은데 걱정 마세요."

"하지만……."

"한 가지 부탁드릴게요. 예약 손님에게 전화를 걸어 다른 날에 오라고 해주시겠어요? 전화번호는 업무 일지에 있어요. 그리고… 다녀올게요."

두 사람에게 걱정 말라고 다시 말하려 했지만 그래봐야 안심을 시킬 수 있을 것 같지 않았다. 그에 다녀오겠다는 말을 끝으로 차에 올랐다.

*　　　　*　　　　*

"불법 의료 행위를 한 적이 없습니다만."

쾅!

끌고 와선 일언반구 없이 제 할 일만 하는 형사에게 말했다. 그러자 컴퓨터에 서류를 작성하던 형사는 책상을 치며 대답했다.

"조용히 해! 정리되면 말해줄 테니까."

"…그러세요."

육체의 건강이 정신의 건강에 영향을 미친 걸까. 예전에는 경찰서에 왔다는 것만으로도 전전긍긍했을 텐데 지금은 동사무소에 온 것처럼 편안했다.

두리번거리며 구경을 하고 있는데 서류 작업을 끝마친 형사가 비아냥거리는 투로 말했다.

"얼씨구 구경 왔네, 구경 왔어."

"전에 와서는 제대로 구경을 못 했거든요."

"하아~ 동종 전과가 꽤 있나 보네?"

"저에 대해 조사를 해보지도 않고 무작정 데려온 겁니까?"

"도망갈지도 모르는데 일단 신변 확보가 우선이지. 아주 전문가 포스가 풀풀 풍기네. 이름."

두삼의 말을 잘못 이해했나 보다.

"그게 아니라……."

"안이고 밖이고, 이름!"

형사라는 쥐꼬리만 한 권력도 권력이라고 어지간히 강압적으로 굴었다.

"한두삼."

"주민번호."

"××××××—×××××××."

"주소."

일단은 지켜보기로 하고 묻는 질문에 답해줬다.

호구조사가 끝나자 본격적인 질문이 나왔다.

"언제부터 불법 의료 행위를 한 거야?"

"마사지를 했을 뿐입니다. 그리고 설령……."

"허어~ 이 친구 안 되겠네. 치료했다는 걸 이미 알고 있는데 이를 거야?"

상대가 경찰이라 가급적 좋게 설명을 하려고 했는데 말을 못하게 하니 짜증이 났다.

"이봐요, 형사님. 사람 말을 끝까지 들으세요. 설령 의료 행위를 했다고 해도 불법은 아닙니다."

"무슨 말을 하나 했더니, 어쩜 너희 범죄자놈들은 만날 똑같은 말을 하냐? 그리고 넌 용가리 통뼈냐? 왜 불법이 아냐?"

"그건……."

"한두삼 씨는 한의사 면허증을 가지고 있습니다."

이번엔 형사가 아닌 뒤쪽에서 말을 끊었다.

돌아보니 누가 봐도 변호사로 보이는 장년인을 필두로 우하란과 백만수가 다가왔다.

"…누구십니까?"

형사도 장년인의 분위기가 심상치 않다는 걸 알았는지 조심스레 물었다.

"한두삼 씨 변호인입니다. 한두삼 씨가 한의사 면허증이 있다는 것도 제대로 조사를 하지 않고 불법 의료 행위를 했다고 무작정! 경찰서로 데려왔다는 얘길 듣고 왔습니다. 참고로 현 창원지검의 지검장이 제 후뱁니다. 정당한 절차를 거치지 않고 강압적으로 공권력을 휘두르는 이들을 무척 싫어하죠."

"그, 그게… 그러니까……."

작은 권력으로 호가호위하는 사람은 보다 큰 권력 앞에선 꼼짝도 못 했다.

형사 역시 그런 부류인지 변호사의 명함과 지검장이라는 말에 쩔쩔맸다.

"참! 한두삼 씨, 아까 구속 영장은 확인하고 경찰서로 연행되신 거죠?"

"확인 못 했습니다."

"…여, 연행이 아니라 민원이 들어와서 조사 차원으로 데려… 모셔온 겁니다."

"들어오면서 봤을 땐 마치 겁박하는 것처럼 보였는데 원래 말투가 좀 거친 모양이군요?"

"…그, 그렇습니다."

"그렇군요. 그럼 조사는 끝났습니까?"

"……."

"더 할 말 있음 저도 함께 듣기로 하죠."

"아, 아닙니다. 끝났습니다. 가셔도 됩니다. 하핫!"

비굴하다 싶을 만큼 저자세인 형사를 보고 저렇게 살지 말아야겠다는 생각이 들었다.

형사와 대화를 마친 변호사가 말했다.

"두삼 씨, 끝났으니까 가시죠."

"네. 근데 혹시 누가 신고를 했는지 알아볼 수 있을까요?"

"혹시 의심 가는 사람이 있습니까?"

"아뇨."

"그럼 먼저 내려가 계세요. 제가 알아보죠."

누가 신고를 했는지 모르지만 이번 한 번으로 끝날 것 같진 않았다.

'설마 김광도 그 인간은 아니겠지?'

신고를 당했다고 했을 때 가장 먼저 떠오른 사람이 그였다.

"괜찮아요?"

우하란의 말에 상념에서 깼다.

"덕분에요. 한데 변호사를 빨리 구했네요?"

"서울에 있는 변호사님께 연락을 했더니 바로 소개를 시켜주셨어요."

"고맙습니다. 들어간 비용은 제가 낼게요."

"아니에요. 제 어머니를 위한 일인데요. 로펌 전부라도 기꺼이 고용했을 거예요."

주겠다고 해도 받을 것 같지 않았다. 배영옥에게 좀 더 신경 써주는 것으로 은혜를 갚기로 했다.

"만수 형, 형까지 번거롭게 만들었네."

"갑자기 경찰이 들이닥쳐서 깜짝 놀랐다. 근데 너 한의사 면허증이 있으면서 왜 한의원이 아닌 마사지 숍을 낸 거냐?"

"…사정이 있어. 면허증은 있는데 쓸 수 없다고나 할까요. 참! 형은 무슨 일로 왔어요? 급한 일인 것 같은데 말하세요."

별로 말하고 싶지 않은 일이라 얼른 말을 돌렸다.

"…다른 건 아니고… 우리 첫째가 아파서 너한테 부탁 좀 하려고."

"어디가 아프기에요?"

"CRPS."

"아! 복합부위통증증후군. 어쩌다가……."

유명 연예인이 걸려서 많은 사람이 알게 된 병으로, 특정 부위가 만성적으로 지속되는 신경병성 통증을 말한다.

신경 손상 유무에 따라 작열통, 혹은 교감신경 위축증으로 구분되는데 아직까지 명확한 진단 방법이 없다.

두삼이 CRPS에 대해 아는 것도 이 정도였다.

"희귀난치성질환이라는 건 아시죠?"

"…당연히 알지. 가는 곳마다 그 소리부터 하더라."

"미안해요."

습관처럼 말했음을 깨닫고 사과했다.

"이해해. 솔직히 고칠 거라는 기대는 크게 없다. 다만 혹시나 해서 봐달라는 거다."

"그러죠. 제가 집에 갈게요. 변호사님 나오셨네요. 잠시만요."

정문에서 나오면 변호사에게 다가갔다.

"어떻게 됐습니까?"

"서장에게 지시가 내려왔다고 하더군요. 그래서 서장을 만났는데 모르쇠로 일관하더군요. 원하신다면 더 알아봐 드리죠."

"아닙니다."

"누군지 짐작하시나 보군요?"

"짐작일 뿐이죠."

"혹시나 다음에 도움이 필요하면 개인적으로라도 연락을 주세요."

명함을 건네는 변호사. 법무법인의 대표였다.

"변호사님을 부를 만큼 여유롭지 못합니다만."

개똥같은 현실을 예를 들지 않아도 법이 만인 앞에 평등하지 않다는 건 어린애들도 안다. 돈이 있어야 법의 보호를 받을 수 있다.

"하하! 돈을 바라고 하는 말이 아닙니다. 솔직히 돈은 벌만큼 벌었습니다. 그래서일까요, 요즘은 건강이 더 신경 쓰입니다. 몸이 아프면 돈이 무슨 소용이겠습니까. 실력 있는 의사를 알고 있다는 것이 얼마나 든든한지 모를 겁니다. 아! 너무 속물적으로 말했나요?"

서로 윈윈하는 관계가 되자는 얘기였다.

"아닙니다. 저도 솔깃한 얘깁니다. 다만 전 마사지사에 불과합니다."

"실력 있는 마사지사죠. 언제 한번 마사지 받으러 가겠습니다."

손해 볼 것이 없었기에 알았다고 말한 후 악양으로 가기 위해 차에 올랐다.

*　　　　　*　　　　　*

"이쪽으로 앉으세요. 어떻습니까?"

김장혁은 치료를 마치고 들어온 손님에게 의자를 권한 후 진료 차트를 확인했다.

"선생님 덕분에 어깨가 한결 편해졌습니다. 팔이 어깨 위로 올라가지 않았는데 이렇게 올라가지 뭡니까. 허허허."

"다행이네요. 하지만 어깨의 염증이 다 사라지게 된 게 아니니 계속 나와야 합니다. 제가 권한 약재도 한 첩 더 사시는 게 낫고요."

"…일하는 사람이 계속 오갈 수가 있나. 아무튼 한약 먹는 건 생각해 보죠. 그보다 약이나 이 주일치 넉넉하게 처방해 줘요."

약을 넉넉하게 지어달라는 건 더 이상 오지 않겠다는 말과 다름없었다.

'쯧! 약값이 아까운가 보네. 이래서 돈 없는 곳이 싫다니까.'

잘 치료해 주려고 해도 어느 정도 괜찮아지면 돈과 시간을 핑계로 더 이상 오지 않는 이들이 많았다.

"그러죠. 가보셔도 좋습니다."

어차피 실력을 키우려고 온 곳이니 그냥 그러려니 했다.

"다음 손님 들어오라고 해요."

손님을 보내고 간호사에게 말했다. 한데 머뭇거리다가 죄지은 사람처럼 말했다.

"…기다리는 손님은 없습니다. 원장님."

벌써 퇴근 시간이 다 됐나 싶어 시계를 봤는데 이제 세 시였다.

겨울이라 노인들이 잘 움직이지 않는다는 걸 감안하더라도 손님이 많이 줄었다.

"그럼 나가서 쉬어요. 손님 오면 연락주고요."

"알겠습니다."

대수롭지 않게 말했지만 속으론 열불이 났다.

'빌어먹을! 이러다가 직원을 또 줄여야 할지도 모르겠네. 이게 다 두삼이 그 자식 때문이야.'

두삼과 우하란이 같이 있는 모습을 본 이후로 모든 일을 두삼의 탓으로 돌리고 있었다.

화를 삭이고 있는데 차 실장의 전화가 왔다. 드디어 눈엣가시 같은 두삼이 해결되었다는 생각에 목소리엔 승자의 득의양양함이 담겨 있었다.

"어떻게 됐습니까?"

—아무래도 시간을 좀 더 줘야겠다.

"…실패했습니까?"

—실패라기보단 정보 수집을 소홀히 했어.

기분이 나빠져 인상을 와락 구겼다. 그러나 불만을 표할 순 없었다. 그는 결코 자신의 아래가 아니었다.

"…정보 수집이라니요?"

—그 친구 마사지 자격증만 가지고 있는 줄 알았는데 한의사 면허증이 있더군.

"네? 두삼이 그 자식이 한의사라고요?"

—그래. 경해대 출신이야.

경해대라면 한의학과 중에 유일하게 서울에 위치한 대학으로 누가 뭐라고 해도 1위로 꼽혔다.

김장혁도 성적이 모자라 갈 수 없었던 곳이었다.

"…공부도 못하던 놈이 어떻게?"

—그야 모르지. 아무튼 그놈 백도 있나 보더라. 지청장 출신 로펌 대표가 왔대.

"그 여자가 데려왔나 보군요."

—응?

"아닙니다. 그래서 그대로 보고만 있을 생각입니까?"

—아니. 다른 방법을 써야지. 걱정 마라. 내가 확실하게 문 닫
게 해줄 테니까.

　"…확실하죠?"

　—나의 가장 큰 장점이 뭔지 아냐? 한번 목표로 잡은 놈은 놔
주질 않아. 대신 시간이 좀 걸릴 거야.

　같은 곳에 한시라도 같이 있기 싫었다. 하지만 어쩌랴 일단 믿
을 수밖에.

　　　　　*　　　　　*　　　　　*

　"안녕! 네가 희진이구나?"

　"……."

　속옷 차림의 백희진은 인사 대신 두렵다는 표정으로 슬쩍 몸
을 뒤로 뺐다.

　혹시나 귀엽다고 몸을 만질까 두려운 모양이다.

　사실 심한 아토피 피부염 때문에 피부가 떠 있는 듯한 느낌과
함께 피딱지가 온몸에 자리하고 있고 삐쩍 말라 안쓰러운 느낌
이 더 컸다.

　"걱정하지 마렴. 아빠한테 네 얘기 다 들었거든. 아저씨는 네
가 아프지 않게 최대한 노력할게."

　"…네."

　딱히 믿는 눈치는 아니었다.

　"형수님, 일단 희진이가 먹는 약 좀 볼까요?"

　"아, 네. 여기……."

백만수의 부인은 큰 봉지에 든 약을 건넸다.

"아토피는 언제부터 생긴 겁니까?"

약봉지 중 하나를 찢으며 물었다.

아토피에 대해 묻는 이유는 신경 손상으로 인해 CRPS가 생긴 것이 아니라 아토피를 심하게 앓다가 갑자기 생긴 것이라 말에 묻는 것이었다.

"아파트에 살 때부터였으니까 한 8년 됐어. 그러다 CRPS가 생겼고. 그래서 악양으로 왔는데 아토피가 좋아지지가 않네."

"약 때문에 그래요."

확실한 치료법이 없는 병이다 보니 사용하는 약도 스테로이드제, 비스테로이드성 진통제, 항우울제 등 다양하게 쓰였는데 그러한 약이 아토피가 완화되는 걸 막고 있었다.

약을 살펴보던 두삼은 살짝 인상을 찌푸리며 중얼거렸다. 아이에게 쓰긴 독한 약들이었다.

"…병원에서도 그럴 가능성이 높다더라. 하지만 약을 먹지 않으면 고통에 잠을 못 자는데 어떻게 하냐. 악순환인 걸 빤히 알면서도 도리가 없더라."

"그야 그렇죠. 일단 아픈 부위를 정확히 파악하는 게 좋을 것 같아요."

"어, 엄마……."

아픈 부위를 파악한다는 말에 백희진은 사색이 되어 엄마를 찾았다.

"걱정 마렴. 아저씨가 만질 생각은 없어. 희진이 네가 아프지 않은 곳을 가르쳐 주렴. 혹시 부드러운 펜이 있으면 갖다주시겠어요?"

희진은 엄마가 갖다 준 펜으로 조심조심 자신의 몸에 그림을 그렸다.

오래 걸리지 않았다. 흉부 부근을 제외하곤 전부가 아픈 곳이었다.

보통 팔다리에서 시작해서 치료가 되지 않으면 점점 범위가 넓어지는데 희진의 경우 치료를 하는데 계속 악화가 되는 상황인 것 같다.

"고생했어. 아저씨가 손 좀 대봐도 될까?"

"…네."

조심스럽게 손가락 세 개를 명치 위에 올렸다. 그리고 기를 넣어 몸을 살폈다.

'약 때문에 위와 신장 쪽이 약한 걸 빼곤 몸은 깨끗하네.'

오랜 시간 병에 시달린 것치곤 기운으로만 본다면 나쁘지 않았다.

'치료 방향을 어떻게 한다?'

오기 전 할아버지의 진료 기록을 살펴봤지만 CRPS와 유사한 병에 대한 것은 없었다.

인터넷과 책을 통해 알아본 치료법은 약물 치료, 교감신경 차단, 척수 약물 투여 등처럼 통증을 완화시키는 치료, 심리 치료가 있었다.

양의학에서 쓰는 약물에 대해서 알지 못하는 상태에서 약물 치료는 일단 패스.

'통증 치료와 심리 치료를 병행해서 천천히 해보자.'

말기 암과 환각지를 치료했다곤 하지만 실력보다는 운이 좋았다고 생각한다.

'그나저나 마사지 숍을 열었는데 왜 이렇게 치료가 필요한 환자들만 오는 건지 모르겠다.'

잠깐 엉뚱한 생각이 들었지만 곧 털어냈다.

"다른 손님들도 있고 집중적으로 봐야 할 것 같으니 형수님과 희진인 저희 집에 머무르는 건 어떠세요?"

"저야 상관없는데……. 희진아 우리 옷 입고 아저씨 집에 갈까?"

"……!"

희진인 옷을 입는다는 말에 깜짝 놀라며 고개를 절레절레 흔들었다.

"하긴 옷 입는 것도 쉽지 않겠네요. 그럼, 아저씨가 잠시지만 아프지 않게 해줄까?"

"…그래줄 수 있어요?"

"노력해 볼게. 다만 아픈 부위를 몇 곳 꾹 눌러야 하는데 괜찮겠니?"

희진이는 딱히 믿는 눈치는 아니었지만 고개를 끄덕였다.

"시작할게."

고통은 자극이 말초신경, 중추신경을 통해 뇌로 전달되면서 이루어진다. 만일 그중에 한 가지라도 제 기능을 하지 못한다면 사람은 고통을 느끼지 못하게 된다.

두삼은 손가락의 기를 뽑으며 희진의 목신경이 근처의 혈 자리를 천천히 짚어나갔다.

양의학의 전신 마취보다 여러 가지 장점이 있지만 자칫 전신 마비가 될 수 있으니 유의하라던 중국 교수의 말이 떠올라 조심스러웠다.

또한 사람에 따라 통증이 완화될 뿐 무통 상태가 되지 않을 가능성도 있었다.

"후우~ 다 됐다!"

두삼은 마지막 혈을 짚곤 이마에 맺힌 땀을 닦았다. 그리곤 희진의 등허리 부근을 살짝 꼬집으며 말했다.

"지금 아저씨가 어디를 짚었는지 말해볼래?"

"…짚었어요? 아무것도 안 느껴지는데요."

"그래? 제대로 됐나 보다. 네가 직접 아픈 곳을 만져볼래?"

희진은 아픔을 각오한 얼굴로 조심스레 자신의 팔을 만졌다. 그리곤 곧 놀란 눈이 되어 두삼을 봤다.

"어! 아, 안 아파요."

"말했잖아 노력해 보겠다고. 다만 만지는 감각도 느껴지지 않지?"

"…진짜 그러네요. 아픈 것도 싫지만 감각이 없는 건 싫은데……."

"일단 임시방편으로 감각을 없애둔 거란다. 아저씨가 다른 아이들과 똑같이 되도록 노력할게. 그러니 아저씨 집에 같이 가자."

"웅! …아니, 네!"

대답과 함께 처음으로 아이의 웃음을 보여주는 희진.

두삼은 머리를 가볍게 쓰다듬으며 웃음이 계속될 수 있도록 희진을 고쳐보겠노라 마음속으로 다짐했다.

＊　　　　＊　　　　＊

밖에서 들리는 소란스러움에 눈을 떴다. 나무 책상의 무늬가 가장 먼저 보이는 것이 어제 진료 기록을 보다가 잠들었나 보다.

"으으으!"

불편한 자세로 잠을 자서인지 기지개를 펴자 절로 이상한 소리가 났다.

가볍게 스트레칭을 마치고 밖으로 나가자 세상이 새하얗게 변해 있었다. 그리고 그 위에서 배영옥은 물론, 희진과 희진 엄마까지 함께 뛰어다니며 눈싸움을 하고 있었다.

"…아픈 사람들이 그렇게 뛰어다니면 어쩌자는……."

퍼억!

배영옥이 던진 눈뭉치가 얼굴에 맞았다.

"아! 한 선생, 미안해요."

"…괜찮습니다. 근데 얼마나 노셨어요?"

"10분쯤요."

"그럼 10분만 더 노시고 가르쳐 드린 체조 하세요. 희진이 넌 목욕하고. 차갑지 않다고 장갑 벗지 말고."

"네~ 삼촌!"

희진의 치료 방향은 여전히 갈피를 못 잡고 있었다. 그래서 어쩔 수 없이 밤에는 통증을 없애고 낮에는 혈을 풀며 일단 CRPS의 원인이 되었다고 생각되는 아토피부터 치료하고 있다.

간단히 씻은 후 진료실, 아니, 안마실을 청소하고 사랑채로 내려갔다.

집에 머무는 사람이 많아지면서 사랑채의 방 하나를 아예 뷔페처럼 꾸몄다.

"고생 많네."

식당 안으로 들어가자 나문덕이 부엌에서 만든 반찬과 국을 가져와 세팅을 하고 있다. 나문덕과 정 간호사는 식사 시간마다 노혜자를 도와줬다.

"이거라도 하지 않으면 월급 받기 미안하잖아."

"이런 산촌에 잡혀 있는 게 일이지."

"그야 그렇지만. 빈둥대 봐야 살만 쪄. 계란프라이 하고 있으니 금방 갖다줄게."

"…고맙다."

"고마우면 나중에 마사지나 좀 해줘라. 정 간호사님 말을 듣자 하니 엄청 좋다며. 아! 물론 공짜로 해달라는 말은 아니다. 그냥 친구한테 마사지해 달라는 게 어색해서 그러는 거야."

"어색하긴……."

그가 어떤 의미로 하는 말인지 알 것 같았다. 괜스레 아는 사람에게 부탁하기 쑥스럽다고나 할까.

"오후에 시간 비니 그때 해줄게. 너무 기대는 하지 말고."

배영옥과 희진이를 제외하곤 날씨가 추워서인지 환각지 손님도, 일반 마사지 손님도 없었다.

"오케이! 알았어."

밖으로 나가는 나문덕을 일견하곤 식사를 했다.

식후 대문까지 눈을 쓸었다. 그리고 커피를 마시며 오전 일과가 시작되길 기다렸다.

오전 일과는 8시부터다.

가장 먼저 손을 보는 이는 배영옥인데 임독양맥을 뚫은 후 12경맥을 조금씩 뚫고 있었다.

"후우~ 끝났습니다."

쑥뜸 향이 옅어질 때쯤 두삼은 빙긋 미소를 지으며 중얼거렸다. 오늘 수태음폐경에 이어 수양명대장경 20혈을 뚫었다.

"…수고했어요, 한 선생님."

"아닙니다. 아프셨을 텐데 잘 참으셨습니다. 내일부터는 마사지 위주로 할 테니까 좀 수월할 겁니다."

"암의 고통에 비하면 참을 만해요. 오히려 냄새가 나는 게 더 못 참겠어요."

"사라지는 날이 치료가 끝나는 날이 될 것 같은데요. 제가 혈순환에 좋은 약재로 된 입욕제를 준비해 드릴 테니 반신욕과 목욕을 자주하세요."

"고마워요."

"별말씀을요."

배영옥의 치료를 마치고 희진이를 불렀다.

희진은 들어오자마자 영화 속 고양이 같은 눈을 하며 말했다.

"삼촌, 지금 상태로 있으면 안 돼요?"

"응, 안 돼. 감각 없이 사는 건 결코 도움이 안 돼. 여기 봐, 다리에 멍이 들었잖아. 언제 그랬니?"

"…모르겠어요."

"거봐. 아프지 않다는 게 결코 좋은 게 아니란다. 그리고 무엇보다도 세상에 얼마나 좋은 느낌이 많은데. 아까 눈에 뛰어다닐 때 어땠어?"

"좋았어요! 눈 위를 뛰어다닌 건 처음이었거든요."

약을 끊고 아토피 치료를 병행해서 제법 아이다워진 희진은 정말 좋았는지 환하게 웃으며 대답했다.

"시원한 공기와 차가운 눈의 촉감까지 느끼면 훨씬 좋단다. 너도 그런 기분을 느꼈으면 좋겠다."

"…우웅~ 알았어요."

대답을 한 희진은 옷을 벗었다.

"착하구나. 얼른 낫자. 자! 누우렴."

막아뒀던 혈을 뚫는 건 그리 어렵지 않았다. 기를 밀어 넣어 가볍게 뚫어주면 됐다.

"간단한 테스트를 할 건데 참기 힘들면 말해."

"…네."

"시작한다."

두삼은 뾰족한 펜으로 세기를 조절하며 그녀의 손바닥을 꾹꾹 눌렀다.

다섯 번째쯤 눌렀을 때 희진이 숨을 움츠리며 소리쳤다.

"아아! …아파요."

하루 만에 증세가 호전되는 기적은 없었다. 어제와 마찬가지로 5단계에서 참지 못했다.

"…잘 참았다."

얼른 펜을 들어 올렸다.

'심리적인 영향인 건가?'

사실 누르는 펜으로 아픔 정도를 체크하면서 맥을 잡고 내부의 변화 역시 살폈는데 여전히 알 수가 없다.

"아토피 피부염은 점점 좋아지는구나. 점심 먹고 힘들어도 목욕 꼭 해."

"…네, 삼촌."

"참기 힘들어도 꼭 하렴. 네 몸이 좋아지는 걸 네가 느꼈으면 좋겠다."

현재로써는 CRPS의 원인이 심리적인 것이 아닌가 싶다. 그래서 낫고 있다는 걸 강조하는 중이었다.

희진이까지 진료를 본 두삼은 다시 진료 기록을 들었다. CRPS와 관련된 기록은 없었지만 진료 기록에서 배울 것은 여전히 많았다. 한참 집중해서 읽는데 누가 왔는지 밖이 소란스러워졌다.

나가보니 건장한 사내 네 명이 추운 날씨가 무색하게 문신이 가득한 팔을 걷고 들어오고 있었다.

"여기가 소문의 마사지 숍이오?"

"소문은 모르겠고 마사지 숍은 맞습니다만."

"뻐근한 곳이 있어 왔소."

"들어오세요."

깡패라고 색안경 끼고 볼 이유 없다. 말투는 지랄 같지만 일반인들과 크게 다르지 않았다. 다만 목적이 안마가 아니라면 달라질 것이다. 사실 네 명의 목적이 안마가 아니라는 걸 눈치챘다. 그러나 추측만으로 내쫓는 것 역시 빌미를 주는 일이었기에 조용히 들어오라고 했다.

"네 분이 다 받으실 건가요?"

"난 목이 안 좋고 이 친구 둘은 허리, 저 친구는 어깨가 안 좋아. 실력이 좋다 얘긴 많이 들었소. 꼭 좀 낫게 해주쇼."

"최선을 다할 뿐이죠. 30분, 50분 코스가 있는데 어떤 걸로 하시겠습니까?"

"50분 코스로 해주쇼."

"그럼 족욕부터 간단히 하고 시작하겠습니다."

다른 손님들과 다를 것 없이 족욕으로 몸을 따뜻하게 하고 마사지를 했다.

아프다고 한 부위를 살펴봤지만 딱히 이상이 없는 것이 역시 속셈이 있는 것 같았다.

중간에 짬을 내 점심을 후다닥 먹고 네 명을 마사지했다.

기를 쓰진 않았지만 네 명을 연속으로 주무르는 것은 쉽지 않은 일이었다.

"후우~ 다 됐습니다."

이마에 맺힌 땀을 닦으며 마지막 사내의 어깨를 가볍게 두드렸다.

"…아! 아우~ 개운하네. 소문대로 정말 마사지를 잘… 크흠! 그, 근데 허리는 여전히 안 좋군."

반쯤 자다가 일어난 사내는 말을 하다가 무슨 생각을 했는지 화들짝 놀라 말을 바꿨다.

"준비된 물 한 잔 하고 씻고 나오세요. 전 밖에서 기다리고 있겠습니다."

마사지실에서 나가 카운터에 섰다. 잠시 기다리자 네 사람이 휴게실에서 나왔다. 한데 마치 접촉 사고가 나서 차에서 내리는 사람처럼 목과 허리, 어깨를 잡은 채 인상을 쓰면서 나왔다.

그리고 책상을 '쿵!' 치며 본색을 드러냈다.

"어이~ 실력 좋은 거 맞아?"

"실력 좋다고 제 입으로 말하진 않았는데요. 왜요? 안 좋으셨습니까?"

"아픈 곳이 전혀 낫지가 않았잖아?"

"웬만큼 뭉쳤으면 풀렸을 텐데 많이 안 좋은 모양입니다. 병원에 가보세요."

"병원에선 적당히 뭉친 거니 마사지 받으면 나을 거라고 하던데?"

억지임이 분명하지만 증명할 길이 없다.

기껏 마사지를 받아놓고 생떼로 돈을 깎으려는 인간들을 제법 봤다.

손아귀에 힘이 없을 때라면 자책하며 인정했을지 모른다. 그러나 지금은 딱딱한 돌이라도 말랑말랑하게 만들 자신이 있었다.

"불만족스러웠나 보군요?"

"괜찮아질까 해서 이런 산골까지 찾아왔는데 전과 다를 바가 없으면 기분이 좋겠어?"

"실망스럽겠죠. 알겠습니다. 아무래도 저의 마사지와는 맞지 않는 것 같군요. 돈을 받지 않을 테니 다른 마사지 숍을 찾으세요."

쿨하게 돈을 받지 않겠다고 했다.

"…돈을 받지 않을 테니 다른 곳으로 가라?"

"적당히 뭉친 것도 풀지 못하는 제가 무슨 면목으로 돈을 받겠습니까. 그냥 가십시오."

"……."

생각과 다른 반응이어서인지 말하던 깡패가 오히려 당황해했다.

"우, 우리가 양아치도 아니고 그럴 수야 없지. 생각이 아주 깨인 친구군. 자! 절반이라도 받아. 험! 자네의 실력 향상을 위해서라도 또 와야겠군. 가, 가자!"

깡패는 10만 원을 건네곤 도망치듯이 사라졌다.

두삼은 책상 위에 놓인 오만 원짜리 두 장을 보곤 인상을 찌푸렸다. 나름 머리를 썼는데 차라리 안 받느니만 못하게 돼버린 것이다.

"…깡패들까지 동원하다니 쉽게는 못 넘어가겠군."

지난번 봤던 변호사에게 연락을 할까 싶었지만 곧 고개를 저었다.

그에게 말하면 한두 번 검찰, 혹은 경찰의 도움을 받을 수 있겠지만 작정하고 괴롭히려 드는 이들을 막기는 힘들었다.

법은 돈과 권력이 있는 자들의 편이고 주먹보다 멀리 있음을 잘 알고 있었다.

"그나저나 일하는 방식을 보니 누가 날 괴롭히는지 확실히 알겠네."

이번 일을 어떻게 해결해야 할지를 고민하며 밖으로 나갔다.

아무래도 머리를 차갑게 할 필요가 있었다.

다음 날 아침.

하루 일과를 시작도 하기 전에 열한 명의 덩치가 들이닥쳤다.

"여어~ 사장, 아무리 생각해도 어제 좀 미안하더라고. 그래서 손님 좀 데려왔어."

"…고맙네요."

두삼의 눈빛은 순간 사나워졌다. 그러나 곧 빙긋 웃으며 그들을 맞이했다.

『주무르면 다 고침!』 2권에 계속…